# マダラ

## 死を呼ぶ悪魔のアプリ

喜多喜久



集英社文庫

目次

# マダラ　死を呼ぶ悪魔のアプリ

——Dixitque Deus "Fiat lux!"
——Et facta est lux.
神は云《い》った。「光あれ」と。
そして、光が生まれた。

創世記　第一章第三節より

# Phase 0　インストール

# 1　二〇一八年十月十三日（土曜日）

「あ、やべ、ミスった」

スマートフォンの画面をなぞっていた指が滑った瞬間、岩美竜平《いわみりゅうへい》は思わず声を上げていた。

課金して育て上げた女戦士が、狙うはずだったボスキャラではなく、その隣の敵を攻撃する。雑魚は倒せたが、ボスキャラの反撃で女戦士が無残に殺されてしまった。ちゃーらーらーらーらー。こちらを嘲るような音が流れ、ゲームオーバーの文字が画面に浮かび上がる。

「おーい、何やってんだよ岩美ぃー」

協力プレイのパートナーである大磯比呂斗《おおいそひろと》が大げさにのけぞり、床にごろりと倒れ込む。

それを見て、ベッドで缶チューハイを飲んでいた久田野健也《くたのけんや》が、げひゃひゃひゃと笑い声をあげた。

「下手くそー。オレが代わりにやってやるよ」

こちらに伸ばされた久田野の手を払い、「もう一回やる」と岩美はスマートフォンを構え直した。

「もういいや、このゲーム」大磯は体を起こすと、スマートフォンをテーブルに投げ出した。「岩美に頼まれてやってみたけど、あんまり面白くない」

「えー？　困るって。フレンドがいないと、クエストがクリアできないんだよ」

「知らないよ。ソロプレイで頑張れば」

大磯は突き放すように言い、缶に残っていた発泡酒を飲み干した。

岩美は急速にやる気が萎《な》えていくのを感じた。スマートフォンでプレイするこの手のRPGは、身近な友人と一緒に敵と戦うことを想定した作りになっている。ゲームそのものというより、仲間とわいわい騒ぎながら遊ぶのが醍醐《だいごみ》味なのだ。勝ち負け以前に、一人でやっても何も面白くない。

「あーあ、最近、どのゲームもいまいちだよなあ」と嘆いて、岩美も床に寝転がった。

真下の部屋から、楽しげな話し声が聞こえてくる。岩美の住むこのアパートの周囲には大学が多い。階下の住人も、自分と同じように友人と一緒に週末の夜を過ごしているのだろう。

もうすぐ午前二時だ。夕方から飲んでいるので、かなり酔いも回っている。強い眠気で頭が痺《しび》れてきた。

このまま寝てしまうか、と目を閉じかけた時、「そういえば」と久田野が呟《つぶや》くのが聞こえた。「ちょっと変わったアプリがあるんだけどよ」

「え、どんなのどんなの？」

がばっと大磯が体を起こす。岩美は横になったまま、ベッドに座る久田野の方に顔を向けた。

「なんか、ネットでモニターを募集しててよ。それに登録したんだ」

説明しながら、久田野は自分のスマートフォンを操作している。

「へえ。なんてやつ？」

大磯が尋ねると、久田野はスマートフォンの画面をこちらに向けた。黒い背景に、彼岸花を思わせる赤い文字が浮かび上がっている。〈マダラ〉。それがそのアプリのタイトルらしい。画面の隅の方に（ｖｅｒ１・０）とある。

「ずいぶんシンプルだね」画面を眺めながら、大磯が感想を口にした。「で、どういうアプリなの？」

「インストールはしたけど、まだ一度も起動してなくってよ。アプリの紹介文とかもなくて、内容は完全に謎なんだよな。でも、モニターを集めるくらいだから、ゲームの類《たぐ》いだと思う。やってみようぜ」

久田野がベッドを降りて、床に腰を下ろす。岩美と大磯は彼の後ろに回り込んだ。

「じゃ、始めるぞ」

久田野が黒い画面に触れる。

中央よりやや下に出ていた〈マダラ〉の文字がぐにゃりと歪《ゆが》み、池に浮かぶ波紋のように広がって消えていった。

黒一色だった画面が、ぼんやりと明るくなっていく。やがて、太陽が地平線から上がってくるかのように、強い円形の光が画面に現れた。

それを目にした瞬間、岩美は微《かす》かなめまいを覚えた。それは、3Dゲームを長時間プレイした時のような、不快な酔いに似ていた。

胃がむかむかする。それなのに、何者かに顔を押さえられているかのように、スマートフォンの画面から目が離せなくなる。白い光を見つめてしまう。

何かが変だと思った。

――ここでやめた方がよくないか？

心の奥から浮かんだその言葉はしかし、口から発せられることはなかった。

岩美は魅入られたように、二人の友人と共に、白からまた少しずつ色を変えていく画面を見つめ続けた。

## 2　二〇一八年十月十六日（火曜日）

有楽町線・東池袋駅から、北に徒歩十分。東明《とうめい》中央大学は、オフィスビルやマンションに囲まれたエリアにあった。

その佇《たたず》まいは、安達優司《あだちゆうじ》のイメージする「大学」のそれとは大きく異なっていた。敷地が塀に囲まれ、大きな門があって、中に入ると古びた建物がずらりと並んでいる——そんな景色が大学の特徴だと思っていたが、ここは違う。塀も門もなく、道路から数メートル奥まったところに背の高いビルが一棟建っているだけだ。

「なんか、風情がないよな」

隣で安達と同じようにビルを見上げながら、千代川《ちよかわ》が呟く。彼の濃い眉の下の目は、まるで犯罪者を睨《にら》むように細められている。刑事になって二十年。安達よりも遥《はる》かに長いキャリアを持つ彼の顔には、連日の外回りでこしらえたシミがいくつも浮き出ていた。

「分かります」と安達は頷《うなず》いた。自分は警視庁の刑事部捜査第一課、千代川は池袋署の刑事課と、所属はそれぞれ異なるが、彼も安達と同じ高卒だ。たぶん、キャンパスライフに対する憧れを裏切るような景色にがっかりしているのだろう。

と、そこでぽつりと雨が鼻先に落ちてきた。朝から雨模様だったが、とうとうこらえきれなくなったようだ。

「行くか」と言って、千代川が歩き出す。安達も彼に続いて校舎に足を踏み入れた。

この大学に足を運ぶのは二度目だ。一階の受付で警察手帳を提示すると、同じ階にある会議室に通された。

三メートルほどの横長のテーブルに、並んで腰を下ろす。昨日に引き続き、ここで学生たちから聞き取り調査を行うことになっている。

「昔なら、遠慮なくタバコを吸うんだけどな」

千代川は白髪が目立つ髪を掻《か》き、椅子に背中を預けた。

「今は時代が違うからな」

「そうですね。所定の場所以外だと、屋外でもアウトなところもあります」

「だよな。昔の方がよかった……ってのは、年寄りの常套句《じょうとうく》だって分かってるけどさ。今回の事件も、昔だとちょっと考えられないタイプだと思うんだよ」

「というより、時代を問わず、かなり特殊かと」

と安達は素直な感想を口にした。

事件が起きたのは、十月十三日の午前二時頃。場所は、東明中央大学から徒歩十五分ほどのところにあるアパートの一室だ。

事件発生時刻に、現場の階下の住人は異様な叫び声を聞いていた。翌朝、住人からの通報を受けて確認にやってきた警察官が見たのは、血塗《ちまみ》れになった三人の男子大学生の遺体だった。

死んだのは、部屋の住人である岩美竜平と、その友人である大磯比呂斗と久田野健也。三人とも、この東明中央大学の二年生だ。

死因はいずれも刃物で刺されたことによる失血死。使われた包丁は一本だけだ。だが、何者かが三人を殺したわけではない。

現場の状況から分かったのは、三人がそれぞれに包丁を持って殺し合ったという事実だった。順番は分からないが、指紋や血痕からは、AがBを刺し、BがCを刺し、CがAを刺す、というように順繰りに殺人が行われたことは間違いないと思われた。刺された痛みに耐えながら友人を刺す。異常としか言いようのない行動だ。

尋常ではない凶行にもかかわらず、室内には目立った争いの痕跡はなかった。現場から浮かび上がってくるのは、まるで機械のように淡々と友人を刺していく、奇妙な三人の姿だった。

三名もの死者を出した重大事件ということで、すぐに池袋署に捜査本部が設けられた。警視庁から援軍として派遣された安達は、千代川とコンビを組んで、鑑取り——死んだ三人の交友関係の捜査——を行うことになった。

昨日も、三人の同級生たちから聞き取り調査を行った。彼らは互いに仲が良く、普段からよく一緒に遊んでいたらしい。生活態度もごく普通で、こんな凄惨な事件を起こすような人間ではない、というのが同級生たちの一致した意見だった。

「もうそろそろですね」と、安達は腕時計を見た。聞き取り開始予定時刻の午後一時まで、あと五分だ。

「今日はもう少し、突っ込んだ質問をした方がいいな」千代川の目つきが鋭さを増していた。「やっぱり、今回の一件は薬物《ヤク》が絡んでいると思う。そういう噂《うわさ》がなかったか、しっかり確かめなきゃな。入手ルートを突き止めないと、またとんでもない事件が起こりかねない」

「しかし、彼らの血中からは薬物成分は検出されていませんが」

「まだ事件から日が浅い。分析は完了してないはずだ。未知の薬物が見つかる可能性は充分にある」

千代川は自信があるようだったが、安達は素直に頷けずにいた。

幻覚や妄想を引き起こす薬物を摂取していたとしても、果たして友人を刺し殺したりするのだろうか？　そこがどうも引っ掛かるのだ。

安達が捜査第一課に配属になってから、まだ三年しか経《た》っていない。経験の浅い自分の直感がどの程度正しいのかは分からない。それでも安達は、事件の一報を受けた時から感じている不穏な気配を、ただの気のせいだと切り捨てられずにいた。

この事件は、そう簡単には解決できないかもしれない——。
刑事として不謹慎だと分かっていながらも、安達はそう思わずにはいられなかった。

# Phase 1　ベータテスト

# 1　二〇一八年十月二十八日（日曜日）

左手に痺《しび》れを覚え、東浜翔吾《ひがしはましょうご》は持っていたスマートフォンを布団の上に置いた。

起き上がってベッドを降り、天井に向かって両手を伸ばす。カーテンを開け放した窓からは東京スカイツリーがよく見える。翔吾の自宅からだと直線距離で五キロは離れているはずだが、手が届きそうなほど近く感じられるから不思議だ。

高層ビルを従えて聳《そび》える東京スカイツリーの背後には、眩《まぶ》しい青空が広がっている。その風景を見ていると、「外出日和の秋の休日」というフレーズが自然と頭に浮かんできた。現に、父親の敏明《としあき》はすでに出掛けている。彼の趣味は釣りだ。たぶん、隅田川沿いの、馴染《なじ》みの釣り堀に行っているのだろう。

勉強机の上の目覚まし時計は、午前九時半になるところだった。高校の同級生である本宮小春《もとみやこはる》が訪ねてくるまであと三十分になっていた。

翔吾はため息を落とし、ベッドの縁に腰掛けた。

小春はバスケットボール部に所属している。去年の秋、たまたま体育館の横を通り掛かった時、汗をきらめかせながら華麗にロングシュートを決める小春の姿を見て、翔吾は彼女に惹《ひ》かれた。今にして思えば、あれは一目惚《ひとめぼ》れというやつだったのだろう。

片思いは七カ月以上続いた。翔吾は決して焦ることなく、少しずつ小春と親しくなっていった。そして、勇気を振り絞って告白し、無事に交際にオーケーをもらったのが今年の五月。あれからもうすぐ半年になる。交際半年を記念して、小春にサプライズでアクセサリーを贈ることを翔吾は計画していた。

通販サイトを調べ始めてすぐ、翔吾はあるネックレスに目を留めた。小さなダイヤモンドがあしらわれたピンクゴールドのネックレスだ。小春は小柄で幼い顔立ちをしている。こういう、可愛《かわい》い感じのアクセサリーがよく似合うはずだ、と翔吾は直感した。

これを買おう、と決めたまではよかったが、そこで翔吾はつまずいた。モノはいいのだが、二万七千円という金額がネックになっていた。どうしてもこれを贈りたいのに、予算があと一万円ほど足りない。

親から小遣いを前借りするという手もある。しかし、小春とこまめに連絡を取るために、夏休み前に親の金でスマートフォンを買ってもらったという負い目がある。

翔吾にとって小春は初めての彼女であり、誰よりも大事な相手だ。堂々と胸を張ってプレゼントを渡すためにも、自力で購入費用を捻出したい。

ところが、翔吾の通う高校はアルバイト禁止だ。だから、翔吾はネットを活用して金を稼ぐことを考えた。不用品のネットオークションへの出品や、チケットやグッズの転売など、いくつかの方法を試してみたが、手間ばかりかかって大した儲《もう》けにはならなかった。もっと楽に、確実に金をもらえる方法はないのか。それを求めて、翔吾は昨日からずっとネットを見ていたが、検索でヒットするのは明らかに詐欺としか思えないサイトばかりだった。

翔吾はため息をつき、再びスマートフォンを手に取った。弱音を吐いている場合ではない。交際半年の記念日まであまり日がない。早急に金をゲットしないとマズい。手っ取り早く金を得られる方法はないのか。翔吾は検索エンジンを立ち上げ、〈稼ぐ今すぐ　自宅〉というワードを打ち込んだ。

「ん？　これって……」

画面をスクロールさせていく中で、〈アプリのモニター募集中〉というフレーズが目に飛び込んできた。

リンク先に飛んでみると、シンプルなテキストだけのサイトに繋《つな》がった。そのアプリを使った感想を送れば、それだけで一万円がもらえるらしい。しかも、振り込みではなく現金書留で自宅に報酬が送られてくるという。銀行口座を持っていない翔吾にとっては、まさにうってつけだった。

申し込みには特に制限はなかった。翔吾はさっそくモニターに登録した。アプリの名前は〈マダラ〉というようだ。インストールができるのは一人につき一台の端末のみに制限されているそうだ。

画面の下部に、〈インストール〉のボタンが表示されている。自分のスマートフォンにマダラを入れようとしたところで、翔吾はふと手を止めた。

……あまりにうまくいきすぎてはいないだろうか？

一万円がもらえるというのは真っ赤な嘘《うそ》で、逆にこちらから金を奪おうとしているのではないか。コンピューターウイルスに感染させ、ロックを掛けた上で、解除費用を請求する……その手の事件は頻繁に起きている。このアプリが危険なものである可能性はある。翔吾はギリギリのところでそのことに気づいた。

やめておこうか……。しかし、一万円は非常に魅力的だ。リスクを怖がって諦めるのはどうにも惜しい。

しばらく悩んだ末、スマートフォンではなく、タブレット端末にアプリを入れることにした。以前翔吾が使っていた父親のお下がりで、スマートフォンを買ってからは全然触っていなかったものだ。回線契約はしておらず、大事なデータも残っていないので、万が一コンピューターウイルスに冒されても問題ない。捨てればいいだけだ。

翔吾は、机の引き出しに仕舞ってあったタブレットを取り出して起動した。久しぶりに電源を入れたが、動作に問題はない。

自宅のＷｉ－Ｆｉでインターネットにアクセスし、さっそくマダラをインストールする。すぐに、ホーム画面にアイコンが自動生成された。黒地の正方形に赤い丸が描かれただけのシンプルなデザインだった。

とりあえず起動してみると、黒い背景と、真っ赤な〈マダラ〉の文字が表示された。なんともおどろおどろしい雰囲気だ。画面の隅に、白字で（ｖｅｒ１・１）とある。

そこで翔吾は肝心なことに思い至った。そもそも、これはどういう種類のアプリなのだろう。

少なくとも、パズルやＲＰＧには見えない。ひょっとしたら、ホラーゲームなのではないか。翔吾はごくりと唾を飲み込んだ。自慢ではないが、ホラー映画やお化け屋敷といった、「人を怖がらせる系」のエンターテインメントは大の苦手なのだ。

スマートフォンで、マダラについて調べてみる。公式ページには、ゲーム内容についての記載はない。インターネットで感想を探してみるが、まだモニターを募集して日が浅いのか、ヒットはゼロ件だった。

と、そこで画面にポップアップが現れた。ＳＮＳの新着メッセージを知らせる通知だ。送信者は小春だった。〈もう着いたよ〉とある。

検索を中断し、部屋を出て一階に降りる。

玄関で、小春と母親の久美子《くみこ》が挨拶を交わしていた。ショートカットでボーイッシュな小春は、今日もジーンズ姿だった。

翔吾に気づき、「おはよっ」と小春が笑顔で手を振る。彼女の、両方の八重歯がはっきり見えるその天真爛漫《てんしんらんまん》な笑い方が、翔吾は大好きだった。

「上、行こうか」

まだ小春と話したそうな久美子を振り切り、翔吾は彼女と共に自分の部屋に向かった。

午前中は一緒に勉強をして、昼から映画を見に行く予定になっている。

「ちょっと待って。机の準備するから」

いったん部屋を出て隣室に入り、四つ脚の折り畳み式テーブルを持ってすぐに戻る。

「ねー、翔吾くん。このマダラって、何のアプリ？」

小春はベッドに腰掛けて、翔吾のタブレット端末を見ていた。

「ちょ、勝手に触るなよ」

「新しいゲーム？ なんでスマホじゃなくてこっちに入れたの？ 面白い？」

好奇心旺盛な彼女があれこれと質問をしてくる。翔吾はうっかりタブレットを置きっぱなしにした自分のミスを呪った。

「プレイして感想を送ったら謝礼がもらえるらしいんだ。ホントかどうか怪しかったから、そっちに入れたんだよ」

「へー。で、どういうゲーム？」

「まだやってないんだ。調べてみたんだけど、ネットで調べても情報が全然出てこないんだよな。開発途中だからかな……」

「ふーん。じゃ、やってみようよ」

「え、今、ここで？　怖い系のゲームかもしれないけど……」

「そうなの？　別に構わないっていうか、むしろ面白そう」

小春は笑顔だった。翔吾とは真逆で、彼女は怖がることを楽しめるタイプだ。手招きされたので、翔吾は仕方なく小春の隣に腰を下ろした。ビビっていることを彼女に悟られるわけにはいかない。

「じゃ、始めまーす」と明るく言い、小春が画面をタップする。

〈マダラ〉の文字が波紋のように消え、画面が徐々に白くなっていく。

その数秒後に、カメラのフラッシュのように、丸い光が強く輝いた。それを目にした時、翔吾はふと、体が浮かび上がるような錯覚を覚えた。大きな手ですっとベッドごと持ち上げられたような、そんな感じだった。

その感覚の余韻が残る中、じじっ、と、微《かす》かなノイズが聞こえた。それは少しずつ大きくなり、やがて流れる水のような音に変化した。タブレットのスピーカーから鳴っているはずなのに、不思議と耳の中で響いているように聞こえる。

ざーざー音が大きくなったり小さくなったりし始めるのに合わせて、画面に球体が浮かび上がってきた。極彩色というのだろうか。その球は、虹をぐちゃぐちゃに丸めたような色合いをしていた。

球は不規則に回転していて、見ていると頭が痛くなってきた。頭部にだけ加速度を感じる。カーブの多い山道を下っているような不快感がある。それなのに、不思議と画面から目が離せない。視線を搦《から》め捕られたかのように、球体を見続けてしまう。

しばらく回り続けたあと、極彩色の球はにゅーっと円柱状になり、どんどん細くなって消えてしまう。

一瞬の暗転。そして、また画面が明るくなり、ＣＧで描かれた人の顔が現れた。四十代くらいの男性だ。ＣＧのレベルは高くはない。翔吾がまだ小学生だった頃にプレイしていたテレビゲームと同じくらいの出来だ。ひと目で作りものだと分かる。

中年男はじっとこちらを見ていたが、ふいに目を大きく見開いた。何かに驚いているような表情だ。

それに合わせて、背後に赤と黒の格子模様が現れる。ちょうど、チェス盤の白い部分を赤くしたような絵柄だ。模様はよく見ないと分からないくらい、微妙に傾いている。そして、ゆっくりと画面の上から下へと向かって動いていた。

男の顔に目を戻したところで、翔吾はぎょっとした。目の部分が真っ黒になり、ぽかんとした空洞へと変化していたからだ。

中年男が、大きく口を開けて笑い出す。口の中には歯がなかった。完全なる闇が広がっているだけだ。男の声は異様に甲高い。機械で加工されたと思われるその声は、小動物の断末魔のように聞こえた。

どのくらい笑い続けただろう。中年男は突然口をつぐむと、巨人の手でひねられた雑巾のように、ぎゅっとねじれて消えてしまった。

背景は赤黒の模様から、また白一色に戻っている。

——いや、違う。画面の中央に、小さな黒い点がある。何かの文字のようだ。ひらがなの「の」、もしくはアルファベットの「Q」だろうか。ギリシャ文字の「Ω《オメガ》」かもしれない。

文字を判別しようとじっと点を見つめていると、画面全体が高速で点滅を始めた。血のような赤と、夏空を思わせる青が交互に繰り返される。目がちかちかしてくるが、中央の文字を読みたい気持ちが邪魔をして、まぶたを閉じることができない。

耳に届く音は、いつの間にか高周波のものに変わっていた。ドリルで歯を削る音によく似ていて、胃がきゅっとつままれたような気分になる。

点滅は執拗《しつよう》に続いたが、終わりは突然だった。電源ボタンを切ったかのように、画面は再び暗闇に戻った。音も消えている。

次はどうなるのだろう、と思うが早いか、画面の上から赤い糸がすうっと垂れてきた。

赤い糸が、蛇のようにぐねぐねと画面中を動き回りだした。糸の作り出す軌跡は鮮やかで、残像として網膜に焼き付いていく。

糸はかなり長い時間動き続け、最後に中央付近で文字を描いた。

〈マダラ〉

その三文字を作って、赤い糸は消滅した。

何度目かの暗転のあと、画面が唐突に水色に変化した。

見知ったアイコンが並んでいるのを見て、アプリが終わり、ホーム画面が表示されているのだと翔吾は理解した。

翔吾はぎゅっと目をつむってから、大きく息を吐き出した。こめかみが、全力疾走をしたあとのように激しく脈打っていた。頭が痛い。輪っかで締め付けられているような種類の痛みだ。胃の辺りにも得体の知れない不快感がある。椅子に縛られて、その場でぐるぐると何十回も回転させられたような気分だった。

「……なに、これ」

隣で、小春がこめかみを押さえている。愛らしいその顔が苦しげに歪《ゆが》んでしまっていた。翔吾と同じ不快感を味わっているのだろう。

「さあ……？　意味不明って感想しか出てこないよ」

軽く首を振ると、余計にめまいがひどくなった。頭の中におもりが入っていて、それが揺れて脳にぶつかっているような感じがする。

「ホラー……といえばホラーなのかな……。CGの変な男の人が出てきたし……。でも、怖いっていう感じは全然なかったね。気分は悪くなったけど」

あーあ、と呟《つぶや》いて、小春はベッドに後ろ向きに倒れ込んだ。無防備な姿に、普段ならドキッとさせられただろうが、今はとてもそんな気持ちにはなれなかった。

「休んでていいよ……。何か、飲み物でも持ってくる」

極力頭を動かさないように腰を上げたが、それでも足がふらついてまともに歩けない。翔吾はたまらず、勉強机の椅子によろけながら座った。

「無理しないで……。めまいが治まるまでじっとしてなきゃ」

小春は両手で顔を覆いながらそう言った。「そうするよ……」と力なく答えて、翔吾は床に寝転がった。

カーペットに耳を当てていると、階下の音がやけにはっきりと聞こえてきた。リビングで、久美子がテレビを見ながら笑っているのが分かる。

その楽しげな笑い声に、翔吾は激しい怒りを覚えた。

俺たちがこんなに苦しんでいるのに、自分一人だけのんきにしやがって――。

込み上げてきた激情に反応し、両方の拳に自然と力が入る。ぐぐと指を握り込んだところで、手のひらに食い込む爪の痛みで我に返った。

自分は何に怒っているのだ。母親には何の落ち度もないのだから、八つ当たり以外の何物でもないじゃないか。

自己嫌悪で、不快感がさらに悪化する。「……あー、もう」と翔吾は横になったまま、自分の太ももを叩《たた》いた。

「……ごめんね、私がやりたいって言ったから」

小春が小さな声で申し訳なさそうに謝る。

――全然心がこもっていないじゃないか。

彼女の弱々しすぎる声音に、いったん落ち着かせたはずの怒りがまた膨らんでいく。

「……いや、小春のせいじゃないよ」

怒りを掻《か》き消すように優しく言って、翔吾は両手を膝の間に挟み込んだ。そうしていないと、また自分の体を叩いてしまいそうだった。

## 2　二〇一八年十月二十九日（月曜日）

暗闇を、赤い光が不規則に動いている。

右上に現れたかと思うと、ふっと姿を消して左下に移動している。そちらに目を向けると、あざ笑うかのように赤い光は元の位置に戻る。

右下、左上、正面、右、下、左、右、右上、右下、左下……。

どれくらい、そのランダムな動きを繰り返しただろうか。

気づくと、無数の赤くて短い軌跡が闇の中に浮かんでいた。それはまるで、空中を這《は》いまわるイトミミズの群れのようだった。

ゆらゆらと揺れる赤い線が、ゆっくりと中央に集まっていく。

牛肉のミンチのような赤い塊が、うねうねとうごめいている。

「それ」は、何かの形になろうとしているようだった。

……どうなるんだろう？

そちらに意識を集中させる。

次の瞬間――。

塊が破裂し、おびただしい数の矢となって翔吾の体を貫いていった。

「うわっ！」

翔吾は自分の叫び声で目を覚ました。

どくどくと、心臓が高鳴っている。

そこが自分の部屋のベッドであることに気づくのに、十秒近い時間が必要だった。

翔吾は枕元のスマートフォンを手に取った。午前六時四十四分。起床のアラームは七時十五分にセットしている。二度寝する時間はあったが、シーツがなにか汚いもののように感じられ、翔吾は這い出すように急いでベッドを降りた。

まだ頭が痛い。昨夜、寝る前に頭痛薬を飲んだのだが、効果はなかったようだ。

昨日は本当に最悪だった。マダラの映像を小春と一緒に見たせいで、お互いにひどく調子を崩した。一時間以上経《た》ってようやくめまいが収まっても、不快感が完全に消えることはなかった。結局、午前中の勉強も、自宅で食べる昼食も、午後からの映画も、すべてキャンセルするしかなかった。

体調は冴《さ》えなかったが、アプリの感想は昨日のうちに開発者にメールで送った。怒りのままに書き綴《つづ》った、感想というよりほとんど苦情に近いものだ。これで一応、モニター参加料が受け取れるはずだが、正直なところ、受けた苦痛に見合う金額ではない。

……やっぱり、安易にあんな話に飛びつくんじゃなかった。

翔吾は嘆息し、棚の上の薬箱から頭痛薬を取り出した。


その日の夕方。高校での授業を終え、翔吾は自宅に戻ってきた。

「……ただいま……」

台所で夕食の支度をしている久美子に声を掛け、二階の自室へと上がる。

階段の途中で、「体調は大丈夫なの？」と母に呼び止められた。「頭痛がするって言ってたけど」

「ああ、うん。だいぶよくなった」と翔吾は答えた。それは嘘ではなかったが、頭の痛みが治まっていくにつれ、今度は強い眠気が込み上げてきた。おかげで授業中に何度も居眠りしてしまい、あっという間に一日が終わってしまったのだった。

「小春ちゃんは？」

「今日は休んでたけど、体調は悪くないって」

日中に何度かSNSでメッセージのやり取りをしたが、小春はいつもの明るさと元気を取り戻していた。彼女も同じように眠気に襲われ、朝から夕方まで寝てばかりだったようだ。

安心した様子の母に背を向け、翔吾は自分の部屋に入った。

カバンを置き、制服からトレーナーとジャージに着替える。時刻は午後四時半。夕食までの間に、少しでも仮眠を取っておこう。そう思ってベッドに向かおうとしたところで、机の上のタブレット端末に目が留まった。

それを見ていると、嫌でも昨日の体験や夢の光景が蘇《よみがえ》ってくる。

有害なアプリが端末の中に残っていると思うだけで不快だった。タブレットを手に取り、アプリ一覧からマダラを探して設定画面を開く。

怒りと共に〈アンインストール〉のボタンをタップしようとした時、翔吾は背後に人の気配を感じた。

背中を指でなぞられたような感覚に、ぞくりと体が震える。

慌てて振り返るが、そこには誰もいなかった。

首を傾《かし》げ、翔吾はタブレットに目を戻した。

「あれ？」

アイコンが並んでいるのを見て、翔吾はまた首を傾げた。マダラをアンインストールするつもりだったのに、なぜかホーム画面が表示されている。何かの拍子にうっかり指が触れ、切り替えてしまったらしい。

再び設定画面を開こうと、指を画面に近づける。

画面に触れようとした瞬間、自分の意思に反して指が動き、勝手にマダラのアイコンをタップしていた。

「え、なんで、なんで」

黒い画面に赤い文字でタイトルが表示され、それが歪み始める。

このままでは、またあの映像が始まってしまう。翔吾はとっさに、タブレットの側面にある電源ボタンを押した。

ぎゅっと目をつむり、必死にボタンを押し続ける。

しばらくしてから、恐る恐るまぶたを持ち上げる。画面は真っ黒になっていた。電源が切れたのだ。

画面に触れても反応しないことを確かめ、翔吾は止めていた息を吐き出した。

タブレットを机に置こうとして、ぎくりとした。画面に自分の顔が映っている。その表情は、少し悲しげに見えた。

――どうしてだ？

翔吾は自分に問い掛けた。問い掛けずにはいられなかった。

どうして、俺は寂しいと感じているんだ？

どうして、マダラをアンインストールしたくないと思っているんだ？

どうして、もう一度あの映像を見たいと願っているんだ？

何かが変だと思った。マダラを起動し、一連の映像を見れば、昨日と同じことが起きるだろう。それが分かっているのに、見たいと思う気持ちは消えてくれない。灰の中の熾火《おきび》のように、じんじんとその欲求が熱を放っている。あのアプリは異常だ。直感的に翔吾はそう思った。自分の意思が歪められているような、そんな感覚がある。

このままではやばい。とにかく、これを遠ざけなければならない。

翔吾は机の引き出しからクッション素材のケースを取り出し、それにタブレット端末を入れてファスナーを閉めた。それだけでは足りない気がしたので、ケースごと封筒に収め、粘着テープで封をした。

翔吾は部屋を出て一階に降り、台所にいた久美子に「ちょっと」と声を掛けた。「悪いけどこれ、母さんの部屋に持って行ってくれない？」

「別にいいけど……なんで？」

尋ねられたが、翔吾は「なんか、邪魔だから」と曖昧な返事をした。うまい嘘が思いつかなかったし、正直に話せば心配させてしまう。

じゃあ、と言って台所をあとにしようとした時、翔吾はうめき声を聞いた。それは、男のものとも女のものともつかない、低い、かすれた声だった。

恐る恐る振り返る。久美子は封筒を持ったままこちらを見ていた。

「どうしたの？」

「……なんか言った？」

「え？　ううん、別に何も」

「……そう。じゃあ、気のせいかな」

翔吾は無理やり笑って廊下に出ると、一段飛ばしで階段を上がって自室へと戻った。

3　二〇一八年十一月三日（土曜日）

祝日であるその日の午後一時過ぎ。翔吾が塾に行く準備をしていると、久美子が部屋にやってきた。

「翔吾に書留が届いてたわよ。これ」

母親が差し出した封筒には、確かに自分の名前が印字されていた。裏を見るが、差出人の名前も住所も書いていない。

「うん、ありがとう……」

久美子の足音が聞こえなくなるのを待って、翔吾は封筒を開けた。

真新しい一万円札が入っているのを見た途端、心拍数がぐんと上がった。マダラのモニターの報酬だ。

届かないかもしれない。いや、むしろ届かないでほしい。そんな風に思っていたものが、こうして自分の手元にある。マダラを作った人間と現実世界で繋がった感覚は、決して心地のいいものではなかった。

封筒の中には、現金の他に、折り畳まれた紙が入っていた。

抜き出し、開いてみる。

〈このたびは、マダラの体験レポートをお送りいただき、ありがとうございました〉

手紙はそんな一文から始まっていた。悪評を書き連ねた感想に対し、淡々と感謝の言葉を述べる様に、翔吾は薄気味悪さを感じずにはいられなかった。

〈東浜翔吾様からいただいたご感想をフィードバックし、アプリのさらなる改良に繋げてまいります。現在、すでに――〉

その先を読んだ時、翔吾は反射的に唾を飲み込んでいた。

深呼吸をしてから、同じ箇所を読み直す。そこには、こう書かれていた。

〈現在、すでにマダラの新しいバージョン（ｖｅｒ１・２）が完成しております。アプリを起動すれば自動でインターネットに接続し、アップデートが始まります。こちらをプレイし、ご感想をいただければ、今回と同額の謝礼をお支払いいたします〉

その文章を何度も何度も繰り返し目でなぞっている自分に気づき、翔吾は慌てて紙を握り潰した。

心臓が激しく、強く動いているのが分かる。頭に血が上り、体が熱くなっている。新しいバージョンを試してみたい。その想《おも》いが興奮となり、全身を駆け巡っていた。

翔吾はぶんぶんと首を振り、握っていた紙を丸めてゴミ箱に突っ込んだ。

きっとこれは大掛かりな詐欺の入口なのだ、と自分に言い聞かせる。最初だけ金を払っておいて、あとから逆に大金を奪い去ろうという魂胆なのだろう。封筒に相手の住所が書いていなかったのがその証拠だ。

この金があれば、小春に贈る予定のアクセサリーは買える。もうアルバイトは必要ない。

そろそろ塾に行く時間になっていた。マダラのことはきれいさっぱり忘れよう。翔吾は固くそう誓い、リュックサックを背負って部屋を出た。

東武伊勢崎線《とうぶいせさきせん》で南に二駅。翔吾が通っている〈千寿《せんじゅ》ゼミナール〉は、北千住駅のほど近くにある。大手予備校ではなく、個人が経営している学習塾だ。中学生と高校生を対象としており、五階建ての雑居ビルの三階に教室がある。

元々は会社員だった塾長が、「どうしても子供に勉強を教えたい」という一心で立ち上げた塾だけあって、講師の指導には熱が入っている。それが気に入って、いくつかの候補の中から翔吾は千寿ゼミナールを選んだのだった。

「足を動かせば脳も動く」という塾長の教えで、エレベーターの使用は禁じられている。翔吾はいつものように階段で三階に上がり、高校二年生の授業が行われる教室に入った。

教室の広さや作りはどこもほとんど同じだ。三人掛けのテーブルが五台ずつ二列に並んでいて、最大で三十人が授業を受けられるようになっている。

翔吾は定位置である、部屋の中央辺りの席に腰を落ち着けた。

今日は二コマ授業がある。最初は数学だ。テキストとノートをリュックから取り出していると、「こんにちは、東浜くん」と声を掛けられた。

目を上げると、淡いピンクのフレームの眼鏡を掛けた、ポニーテールの女子が通路にいた。翔吾と同じ高校に通っている、戸塚麻耶《とつかまや》だった。

「ああ、うん。こんちは。戸塚は今日もそのカッコなんだ」

翔吾の言葉に、麻耶が「これが楽だから」と恥ずかしそうにはにかむ。彼女は平日でも休日でも、制服で塾にやってくる。学校指定の、紺色のセーラー服だ。「……似合ってないかな？」

「いや、そんなことないけど。でも、堅苦しくない？」

「これを着てると授業に集中できるの」

もじもじしながら、麻耶がそう答えた。学年でトップクラスの成績を収めている彼女が言うと説得力がある。

「そっか。じゃ、今度は俺も制服で来てみようかな」

「うん。そうしてみて」麻耶は嬉《うれ》しそうに微笑《ほほえ》み、ふいにそこで表情を曇らせた。「そういえば……小春ちゃんのことなんだけど」

「あ、うん。どうかした？」

麻耶と小春は小・中学校の同級生で、昔から仲がいいらしい。運動好きで活動的な小春と、おとなしくて読書家の麻耶。傍《はた》から見ると嚙《か》み合わないような気もするが、印象では測りきれない相性のようなものがあるのだろう。

「最近、会うたびに頭が痛いって言ってるの。部活もずっと休んでるし、原因がよく分からないみたいだから、ちょっと心配で」

「ああ、うん……」と翔吾は机に目を落とした。

今週の水曜日辺りから、突発的な頭痛が小春を悩ませ始めた。医者に診てもらったが、はっきりした原因は分からず、処方された頭痛薬も効いていないようだ。

小春の不調の理由に心当たりはある。たぶん、マダラのせいだ。一度は治まった頭痛が再発したのだろう。ただ、それを口外する気にはなれなかった。信じてもらうのは難しいだろうし、納得させたところで症状が良くなるわけではないからだ。

どう説明すればいいだろう。消しゴムをもてあそびながら悩んでいると、麻耶が翔吾の隣に腰を下ろした。

「もしかしたら、精神的なストレスが、小春ちゃんの頭痛の原因なのかも……」

「ストレス？」翔吾は首を傾げた。勉強や部活、人間関係などで小春が悩んでいるという話は聞いたことがない。「そんなのあるかな？」

「……先週の金曜日にね、北千住の駅前で小春ちゃんを見掛けたの。時間は午後八時くらいだったかな。私、その日は家族で外食してて、その帰りだったんだけど……小春ちゃんの隣に、知らない男の人がいたの」

どくん、と心臓が大きく震えた。

「男……？」

「私たちより年上だと思う。背が高くてすらっとしてて、髪は長くて、結構カッコいい人でね。小春ちゃん、すごく楽しそうにその人と喋《しゃべ》ってた。……自分の腕を、男の人の腕に絡めながら」

「……見間違いじゃないのか」

「それならいいんだけど……」麻耶が苦しそうに首を振る。「でも、もしその人の存在が、小春ちゃんを苦しめてるとしたら、すごく可哀相《かわいそう》だなと思って」

「苦しめる……？」

「その、東浜くん以外に気になる人がいる、みたいな状態が……辛《つら》いのかなって」

麻耶がそう囁《ささや》いた時、数学担当の、四十代の女性講師が教室に姿を見せた。

麻耶は「ごめんなさい。全然関係ないかもしれないから、忘れて」と言い残して腰を上げると、彼女の定位置である翔吾の真後ろの席に座った。

「えー、じゃあ時間になったので始めます。今日はテキストの七十五ページから……」

隣の教室まで聞こえそうな、大きな声で女性講師が例題を解き始めた。周りの生徒たちは真面目な顔で黒板を見ている。

授業に集中しなければと焦るものの、耳に届いているはずの説明が頭に入ってこない。胃がむかむかして、少し頭痛もする。

目を閉じると、得体の知れない男と歩く小春の後ろ姿が浮かんでくる。小春は幸せそうに男と腕を組み、肩を触れ合わせるようにしながら会話を楽しんでいる。

単なる妄想とは思えないほどその光景がリアルに感じられた瞬間、翔吾はシャープペンシルを自分の手の甲に突き立てていた。

「――っ！」

鋭い痛みに我に返る。芯を出す前だったので出血はしていない。だが、手の甲には小さな円形の痕跡がくっきりと残っていた。

――なんで、こんなにイライラするんだよ……。

衝動の刻印であるその丸い窪《くぼ》みを指でさすり、翔吾はため息をついた。

数学と英語、それぞれ七十五分ずつの授業を終えて雑居ビルを出てみると、時刻は午後五時近くになっていた。

足を止めて、南の方に目を向ける。堂々と直立する東京スカイツリーの背後の空が、オレンジから薄紫色に染まりつつあった。

それが美しい光景なのだ、ということは分かる。小春と付き合い始めた頃の自分なら、感動を共有するために、すぐさま写真を撮ってSNSにアップしようとしただろう。しかし、今はまったくそんな気は起こらない。一本の電波塔があり、その後ろに夕空がある。そういう風にしか思えなかった。

自分はこんなにドライな人間ではなかったはずだ。マダラを起動してからというもの、ずっと心の歯車が狂ったような感覚が付きまとっている。まるで、感情や思考を形成している大事な神経が切れてしまったようだった。

「だからって、病院に行ってもなあ……」

翔吾は独り言を呟き、駅に向かって歩き始めた。

電大通りと呼ばれる、東京電機大学の前の道を直進するとロータリーに出る。円を描く歩道を時計回りに進み、横断歩道を渡る。その先に、ドーナツショップや金券ショップなどが並ぶ短い通りがあり、そこを抜けると東武鉄道の北千住駅の東口に着く。

夕方を迎え、外出先から帰宅する人々と、逆にこれから遊ぼうという人々で辺りは込み合っていた。

人ごみを掻き分けて家路を急ぐほどの元気はない。翔吾は氷河のようにゆっくり進む人の流れに従って、のろのろと通りを歩いて行った。

四方から押し寄せてくるざわめき。そして、コーヒーや焼き鳥の臭い。普段は意識することもない、街のありふれた要素がやけに気に障る。イライラが募ってくるのをまざまざと感じながら、翔吾はうつむきがちにカフェの前を通り過ぎようとした。

そこで、翔吾は違和感を覚えて足を止めた。

気のせいだよなと自分に言い聞かせながら、カフェの方に顔を向ける。

カウンターの前で、一人の女子がメニューを見上げている。あどけなさの残る、自分を魅了してやまないその笑顔を見間違えるはずはなかった。小春だった。

彼女のすぐ横には、見知らぬ男が寄り添っている。頭一つ分、小春より背が高い。身長は一八〇センチ以上はあるだろう。フレームレスの眼鏡に、切れ上がった目尻。すっと通った鼻筋と、余裕の微笑みをたたえた口元。真っ黒な髪は、耳を隠してしまうほどの長さがある。

男の容姿を見た瞬間、すぐにぴんと来た。今日、塾での授業が始まる前に麻耶が言っていた、「先週の金曜日、小春と一緒にいた男」に違いない。

小春が、カウンターの奥の壁に貼られたメニューを指差す。男が何事かを囁くと、小春は脇腹をくすぐられたように、体をよじりながら笑った。それは、翔吾の見たことのない、ひどく無防備な姿だった。

やがて、注文した品がトレイに載せられる。二人は身を寄せ合うようにしながら、店の奥に消えていった。二人の間には、単なる顔見知りの枠に収まらない、誰の目にも明らかな親しさが感じられた。

翔吾は拳を握り締め、カフェのガラス窓を睨《にら》みつけた。頭が異常に熱い。まるで、頭蓋骨の中にできたてのグラタンを入れられたようだった。

「……許せない」

自分の口から出たとは思えない、低い声が唇の間からこぼれ落ちた。

辺りを見回すと、カフェに隣接するコンビニエンスストアの前に、一台の自転車が停《と》められていた。

翔吾はそちらに近づき、ハンドルを両手で掴《つか》んだ。

——ぶっ壊してやる。

腰を落とし、腕に力を入れて自転車を持ち上げようとした刹那、「ちょっと！」と叫びながら、店の中から小太りの中年女性が飛び出てきた。「それ、私の自転車よ！」

「あ、ああ……」

翔吾は慌てて手を離した。浮き上がりかけていた前輪が地面にぶつかり、一度だけ、自転車が小さく跳ねた。

「ねえ、どういうこと？　……もしかして、自転車泥棒？」

眉をひそめながら、女性が詰め寄ってくる。

「いえ、違います。ただの勘違いでした」

適当にごまかし、その場を離れて駅に逃げ込んだ。階段を駆け上がり、通路を進んで改札を抜ける。そこで初めて振り返ったが、人ごみの中に、さっきの中年女性の姿は見当たらなかった。

翔吾は大きく息を吐き出した。助かった、と思った。もし、あの女性に止められなかったら、持ち上げた自転車をカフェのガラス窓に叩きつけていたかもしれない。

気づくと、血液を沸騰させるような怒りは鎮まっていた。ただ、それと同時に、行動を起こそうというエネルギーも消え失《う》せていた。さっきのカフェに乗り込んで、小春に事情を問い質《ただ》す――そんな気力は、どれだけ体を絞っても出てきそうになかった。

――なんか、疲れたな……。

首を振り、翔吾は自宅に帰るべく、肩を落としてよろよろと歩き出した。

## 4　二〇一八年十一月四日（日曜日）

翌日、午後二時過ぎ。翔吾はリビングのソファーに寝転がり、テレビをぼんやり眺めていた。両親は午後から買い物に出掛けている。今、家にいるのは翔吾一人だけだ。

ふいに、テーブルの上に置いてあったスマートフォンが小さく震えた。ＳＮＳに、小春から〈もう着いたよ〉とメッセージが届いていた。

翔吾はテレビを消し、ソファーを降りた。一時間ほど、興味もないクイズ番組を見ていた。時間を無駄にしたな、とため息が出る。

全身が重い。食事も睡眠も普段通りなのに、昨日の夕方からエネルギーがまともに補充されていない感じがあった。

足を引きずるように玄関へと向かう。ドアを開けると、家のすぐ前に小春の姿があった。白のニット地の緩いセーターに、淡い水色のデニムスカート、ピンク色のフェイクレザーのトートバッグという装いだ。学校の外で彼女がスカートを穿《は》いているのを見たのはこれが初めてだった。

「お疲れ。……今日は親がいないから、気を遣わなくていいよ」

「……うん」と小春が小さく頷《うなず》く。表情は明るいとは言い難い。

二人でリビングに入る。小春をソファーに座らせ、翔吾は床のクッションに腰を下ろした。

いつもなら、小春の部活が休みになる日曜日には、必ず外でデートをしてきた。しかし、連れ立って出掛けるというのがどうにも煩《わずら》わしく感じられ、今日は翔吾の方から、「家に遊びに来ない？　話があるんだ」と誘っていたのだった。

小春はこちらを見ていた。自分から口を開くのが億劫《おっくう》で、翔吾は黙って視線を床に落とした。

居心地の悪さを伴う静寂がリビングに訪れる。それを破ったのは小春の方だった。

「……ねえ、話って、なに？」

「ああ、うん……」と翔吾は頭を掻いた。「体の調子はどう？」

「遊びに来れるくらいには元気だけど……頭痛はまだ続いてる」小春はこめかみに指を当て、眉間にしわを寄せた。「翔吾くんは？」

「俺はなんか、ずっと体がだるい」

「それ、分かる……。風邪の引き始めみたいな感じで、ちゃんと体が動かないんだよね。……部活も、最近は見学だけにしてるし……」

「……やっぱり、『アレ』のせいなのかな」と翔吾はためらいがちに言った。マダラという名を出すのはなんとなく憚《はばか》られた。

「関係ない……って言いたいけど、たぶんそうだと思う。今の不調は全部、あの日から始まってるし……」

「病院で、その話はした？」

「ううん」と小春は首を振った。「言っても対応してもらえる気がしなかったから……」

「そっか。……俺もそう思うよ」

翔吾も、この倦怠感《けんたいかん》について小春以外の誰にも話していない。面倒臭いというより、言ってはいけない、言うべきではないという思いの方が強い。マダラのことを他人に話したくない。自分だけの秘密にしておきたい。なぜか、そんな風に感じてしまう。

「……時間が経てば、きっと治ると思うけど」自分を勇気づけるように真顔で言い、小春はソファーの背もたれに体を預けた。「話って、このこと？」

「あ、いや、もう一つあるんだ」

翔吾は小春と視線を合わせた。彼女の表情に変化はない。気だるげな、少し怒ったような顔でこちらを見ている。

翔吾は自分の手のひらに目を向け、「……昨日の夕方、さ」と慎重に切り出した。「北千住の駅の近くで、小春を見たんだ」

「え？　ああ、そっか、塾の日だから」

翔吾は顔を上げ、「誰かと一緒にいたよな」と、思い切って言った。

「うん」小春は即座にそれを認めた。「本宮拓真《たくま》さん。父方のいとこなんだ。東王《とうおう》大学の博士課程の一年生で、脳のことを研究してるんだって。ものすごく頭がいいんだよ」

小春は誇らしげにそのいとこのことを説明した。東王大は、日本で最も偏差値の高い国立大学としてその名を知られている。

翔吾は苛立《いらだ》ちを覚えながら、「何のために会ってたんだ？」と尋ねた。

「えっと……あ、そうそう。英語の参考書を選ぶのを手伝ってもらったんだ。拓真さんは秀才だから、私みたいな凡人とは勉強の仕方が全然違うと思うけど、親身になっていろいろアドバイスしてくれたよ。もしよかったら、翔吾くんも同じやつを買う？　ざっと読んでみたけど、分かりやすくていい本だよ」

そう話す小春は、楽しそうな笑みを浮かべていた。大好きな笑顔のはずなのに、その表情を見ているとますますイライラが募っていく。

あの話はしない方がいいかもしれない。躊躇《ちゅうちょ》したのは一瞬だけだった。翔吾はぐっと拳を握り固め、「昨日だけじゃないんだろ」と絞り出すように言った。

「……え？」

小春の笑顔がこわばる。

「先週の金曜日にも会ってたんだろ、そいつと」

「……どうして、そのことを知ってるの？」

「昨日、塾で戸塚に教えてもらったんだよ。俺と同じように、小春のことを偶然見掛けたって」

「……麻耶が」と呟き、小春は指を唇に当てた。「どうして言ってくれなかったんだろう……」

「はぐらかすなよ！　そんなこと、今はどうでもいいだろ！」

「……翔吾くん？」

小春が驚いたように目を見開く。その反応で、翔吾は自分の声が必要以上に大きくなっていたことに気づいた。

「どれだけ優秀か知らないけどさ、参考書を買うためだけにそんなに頻繁に会うか？　おかしくないか」

「違うの！　先週は、参考書じゃなくて、別のものを買いに行ったの」

「別のって、なんだよ。ちゃんと言ってくれよ」

説明を促すが、小春は唇を噛んで目を逸《そ》らしてしまう。

「答えられないってことは、疚《やま》しいところがあるんだな」自分でもぞっとするような、低い声が喉の奥から這い上がってくる。「そいつと腕を組んでたらしいじゃないか」

「腕なんて組んでないよ！」

小春が言い返す。そのつぶらな瞳は潤んで黒く光っていた。だが、可哀相だとも、これ以上責めたら悪いなとも感じなかった。彼氏である自分に黙って、他の男と会う――。小春のやったことは、明らかな裏切りだ。その罪を償うのは当然のことだ。

翔吾は腰を上げ、ソファーに座っている小春のすぐ目の前に立った。

「そいつのことが好きなのか」

「別に、そういうんじゃないってば！」

小春が怒りを込めた視線を向けてくる。翔吾も負けじと小春を睨み返した。

「じゃあ、もう二度と会うなよ。今、この場でそう約束しろよ」

「なんでそんな約束しなきゃいけないの!?　拓真さんは話しやすいし、相談にも乗ってくれるすごくいい人だよ。いとこだけど、本当のお兄ちゃんみたいな存在なの。二度と会わないなんて、そんなの絶対に嫌！」

「それ、好きって言ってるようなもんだろっ！」

「違う、全然違うっ！」激しく首を振り、小春がソファーから立ち上がった。「勝手な

「思い込みで攻撃してこないでよっ！」

「思い込みじゃなくて、事実だろっ！　自分のやったことをごまかすなよっ！」

そう怒鳴りつけ、翔吾は小春の両肩を思いっきり押した。小春がバランスを崩し、ソファーに倒れ込む。

「……何するのよ」

「何って、そっちがギャーギャー言い返してくるからだろっ！」

小春が獣のような速度で立ち上がり、平手で翔吾の左頬を打った。

「いってぇ……」

ぶたれたところに手を当てると、じんじんと熱を持っていた。

その熱さが手のひらを伝わって、全身に伝播《でんぱ》していく。

心が、体が震える。

殴られたんだから、殴っていいんだ。シンプルに、そう思った。

「な、なによ。私は悪くないでしょ。そっちが先に暴力をふるった……」

小春が言い終える前に、翔吾は彼女の左肩に拳を打ち込んでいた。

どすん、と音を立てて小春が床に倒れ込む。

「いっ……たあ……」

肩を押さえ、足を曲げてうずくまるその姿を見た瞬間——。

翔吾は、味わったことのない、強烈な快感が湧き上がってくるのを感じた。

小春の方に足を踏み出す。

ゆっくりと前屈《まえかが》みになる。

眼前に、白くて華奢《きやしゃ》な首がある。

そちらに手を伸ばそうとしたところで、小春がぱっと体を起こした。

「……も、もう帰るっ！」

震える声で言い捨て、小春は自分の荷物を抱えてリビングを出て行った。

ドアが激しく閉まる音で、翔吾は我に返った。

「……俺、なんで……」

今、目の前で起きたことが現実だとは信じられなかった。

自分の手を見た。十本の指が、どれも小刻みに震えていた。

胸に手を当てる。心臓が猛々《たけだけ》しく血液を送り出している。体も異様に熱い。

「なんだよ、これ……」

深呼吸を何度繰り返しても、鼓動や体温や手の震えが落ち着く様子はなかった。まるで、自分自身がレーシングカーのエンジンになってしまったかのようだった。

## 5　二〇一八年十一月五日（月曜日）

小春との初めての喧嘩《けんか》の翌日。

夕食を済ませ、麦茶を飲みながら食卓でスマートフォンを見ていると、「どうかしたのか？」と敏明に声を掛けられた。いつもより少し早く帰宅した父親は、ふるさと納税の返礼品としてもらったチーズをつまみに缶チューハイを飲んでいた。

「……どうかって、何が」

「食事の時からずっとそれを見てるだろ。誰かからの連絡待ちか？」

「……別に」

そう答えたものの、敏明の指摘は的確だった。

昨夜は自分のしたことから目を逸らそうとしてばかりいたが、朝になると怒りやむかつきは猛烈な罪悪感に変わっていた。とにかく小春に謝罪をしなければと思った。

だが、学校に行ってみると小春は体調不良で休んでいた。翔吾は仕方なく、〈昨日はゴメン。どうかしてた〉とSNSでメッセージを送った。ところが、既読のマークは付いているのに、小春からの返信は未《いま》だにない。よほど体調が悪いのか、それともまだ怒りが続いているのか。もし後者だとしたら……その先は、できれば考えたくなかった。

もう一度、ＳＮＳのホーム画面を開く。やはり新着メッセージは届いていない。

ふうっと息をついた時、「最近は、なんでもそれだな」と敏明に言われた。

「……それって？」

「メールやＳＮＳ、スマホで全部済ませようとしてるってことだよ。俺が翔吾くらいの歳《とし》の時は、電話をするか、手紙を書くか、直接話すしか伝達手段がなかった。今から考えるとものすごく不便なんだけどな。あれはあれでよかったんじゃないかと思うんだ」

しみじみとそう言って、敏明はうまそうに缶チューハイを飲み干した。

そこに、洗い物を終えた久美子がやってくる。彼女の手には、二本の缶チューハイがあった。父親のお代わりと自分の分だ。酒を飲みながらの食後の語らいは、二人の趣味のようなものだ。

翔吾は空気を読んで自分の部屋に向かった。

階段を上がりながら、ＳＮＳのログを遡っていく。このアプリでは、メッセージの送受信だけではなく、無料通話も可能だ。だが、ここひと月の間は、一回も小春と電話をしていなかった。付き合い始めの頃は毎日のように通話をしていたが、いつの間にかメッセージのやり取りだけで済ませるようになってしまっていた。

自分の声で、気持ちを伝える。原始的だが、効果的な方法であることは確かだろう。

翔吾は自室に入り、軽く咳払《せきばら》いをしてから、無料通話のボタンをタップした。

通話画面が表示され、呼び出し音が流れる。しかし、一分ほど待っても何の反応もなかった。ならばと思い、〈電話、してもいいかな?〉とメッセージを送る。すぐに〈既読〉のマークは付いたが、向こうからのメッセージはない。こちらを無視しているのだ。さっきの電話も、気づいていたのに拒否したに違いなかった。

——なに無視してんだよっ!

発作的にスマートフォンを壁に投げつけそうになったが、翔吾はかろうじてそれをこらえた。

仕方ないんだと言い聞かせながら、スマートフォンを机に置く。小春が怒るのも無理はない。言い争いの末、肩にパンチをくらわしたのだ。ビンタされたあとの反撃とはいえ、やっぱりやりすぎだ。怒りが続いていて当然だ。

沸騰しかけた激情が遠のくのを待って、翔吾は上着を羽織った。電話に出てくれないのなら、直接自分の声を届けるしかない。

時刻はもうすぐ午後八時。まだ、訪ねて行っても大丈夫な時間だろう。翔吾は睦《むつ》まじく会話を楽しむ両親に、「コンビニに行ってくる」と嘘を伝えて家を出た。

小春の住むマンションは、翔吾の自宅から自転車で十五分ほどのところにある。東武伊勢崎線の梅島《うめじま》駅近くの、梅島公園に隣接するマンションだ。

　余計なことを考えずに済むように、翔吾は無心で自転車を走らせた。夜の住宅街を抜け、東武鉄道の高架をくぐる。車と競争するように車道を駆けていくと、やがて小春の住むマンションが見えてきた。

　いったんマンションの手前で自転車を停め、再度小春に電話をしてみる。だが、やはり繋がる気配はない。まだ怒りは冷めていないようだ。

　近くに来ていることを伝えるメッセージを送れば、外に出てきてくれるだろうか。しつこいと思われて、余計に苛立たせてしまうだろうか。

　スマートフォン片手に迷っていると、「……あれ？　東浜……くん？」と囁くような声で名前を呼ばれた。

　顔を上げると、すぐそこに麻耶がいた。制服ではなく、ボーダーの白いセーターに、濃い緑色のロングスカートという格好だった。

「戸塚……？　なんでここに」

「私の家、すぐ近くなの」と麻耶が道の先を指差す。「今日、学校休んでたでしょ、小春ちゃん。夕方から何度かSNSでやり取りしてたんだけど、急に返事が止まったから、心配になって……それで、様子を見に来たんだけど」

　つまり、自分と同じ理由でここにいるのだ。そう思うと、ふっと心が軽くなった気がした。

「会えた？」

「一応……」麻耶が背後に聳えるマンションを振り仰ぐ。「でも、玄関ドアのところで、『大丈夫だから帰って』って追い返されちゃって」

こちらに視線を戻した時、麻耶の目には涙が浮かんでいた。それに気づき、翔吾は思わず、「大丈夫か？」と声を掛けていた。

「ごめん、すぐに収まると思う。……あんな風に冷たい態度を取られたの、初めてだったから、なんかショックで」

眼鏡を外し、麻耶が手の甲で目元を拭う。その子供っぽい仕草にどきりとした。

ばつの悪さを感じ、翔吾は頭を掻いた。

「そっか。……よっぽど機嫌が悪いんだな」

「そうみたい」と呟き、麻耶が一歩分こちらとの距離を詰めた。「……小春ちゃんと、喧嘩でもしたの？」

上目遣いに訊《き》かれ、「どうしてそう思うんだ？」と翔吾は尋ね返した。

「こんな時間に家まで来てるし、それに、何か焦ってる感じがしたから……」そう答えて、麻耶は首を振った。「ごめん、やっぱり正直に言うね。メッセージのやり取りの中で、小春ちゃんが書いてたの。東浜くんと別れるかもって」

「別れる……？　それ、マジなのか？」

麻耶が申し訳なさそうに頷く。

翔吾は「くそっ」と公園の柵を蹴飛ばした。「大学院生のいとこだ……。あいつのことが、やっぱり気になるんだ」

「いとこって、拓真さんのこと？」

「知ってるのか」

「何度か話を聞いたことがあるよ。すごく優秀だって」

「らしいな」と翔吾は吐き捨てた。

「……私は、東浜くんと小春ちゃんはとっても相性がいい二人だと思う。……でも、小春ちゃんは、もしかしたら迷ってるのかも。東浜くんと、拓真さんと、どっちを選ぼうかって、考えすぎて苦しんでるのかもしれない……」

どっちを選ぶか――。

その言葉がスイッチになり、体温が急上昇する。頭部へと送り込まれる血液が増え、得体の知れない、どす黒い感情が脳の中で膨れ上がっていく。

翔吾は誰かに背中を押されるように、麻耶の方に足を踏み出した。

「……見せてくれよ」

「え？　見せるって、何を……？」

「小春とのやり取りだよ。あいつがなんて書いてたのか、見せてくれって言ってるんだよ！」

「あ、でも、スマホを持ってないし……」

「じゃあ、ここで待ってるよ。家から取ってきてくれよ」

翔吾がさらに詰め寄ると、麻耶は表情をこわばらせた。

「……いくら東浜くんでも、小春ちゃんの許可なしに見せるのはどうかなって……」

「いいだろ別に！　見たいんだよ俺はっ！」翔吾は麻耶の腕をぐいっと摑んだ。「ほら、早くしろって！」

「ちょ、ちょっと待って。痛いよ」

「いいから早く取って来いよ！」

麻耶の手を引っ張った時、「そこで何をしてるんだ！」と男の声が聞こえた。そちらに目を向けると、自転車に乗った二人組の警官の姿が見えた。

まずい。翔吾は麻耶の腕を離し、自転車に飛び乗った。

「こら、待ちなさい！」

警官が叫ぶ。翔吾は制止を無視して、思いっきりペダルを踏み込んだ。

どちらに向かうかを考える余裕などなかった。とにかく、さっきの場所から遠ざからねばならない。

目についた角を曲がり、知らない道をひたすら駆け抜ける。そうして無我夢中で自転車を走らせるうちに、堤防にたどり着いていた。荒川だ。

翔吾は堤防を上がり、そこで初めて周囲を見回した。

荒川を渡る橋の方から、車の通り過ぎる音がする。パトカーの赤い光は見えないし、サイレンも聞こえない。どうやら逃げ切れたらしい。

危機は去っても、体内で暴れる興奮は鎮まらない。翔吾は自転車をがしゃんと横倒しにして、堤防の斜面に腰を下ろした。

荒々しい風が、熱しきった頭を冷やすように吹き抜けていく。枯草の匂いを嗅ぐと、少しだけ気分が落ち着いた。

翔吾は大きく息を吐き出した。街の明かりに照らされてゆったりと流れる川面《かわも》を眺めていると、つい十数分前に自分が取った行動が自然と思い出された。なぜ、麻耶に対してあんな風に振る舞ってしまったのだろう。同じ塾に通っている間柄とはいえ、麻耶とはそれほど親しくはない。ＳＮＳでのやり取りを見せろというのは、あまりに強引な要求だ。麻耶が困惑するのは当然のことだった。

「……俺、マジでどうかしてんのかな」

翔吾は額を膝に押し付けた。今夜だけの話ではない。手の甲にシャープペンシルを突き立てたり、自転車を持ち上げてガラスにぶつけようとしたり、小春に暴力をふるったり……。ここ最近ずっと、些細《ささい》なことで感情が暴発し、普段の自分では考えられないような発作的な行動を取ってしまう。

「……全部、あれのせいだ」

マダラ。あのアプリをインストールしたことから、すべての異常は始まったのだ。あれを見たせいで自分はイライラするようになったし、小春は頭痛に苦しめられることになった。たった一万円の報酬のために……。

翔吾は自分の軽率さを呪いながら、じっと夜気に身を任せていた。立ち上がるのも億劫だったが、しばらくするとさすがに寒くなってきた。

「……帰るか」

翔吾は堤防の斜面に手をつき、のろのろと腰を上げた。

ふっと息をつき、何気なく空を見上げ——翔吾は目を見張った。

星さえ見えなかったはずの夜空に、無数の赤く輝く線が現れていた。

それらはおとぎ話の竜のように、無軌道に上空を飛び回っている。

そこにあったのは、いつか夢で見たのと同じ赤だった。

赤い線は好き勝手に動き回っていたが、やがて一定の方向に回り始めた。一つの点を中心に、各々異なった半径で描かれる数多《あまた》の赤い円。まるで、大きな的が頭の上に広がっているかのようだった。

呆然《ぼうぜん》とそれを眺めていると、徐々に円の半径が狭まり始めた。中央に向かって圧縮されていき、無数の線は一つの赤い塊に変わった。

巨大な生物の内臓のように、それの表面はびくびくと動いていた。

……夢で見たのと、同じだ。

翔吾は立ち尽くしたまま、その塊を見上げ続けた。

じっと見つめていると、太陽のようにも見えてくる。巨大な炎を上げて激しく燃え盛る、真夏の太陽だ。

上空に浮かんだままうごめいていたそれが、突然、ぴたりと動きを止めた。

前に見た時のように破裂するのだ——。

そう思って身構えた、次の瞬間。

赤い塊に亀裂が入り、そこから巨大な眼球がぬめりとせり出してきた。

その目は誰かを探し回るようにぎょろぎょろと動き回っている。逃げなければ、と思うが体が動かない。まるで、鉄の鎖が全身に巻き付いているようだった。

眼球がぴたりと静止する。

その黒い瞳は、まっすぐに自分に向けられていた。

「うう……うわあああーっ！」

喉の奥からほとばしった叫び声が、自分の体を縛っていた鎖を引きちぎった。

翔吾は堤防を駆け上がると、自転車を置き去りにしたまま住宅街の方へと駆け出した。

小春に会えなかったことも、麻耶に乱暴な態度を取ってしまったことも、警官に追われていたことも、もう頭の中にはなかった。

とにかく逃げなければ。翔吾にはもはや、それしか考えられなかった。

## 6　二〇一八年十一月八日（木曜日）

翔吾は夢を見ていた。

場所は自分の部屋だ。隅の方から、ベッドに腰掛けている自分を客観的に見ている。

夢の中の翔吾は、久美子に預けたはずの、マダラをインストールしたあのタブレット端末を持っている。「彼」は、画面をじっと見つめながら幸せそうに笑っていた。

「どうしてそれを……」

翔吾が漏らした呟きに反応して、もう一人の自分が顔を上げた。

——これ、見たいんだろ？

分かっているよ、という余裕の表情を浮かべながら、「彼」がそう言う。その声には、こちらをからかうような響きがあった。

「……見たくない」

翔吾はそう答えて、目を逸らした。

「彼」が立ち上がる気配がした。

——遠慮するなって。

自分と同じ顔をした「彼」が、馴れ馴れしく翔吾の肩に手を回す。

すうっと、目の前にタブレット端末が差し出される。そこには、マダラのスタート画面が映っていた。

隅に小さく表示された、（ｖｅｒ１・２）の文字。自分がプレイしたものからバージョンアップされているのだ、と理解すると同時に、タブレット端末を手に取りたい衝動が猛烈に込み上げてきた。

翔吾は歯を食いしばり、とっさにタブレット端末を振り払った。

——おいおい、無理するなよ。本当は見たいんだろ。

もう一人の自分がへらへらと笑いながら翔吾の顔を覗《のぞ》き込む。

「……やめろよ」

——ほら、お前の欲しいものはここにあるぜ。

「……見ないって言ってるだろ！」

——自分に嘘をつくなよ。俺には分かるんだよ、お前の心の中がさ。

「うるさいっ！」

抑え込もうとしていた激情が、潰したバネから手を離した時のように一気に爆発した。

こいつを黙らせなきゃいけない。翔吾は床を蹴り、もう一人の自分に摑みかかった。カーペットの上に組み伏せても、「彼」はまだ笑っていた。にやにやと、翔吾を小馬鹿にするように口を歪めている。

――そうだ。それでいいんだよ。我慢することなんてないんだ。

嬉しそうな声が頭の中に響き渡る。翔吾は混乱した。その声が自分のものなのか、組み伏せている「彼」の声なのか分からなかった。

「俺は……」

翔吾は何かに操られるように、もう一人の自分の首に手を掛けた。

指先に力を入れようとした、その刹那――。

ドアが開かれる音で、翔吾は目を覚ました。

そこは自分の部屋のベッドだった。久美子が、部屋の入口からこちらを心配そうに見ている。室内に、母親以外の人間の姿はない。

「ごめん。寝てたのね」

「……ああ、うん」

翔吾は体を起こし、頭を振った。背中に大量の汗を搔いていて、心拍は異様に速くなっていた。夢を見ていたのだ、と理解するのに少し時間が必要だった。それくらい、目覚める直前に見ていた光景がリアルに頭の中に残っていた。

「お昼、一応作ったんだけど。食べられそう？」

枕元の時計の短針は「12」を回っていた。昨日の夜から何も口にしていなかったが、空腹感はまるでない。翔吾は「……まだいい」と答えて、またベッドに横になった。

「そう……。下にいるから、食べたくなったら声を掛けてね」

「……仕事は？」

「休みをもらったから大丈夫。じゃあ、またあとでね」

そう言い残し、久美子は部屋を出て行った。彼女は近所のパン屋で働いている。自分のために仕事を休ませてしまったことが申し訳なかった。

翔吾は嘆息し、布団を頭の上まで引き上げた。

学校を休むのはこれで三日連続だ。月曜日の夜、荒川沿いの堤防から走って家に戻ってからずっと、微熱と頭痛が続いている。しかし、ほとんどの時間を寝て過ごしているのに、全身に巣食う疲労感は一向に消えてくれない。

昨日、親の勧めで病院には行った。医師の診断は風邪。翔吾はそれを聞いた時、「どこに目を付けてんだよ！」と叫びそうになった。不調の原因が風邪などではないことは、自分が一番よく分かっていた。

だからと言って、マダラのことを医師に打ち明ける気にはなれなかった。とにかく、自分でなんとかするしかないのだ。この病は。

もう一度眠ろうと思い、布団の中で目を閉じた時、枕元のスマートフォンが震える音がした。SNSに新着メッセージが届いたのだ。

手を伸ばし、布団の中にスマートフォンを引き込む。小春からかもしれないと期待したが、送り主は麻耶だった。

何度も連絡を取ろうと試みているが、小春は月曜日以降もまったく応じてくれない。怒りの炎は未だに燃え続けているのだろう。学校もずっと休んでいるようだ。

逆に、麻耶はここ二日ほど、頻繁にメッセージを送ってくるようになっていた。月曜の夜の一件についても、非は翔吾の方にあるにもかかわらず、〈私のせいで迷惑かけちゃってごめんなさい〉と、むしろ向こうの方から謝罪をしてきたくらいだ。

麻耶は、学校や塾の授業の進み具合だけではなく、飼っている犬のエピソードや面白かった本の感想などを送ってくる。そんなどうでもいい話題が、翔吾にとってはちょっとした癒やしになっていた。

今回はなんの話だろう。何の気なしにメッセージを開いた翔吾は、慌てて布団をはねのけた。

〈小春ちゃんが、ついさっき学校に来たよ。午後から授業を受けるって〉

翔吾はベッドに座ったまま、何度もそのメッセージを読み返した。

学校に行けば、小春に会える。そう思うと、何日も自分を苦しめていただるさが、少しだけ和らいだ気がした。

きちんと顔を合わせて話し合う。今の自分たちに必要なのはそれだ。

のんびり寝ている場合ではない。翔吾はベッドを抜け出すと、パジャマを脱いで急いで制服に着替えた。


心配する久美子を説得し、翔吾は普段通りに、徒歩と電車で高校へとやってきた。

正門を抜け、昇降口にたどり着いたところで、足を止めてひと休みする。体力がかなり落ちているのか、普段はなんともない行程がやけに長く感じられた。

息を整えていると、校舎からチャイムの音が聞こえてきた。午後一時の、昼休みの終わりを告げるチャイムだ。もう全員が教室に入っているのだろう。ずらりと並んだ下駄箱の前に人影はない。

どうせ遅刻しているのだ。今さら焦っても仕方ない。翔吾は上履きに履き替え、しんとした廊下を歩いて行った。

二年生の教室はすべて二階にある。手摺《てす》りを掴みながら、足元を確かめるように階段を上がっていく。

二階にたどり着いた時には、息が切れていた。この程度の運動で疲れてしまうことにうんざりしつつ、二年一組の教室を目指して再び歩き出す。

二年は全部で六クラスあり、一組だけが廊下の突き当たりを曲がった先にある。普段は何とも思わないが、今日ばかりはこの配置が恨めしい。なんでウチだけ遠いんだよ、と愚痴りつつ角を曲がったところで、「あれ?」と翔吾は足を止めた。

授業中は必ず閉まっているはずの出入口の戸が開いている。教室の中の様子も妙だ。見える範囲すべてが空席だった。

すぐに理由に思い至り、翔吾は「……あ、そっか」と呟いた。木曜日の午後イチは体育の授業だ。男子はグラウンド、女子は体育館に行っているのだから、誰もいなくて当たり前だった。

「どうするかな……」

グラウンドに行くかどうか迷いながら、とりあえずカバンを置いておこうと教室に向かう。

出入口のドアレールを踏み越えた瞬間、窓際の席に座る人影が見えた。

そちらに目を向け、翔吾は息を呑《の》んだ。

そこに、小春がいた。うつむき、机に置いた教科書をぼんやりと見つめている。

「……こ、はる……?」

ためらいがちに声を掛けると、小春は面倒臭そうに、のろのろとこちらを向いた。

「ああ……翔吾くん。休みじゃなかったの……?」

「少し元気になったから……」

翔吾はそこで言葉を切り、「小春が学校に来てるって聞いたから、それで俺も来たんだ」と言い直した。

「そうなんだ。ふーん……」

いま目を覚ましたばかりなのか、小春の声には覇気がない。顔色も悪い。ずっと冷水にでも浸かっていたかのように青白い肌をしている。

「みんな、体育だろ？　どうしてここにいるんだ？」

「移動が面倒で……。先生に保健室に行くって言って、そのまま座ってた……。動くのも、なんか、しんどいし……」

囁くように喋っていた小春が、突然激しく顔をしかめた。

「う……う……」

小春は苦悶《くもん》の表情で机の中に手を入れ、ピルケースから取り出した錠剤を強引に口の中に押し込んだ。錠剤を噛み砕く音が翔吾のところまではっきりと聞こえてきた。

小春はしがみつくように机にうつ伏せになり、荒い呼吸を繰り返している。

「……だ、大丈夫か？」

「時々ね……今みたいに、ものすごく頭が痛くなるの……もうっ！」

小春は体を起こし、机の上の教科書を思いっきり黒板に投げつけた。耳障りな衝突音が響き、どさりと教科書が床に落ちる。小春が物に当たるのを見たのは、それが初めてだった。

尋常ではない小春の様子に気後れしそうになる。だが、ここで伝えるべきことを伝えなかったら、また悶々とした日々を過ごすことになるだろう。

翔吾は覚悟を決め、小春に近づいた。

「小春。これ」

カバンから取り出したネックレスケースを差し出す。

桜色のラッピングを見つめ、小春はしかめっ面のまま、「……なにこれ」と言った。

「プレゼント。ほら、俺たちが付き合い始めて、もう半年になるだろ。それで、何か記念になるものを贈ろうと思って」

「……なんで、今日なの？」小春が眉間のしわを深くする。「私たちが付き合い始めたの、五月十二日だよ。まだ半年じゃないじゃん」

「いや、そうだけど……ちょっとの差だよ」

「……私だって、いろいろ……」

ぼそぼそと小春が何事かを呟く。「え？」と聞き返したが、彼女は「いいよ、別に」と首を振り、包装紙をほどいた。

小春は中から現れた黒いビロードのケースを開き、「……ネックレスだ」とぽつりと言った。その顔に、笑顔の気配は一切ない。

「そう。ネットで探してて、小春に似合うだろうなって思ってさ」

「……いくらしたの、これ」

「え、いや、まあ、それなりの値段だけど」

「一万円くらい？」

「いや、その倍以上だけど」

そう答えると同時に小春が立ち上がり、翔吾を睨みつけた。

「これを買うために、お金が欲しかったんだね。それで、マダラのモニターに募集したんだ。そうなんでしょ？」

さっきまで青白かった小春の肌に、赤みが差している。こちらを睨む視線には、明らかな敵意が込められていた。

怒りを向けられた途端、ここ何日かずっと引きずっていた倦怠感が吹き飛んだ。

マグマのような熱量が体に満ちていく。

握り込んだ指の爪が手のひらに刺さる。

ぎりぎりと歯が鳴るほど、顎に力が入る。

脳が沸騰しているように頭が熱い。

翔吾はとてつもないエネルギーが全身にみなぎるのをまざまざと感じながら、負けじと小春を睨み返した。

「……そうだけど、だからなんなんだよ」

「翔吾くんが端末にマダラを入れたから、こんな風に苦しむことになったって言ってるんだよ！」

「はあ？　こっちのせいにするなよ！」と翔吾は怒鳴り返した。「やってみたいって言ったのは小春の方だろ！」

「誰だって、見慣れないアプリのアイコンがあったらやってみたくなるよ！」

「部屋にあったタブレットに勝手に触ったのはそっちだろ！」

「あーもう、うるさいっ！」小春は吐き捨てるように叫ぶと、近くにあったクラスメイトの机を蹴倒した。「なんなのもう、ぐちゃぐちゃと！」

「イライラしてんじゃねえよ！　頭おかしいんじゃないか？　こっちから何回も連絡してんのに、全部無視しやがってさ！」

「おかしいのはそっちの方でしょ！　この間の日曜日、私を殴ったじゃない！」

「それはお前が俺にビンタしたからだろ！」

「怒らせるようなことを言うからじゃない！　拓真さんと私とのことを一方的に疑ったりしてさ。馬鹿じゃないの？」

　ぷちん、とゴムが切れるような音を翔吾は聞いた。

「……なんだよ、その言い方はぁ！　一方的なんかじゃねえよ！　腕を組んでたんだろ、そいつと！」

「またそれ？　だから、前にも言ったじゃない。組んでないって！」

「嘘つけ！　戸塚が見たって言ってたんだよ！」

その一言で、小春の表情がこわばる。

「……そっか。それ、忘れてた……。見てたのは、麻耶だったんだよね……」

「この間もそう言っただろ！　友達に迷惑かけてんじゃねえよ！　あいつ、俺たちのこと心配してくれてんだぞ！『俺と別れるかも』って戸塚に打ち明けたんだろ？　二股のストレスが頭痛の原因じゃないかって、泣きそうな顔で言ってたぞ！」

翔吾の言葉を聞き、小春は呆《あき》れたようにため息をついた。

「なんにも分かってないんだね……。私、『別れる』なんて一言も言ってないよ。それ、麻耶の嘘だよ。あと、私と拓真さんが腕を組んでたってこともね」

「嘘……？」

「あの子はね、翔吾くんのことが好きなんだよ。だから、あることないこと言いふらして、私たちの仲を壊そうとしてるんだよ」

「……あいつが、俺に嘘を？」

思ってもみなかった可能性に、頭がずきずきと痛み始める。

——俺は騙《だま》されていたのか？

月曜日の夜、ＳＮＳでのメッセージの履歴を見せてくれと迫った時、麻耶はかなり焦っていた。あれは、別れる云々《うんぬん》のやり取りが嘘であることを隠そうとしていたからだったのか？

大量の血液が忙《せわ》しなく頭の血管を巡っている。頭が熱い。熱くて仕方がない。

そこで翔吾は、ざーざーと、チューニングに失敗したラジオのような音が鳴っていることに気づいた。その合間では、男の笑い声もしている。

翔吾はすぐに二つの音の正体に思い至った。マダラの映像の中で流れていた音だ。

空中を、小春にまとわりつくように赤い糸が舞っている。

翔吾はゆっくりと、彼女の方へと足を踏み出した。

「表情が死んでるよ？　麻耶に騙されかけたのがそんなにショックだった？」

小春が笑う。見たこともない、厭《いや》らしい顔で。

翔吾は思った。

ひょっとしたら、目の前にいるこの女は、小春の偽者なんじゃないか？　だから、こんなに腹の立つ笑い方ができるのだ。

翔吾は小春の机に置きっぱなしになっていたネックレスを手に取った。本物の小春なら、世界中の誰よりこれが似合うはずだ。

「なあ、ここでつけてみてくれよ」

「え？　なんで？」

「いいから、早く」

ネックレスを差し出す。小春はそれを一瞥《いちべつ》し、「なんか、呪われてるみたいで嫌」と言った。

「呪われてる……？」

「それ、マダラの感想を送ったお礼で買ったんでしょ？　そんな汚らしいプレゼント、受け取りたくないって言ってるの！」

小春がそこで、ぎゃははは下品な笑い声を上げる。

──ああ、やっぱり偽者なんだ。

翔吾は安堵《あんど》した。自分の大好きな小春は、学校になど来ていなかったのだ。きっと、今もまだ家で静かに寝ているに違いない。

翔吾の顔を見て、「女」が怪訝《けげん》な表情を浮かべる。

「……なに、その顔。にやにやしちゃって。気持ち悪っ」

「そっか。お前がいるから、小春が家から出られないんだ」

「……は？　意味が分かんないんですけど」

「小春を、返してくれよ」翔吾は、「女」との距離をさらに詰めた。「なあ、返してくれよ」

「ちょ、顔がキモいって。――やめて、近づかないでよっ！」

「女」が振り回した手に当たり、持っていたネックレスが弾《はじ》き飛ばされた。

きらきらと光をまといながら、放物線を描いてネックレスが落下する。

カシャ、と小さな音を立てて、ネックレスが床に落ちた。

餌に群がるピラニアのような勢いで、空中をさまよっていた赤い線が一斉にネックレスへと集まっていく。可愛らしいピンクゴールドだったはずの鎖が、あっという間にどす黒い赤に染まった。

それを見た途端、目の前が真っ白になった。

「何するんだよおぉーっ！」

ありとあらゆる感情が体内で暴れ回っていた。その激しさに理性が押し流されていく。

翔吾は抵抗せずに、荒々しいその衝動に身を任せた。

そのあとのことは、何も覚えていない。

はっと我に返った時、翔吾は床に倒れた小春を見下ろしていた。

彼女の目は大きく見開かれている。口は「い」の発音の形で固まっていて、唇の端から耳に掛けて、泡の混じったよだれが流れ落ちていた。

「……こ、はる？」

呼び掛けても、小春はぴくりとも身動きをしない。

彼女の方に手を伸ばそうとして、翔吾は気づいた。その細い首に食い込むように巻き付いているのは、小春のために買った、あのネックレスだった。

床に膝をつき、小春に覆いかぶさるようにして、そっと首筋に触れる。

指先で、何度も、その柔らかな肌を探る。しかし、どこを触っても脈拍は一切感じられなかった。

小春は、完全に息絶えていた。

何があったかは、まるで分からない。だが、確実なことが一つある。

自分が、この手で絞め殺したのだ。

そのことを理解した瞬間、翔吾は絶叫していた。

喉の奥から、人間のものとは思えない叫びがほとばしる。

気づくと、教室を飛び出していた。

全速力で廊下を走っていくと、向こうから教師が駆けてくるのが見えた。騒ぎを聞きつけて様子を見に来たのだ。

翔吾は何も考えず、すぐ脇にあった階段を上がった。

どこに行けばいいのだろう。

何をすればいいのだろう。

自問自答するうち、閃《ひらめ》いた。

そうだ、これは悪夢なのだ。夢の世界から脱出すれば、いつもの平穏な日常に戻れるはずだ。あの、愛《いと》おしい笑みを浮かべる小春と再会できる。

二階から三階、三階から四階へ。出口を探してひたすら足を動かしていた翔吾は、白い光を見た。

踊り場の大きな窓が開いていた。青い空のかなたに、太陽が光っていた。

ああ、あれだ。あれが、現実への出口だ。

迷いは一切なかった。

いったん足を止めて手摺りによじ登り、翔吾は勢いをつけて光の中へと飛び出していった。

## 7　二〇一八年十一月十三日（火曜日）

午前十時。安達優司は東武伊勢崎線の西新井駅で電車を降りた。

西口を出て、幅の広い歩道を歩いて行く。目的の西新井警察署は、駅からわずか数分のところにあった。壁面は乾いた土のような色合いで、建物の上部には梯子《はしご》状《じょう》の意匠が等間隔に並んでいる。

ここに足を運ぶのは初めてだった。少し緊張しながら受付に向かい、面会の約束を取り付けてあった刑事を呼び出してもらう。

壁に貼られた、ひったくりへの警戒を呼び掛けるポスターを眺めていると、四十代と思《おぼ》しき大柄な男性がやってきた。ぎょろりとした目に、平べったくて大きな鼻。そして、短く刈り込んだ髪と丸い頭部。男の容貌は仁王像によく似ていた。

「ああ、どうも。安達さんですか」

男は見た目にそぐわぬ明るくて高い声で言い、梁瀬《やなせ》と名乗った。西新井警察署の刑事で、階級は巡査部長だという。

「すみません、お忙しいところを」

「いえいえ、お気になさらず」と言って、梁瀬はポケットから飴《あめ》を取り出した。苺《いちご》の絵が描かれた包装紙に包まれている。「食べます？　私、この苺ミルク味の飴が好きで。中に入っている、サクっとしたミルクの部分が美味《おい》しいんですよ」

「あ、では……」

甘いものは苦手なのだが、断るのも申し訳ないと思い、「あとでいただきます」と飴を受け取ってポケットに仕舞った。

「じゃ、立ち話もなんですし、こちらへどうぞ」

梁瀬に案内され、六帖《じょう》ほどの広さの会議室に入る。大きな窓があり、晩秋の柔らかな日差しが室内を明るくしていた。

席に着き、「さっそくですが、お話を伺わせてもらえますか」と安達は切り出した。

「先週、西新井高校で起きた殺人事件のことですね」

ええ、と安達は頷いた。

「送っていただいた資料には目を通してありますが、改めて事件の状況を知りたいと思いまして」

「えーっと、じゃあ、とりあえず概要を読み上げますね。気になったことがあったらなんでも聞いてください」

梁瀬は上着の内ポケットから取り出した眼鏡を掛け、資料を読み始めた。

「事件が起きたのは、十一月八日、木曜日の午後一時十分ごろ。現場は、私立西新井高校の校舎の二階にある、二年一組の教室です。被害者の名前は、本宮小春、十七歳。この二年一組の生徒です。ネックレスのチェーンで首を絞められて殺されていました。被疑者と目されているのは、東浜翔吾、十七歳。被害者のクラスメイトであり、交際相手でもあった生徒です。彼は女子生徒を殺害後、校舎の三階と四階の踊り場にある窓から身を投げました。かろうじて一命は取りとめたものの、今も意識不明の重体で入院しています」

「教室にいたのは二人だけだったんですね」

「そのようです。その時間、体育の授業で他の生徒はグラウンドや体育館におりました。被害者の女子生徒は体調不良を理由に、教室に居残っていたようです。一方、被疑者の男子生徒の方ですが、こちらは午後から登校していますね。たまたま教室で交際相手と遭遇し、何らかの事情で口論となり、絞殺に至ったものと思われます」

「口論になったのは確かなのでしょうか」と安達は尋ねた。

「同じ階の教室にいた同級生、ならびに教師が二人の声を聞いています。二年一組の教室が少し離れたところにあったため、言い争いの内容までは分からないようです」

「離れていても聞こえるほど大きな声だったとも言えますね」

「ああ、そうですね。逆に考えれば」と梁瀬が小刻みに頷く。

そこで安達は机に腕を乗せ、前屈みになった。

「二人は交際していたんですよね。喧嘩が発端で殺人に発展するほど仲が悪化していたのでしょうか」

太い指で、梁瀬が頭をごりごりと掻く。

「……うーん、そこはまだ捜査中で。友人や家族から事情を聞いている最中なんです」

「いま分かっていることだけで結構です」

「一応、気になる話は出てますよ。被害者が親しくしていた、戸塚麻耶という女子生徒が教えてくれたんですが、女子生徒は恋愛関連の悩みを抱えていたようです」

「なるほど。別れ話が出て、それに納得できなかった被疑者が、勢い余って犯行に及んだ……という可能性は考えられますね」

「我々もその線で調べを進めています。ただ、結論を急ぐつもりはありません。その女子生徒以外は、揃《そろ》って『二人の仲は良好だった』と答えています。声を荒らげるような喧嘩をしたとしても、一足飛びに殺人に至るというのは、さすがに考えにくいです」

「もし、他に要因があるとすれば、どういうものでしょうか」

　安達の問いに、「薬物の線ですね」と梁瀬は即答した。「現在、二人の血液と尿、それと毛髪の検査を行っています」

　薬物。やはりその説が出るのだな、と安達は思った。

「薬物のせいで、極度の興奮状態だったと？」

「インターネットがあれば、高校生でも危険ドラッグの入手はできますからね」

「若者の間で特殊な薬物が出回っているという噂《うわさ》は出ていますか？」

「いや、組織犯罪対策課《組対》や生活安全課《生安》の連中に確認しましたが、少なくともウチの管内ではそういう話はないようです」と梁瀬が首を横に振った。

「そうですか……」

　そこで梁瀬が握り拳を差し出した。開いた手のひらには、苺ミルクの飴が二粒乗っていた。

「そろそろ、私から質問をしても構いませんかね？」

「ええ、何なりと」と返し、安達は二粒の飴を受け取った。

「安達さんは、十月に池袋で起きた『大学生相討ち殺人事件』の捜査本部をお手伝いしているそうで。あれはなかなか強烈な事件ですね。友人関係にあった三人が相互に殺し合うなんて、前代未聞です。事件直後は、ウチの署内でも話題になっていました。ちなみに、捜査に進展はありましたか？」

「犯人ははっきりしていますから、動機の解明が主な課題なのですが……難航しています」と安達は正直に答えた。

「物証は見つけられても、心の証拠を探すのは難しいですからね」梁瀬は太い腕を組んで頷くと、その大きな目でぎろりと安達を見た。「で、あの事件の担当の方が、なぜこちらの事件を調べているんですか？　何か関連性でも？」

安達は受け取った飴を手の中で弄びながら、「これは単なる直感なのですが……事件の一報を聞いて、似ているなと感じたんです」と答えた。

「……友人あるいは恋人といった、親しい関係にあった人間が、いきなり相手を殺す。言われてみれば、類似性はあるかもしれません。それでさっき、薬物のことを確認したんですね」

「そうです。こちらの捜査本部でも、若者の間でドラッグが流行している可能性を検討しています。ただ……」

「ただ、何ですか？」

「三人の大学生の体内からも、あるいはそれぞれの自宅からも、薬物らしきものは見つかっていないんですよ」

「ふーむ、そうですか。いよいよ不可解ですな」

梁瀬が顎に手を当て、首をひねる。と、その時、部屋の隅に置かれた内線電話が鳴りだした。

「ちょっと失礼」梁瀬が席を立ち、受話器を取り上げる。「……はい。……はい？……ああ、またですか。いま取り込み中なんで、適当にあしらっておいてください」

電話を切り、「まったく、しつこいな」と呟いて、梁瀬が席に戻る。

「どうかされましたか」と、安達は興味本位で尋ねた。

「いや、それがね。彼氏に絞め殺された女子生徒の親戚が昨日いきなりウチの署にやってきましてね。『事件の真相を調べたいから、捜査資料を見せてくれ』なんて言い出したんですよ。いくら親戚とはいえ、そんなもん渡せるわけないでしょう。でもね、相手はこっちが『無理だ』って言ってもなかなか納得しなくてね。東王大学の大学院生らしいんですが、妙に弁が立つので大変でしたよ。昨日はなんとか帰ってもらったんですが……いやはや、今日も来るとは」

梁瀬が大きなため息をつく。

被害者の親族が署に押し掛けてくるという話は、たまに聞く。ただ、それは捜査に手間取り、犯人を見つけられない場合がほとんどだ。被疑者がはっきりしているのに、「真相を調べたい」というのは初耳だ。

ひょっとすると、その親戚は、殺された女子生徒に関する重要な情報を握っているのかもしれない、と安達は思った。だからこそ、自分で事件を解決できるという思い込みを抱《いだ》いたのではないだろうか。

三人の大学生が殺し合ったあの事件の捜査は、手詰まりになりかけている。とにかく、些細なものでも構わないから、手掛かりが必要だ。藁《わら》にもすがるとはこのことか、と自覚しつつ、安達はその親戚と会いたい旨を梁瀬に伝えた。

「別に構いませんが、外でお願いできますか。署内でまた粘られたら困りますんで」

「分かりました。今日はありがとうございました。何か新事実が出てきたら、ご一報いただけると助かります」

梁瀬に礼を言い、安達は受付へと向かった。

細身で背が高く、妙に自信ありげな長髪の若い男……。特徴を教えてもらっていたので、誰が被害者の親戚なのかはすぐに分かった。

その男は、受付の若い警官に早口で話し掛けていた。自分には捜査資料を見る権利と義務があるのだと、息継ぎをほとんど挟まずに滔々《とうとう》と説明している。その様子は、不祥事を起こした政治家を国会で責める、切れ者の若手議員を連想させた。

若者の弁舌は一向に終わる様子がない。痺れを切らし、安達は「あの、ちょっといいかな」と横手から声を掛けた。

彼がこちらを向く。眼鏡のレンズの奥で、切れ長の目がすっと細くなる。

「どちら様ですか？」と、男は冷静に言った。

「警視庁刑事部捜査第一課の安達だ。君が、本宮小春さんの親族の方だね？」

「ええ。本宮拓真です。彼女のいとこに当たります」と、男は悠然と頷いた。

「東王大学に通ってるんだってね」

「博士課程の一年生です。脳科学の研究をしています」

「脳科学？」

「はい。ヒトの心の有り様と、脳の生理的な状態……その関連性を解き明かすのが僕の研究の目標です」

「じゃあ、医学部？」

「いえ、理学部です。医療機関と協力して、脳のＭＲＩ画像を大量に収集し、高機能なコンピューターで解析しています」

「それはすごいね。で、小春さんが亡くなった事件について調べているとか」

「そうです。自分なりに納得のいく結論を探したいと思いまして」

本宮はそう言って、フレームレスの眼鏡のつるに触れた。自信を漂わせるその態度に、安達は興味を惹かれた。

お互いの情報を交換しよう、と持ち掛けると、本宮は「いいでしょう」とすぐに食いついた。

彼と共に西新井署を出て、マンションを挟んですぐ隣にあった公園へと向かう。昼前の公園は閑散としていた。滑り台で遊ぶ幼児と、その様子をベンチから見守る母親がいるだけだった。

親子連れから離れたところにある、石造りのベンチに並んで座る。今日はよく晴れていた。気温も上がり、心地よい風が吹いている。実に気持ちのいい天気だった。もし許されるなら、そこら辺の芝生に寝転がって昼寝を楽しみたいくらいだ。

安達はそんな欲求を振り払い、「警察の捜査に不満があるみたいだけど」と本宮に水を向けた。

「不満というより不安ですね。警察は忙しい組織でしょう。多少の疑問があっても、手の届くところにそれらしい答えがあれば、それを唯一のものだと思い込みがちです。このまま、安易に東浜くんを犯人だと結論付けるのではと危惧しています」

「……犯人が他にいると？」

本宮がこちらを向く。一点の曇りもない、澄み切った目をしている。

「安達さん。その可能性を検討するために、僕は捜査資料の閲覧を要求しているんです。何かご存じなら、この場で僕の質問に答えていただけますか？」

自分は、本宮小春殺しの担当者ではない。いくら相手が被害者の親族とはいえ、捜査情報を漏らすのは越権行為に当たる。秘密の厳守は犯罪捜査規範にも書かれている、刑事の基本の基本だ。

だが、「他言しないと約束してもらえるのなら」と安達は小さく頷いてみせた。異常な事件の裏に、大きな犯罪が潜んでいる気配を安達は感じ取っていた。ルールに固執して、解決のチャンスを逃すことはしたくなかった。

「では、遠慮なく。まず、遺体の状況です。小春ちゃんの首に巻き付いていたネックレスから、東浜くんの指紋は検出されましたか？」

「もちろん。彼と、被害者の指紋だけが付着してたよ。だからこそ、警察は彼が被疑者だと断定したわけだ」

「そうですか。事件が起きた時間帯、教室には二人しかいなかったんですね？」

「そう考えていいはずだ。叫び声を聞いた直後に、教師が二年一組に駆け付けている。それと、複数の人間が、教室から出て行ったのは東浜くんだけだった、と証言している。第三者の存在を想定するのは無理があるね」

「状況から判断すれば、そうなりますね。しかし、動機はどうでしょう。僕には、東浜くんが人殺しをするとは思えないんです」

「別れ話が出ていたという証言もあるんだ。それが殺意に繋がったという可能性はどうかな」

「それはありませんよ。小春ちゃんは東浜くん一筋でした」

本宮がスマートフォンを取り出し、「これを見てください」と画面をスワイプする。コートやジャケット、ジャンパーの画像が次々と現れる。どれも男物のようだ。

「これは？」

「小春ちゃんは、交際半年のサプライズプレゼントとして、彼に上着を贈ろうと計画していました。この画像はその候補です。『どれがいいかな』と訊かれたので、『現物を見て考えよう』と言って、二度ほど一緒に買い物をしたんです」

「その話は、警察には……？」

「もちろんお伝えしました。ただ、それほど重要な証言だとは思ってもらえなかったようですね。別れ話がこじれて殺人に至った——そのストーリーの邪魔になる情報ですから、オミット《除外》したくなるのも分かります」

本宮は達観した様子で言い、「安達さんは、どうお考えですか？」と逆に尋ねてきた。

「実は、僕はこの事件の担当じゃないんだ」と伝えてから、本来の捜査対象である池袋の事件について説明する。

話を聞き終え、「それは興味深いですね」と本宮が呟いた。「その三人の体内からは、薬物は出なかったんですね」

「かなり綿密に調べたけど、今のところは出てないね」

「ふむ。薬物が原因ではないと」

「僕はそう思ってるけど、捜査本部では薬物説を追っているよ。購入ルートを掴むために、粘り強く彼らの交友関係を洗ってる最中さ。……ただ、ちょっと情報が錯綜《さくそう》しているてね。我々が頻繁に大学に聞き込みに行くものだから、いろいろと奇妙な噂が広がってるみたいだ」

「観察者効果というやつですね」

「……なんだい、それ？」

「観察するという行為が観察される現象に与える変化のことを言います」本宮が淡々と説明する。「ちなみに、どのような噂が出ていますか？」

「事件のあったアパートで自殺した人間の祟《たた》りとか、宇宙人に精神を操られたとか、死神が魂を刈り取ったとか……ああ、人を殺したくなる、悪魔のアプリなんて話も聞いたな。都市伝説のオンパレードだよ」

「……荒唐無稽ではありますが、それは意味のある情報です」と本宮は言った。「超自然的な存在を持ち出すということは、『彼らは人殺しをするような人間ではない』と周囲が認めていたわけでしょう」

「……なるほど、それはそうかもしれない」

「他には何か、情報はありますか？」

「いや、言えるのはこのくらいかな」

「そうですか。情報のトレードはこれでいったん終了にしましょう。貴重なお話をありがとうございました」そう言って本宮が腰を上げた。「僕も、素人なりに調査を行います。もちろん、警察の邪魔はしませんのでご安心を」

「そうかい。何か分かったら、連絡をくれるかな」

安達は自分の名刺を本宮に渡した。

「了解しました。では、僕はこれで」

「もう一つ聞かせてくれないか」

公園の出入口へと向かう本宮を、安達は呼び止めた。

「僕に答えられることなら何なりと」

「博士課程の学生なら、研究で忙しいだろう？　なぜ、捜査に首を突っ込むようなことをするんだい？」

「単純なことです。それがたぶん、小春ちゃんの無念を晴らす唯一の手段だからです」

本宮が空を見上げる。

つられて、安達も上空へと目を向けた。

薄水色の空に、丸い雲が一つだけ出ていた。本宮の研究分野の話を聞いたせいだろうか。安達にはその雲が、ヒトの脳に似ているように感じられた。

# Phase 2　アップデート

## 1　二〇一八年十一月十八日（日曜日）

東王大学、理学部四号館の三階。脳神経科学研究室の、がらんとした事務室に、物悲しさと透明感が同居したメロディが流れている。シンセサイザーで奏でられるシンプルで美しい音たち。ファイナルファンタジーⅢのフィールド曲、「悠久の風」だ。

本宮拓真は目を閉じて、一分ほどのサイクルで繰り返されるその曲に浸っていた。昼下がりの誰もいない部屋で、八〇年代から九〇年代のゲーム音楽を楽しむ。それは、疲れを癒やすための本宮のリラックス法だった。

単調だが味わい深いベース音に合わせて指を動かしていると、隣の部屋のドアが開く音が聞こえた。

またか、とため息をついた直後に事務室のドアが開き、「こんにちはーっ！」と大きな声が響き渡った。

明るいブラウンの髪の女子学生が、「にこにこ」と音が聞こえてきそうな笑みを浮かべている。日本人離れした大きな目と高い鼻。全体的に顔の彫りが深く、口は大きい。

どれだけ離れていても目に留まる、印象的な顔立ちだ。

本宮は音楽の再生を止め、椅子に座り直した。

「いつも言っているだろう。一人で過ごす日曜日のこの時間は、僕にとって非常に大切なものであると。なのに、なぜ毎回のように邪魔をする？」

眉根を寄せながら尋ねると、仙崎《せんざき》ティナは「えーっとぉ」と顎に指を当てて首を傾《かし》げた。「それが双方にとって、最もメリットがあるからです」

「具体的には？」

「拓真さんは私に会えて嬉《うれ》しい。私も拓真さんに会えて嬉しい。そういうことです」

「勝手に決めないでくれ。僕は君に会うより一人でいたいと感じている」

「強がらなくてもいいんですよ？」

「強がってなどいない」と断言し、本宮は腕組みをした。「それで、何の用だ？」

「やだなあ、決まってるじゃないですか。これからデートに行きましょう！」

「悪いが用事がある」

「まただ、そんな分かりやすい嘘《うそ》を言ってぇ。恥ずかしがらなくていいですよ。私のことが好きなら、遠慮しないでください。私も、拓真さんのこと大好きです」

「だから、決めつけはやめてくれと言っている」

本宮は嘆息してみせた。ティナは隣の生物遺伝学研究室に籍を置く、学部四年生だ。

彼女は事あるたびに、本宮への好意を口にし、デートに行こうと誘ってくる。ティナ曰《いわ》く、「大学の構内で見掛けて一目惚《ひとめぼ》れしました！　拓真さんは私の運命の人です！」ということらしいが、本宮は彼女の積極性に辟易《へきえき》している。

ちなみに彼女の母親はアメリカ人で父親は日本人だが、風貌は母親の影響が明らかに色濃い。体格もそうだ。平均的な日本人より、胸や腰といった、女性らしさを際立たせる部分の発達が著しい。いわゆるナイスバディというやつだ。

「用事があるのは本当だ」本宮はきっぱりと言って立ち上がった。「研究をおろそかにするつもりはないが、時間の許す限り、事件について調べたい」

その一言で、太陽に雲がかかるように、ティナの表情から笑みが消えた。

「……小春ちゃんの事件ですね」

「そうだ。これから、彼女の家を訪問するんだ」

「なんで、こんなことになったんでしょう」ティナが沈痛な面持ちで首を振る。「あんなに素直で可愛《かわい》い子が、どうして……」

今年の夏、小春は拓真の大学を見学に来た。その際にティナとも会っている。馬が合ったのか、二人はその後もたびたび連絡を取り合っていたようだ。

「不可解な事件だ。少なくとも、小春ちゃんから聞いた東浜くんは、誰かに危害を加えるような暴力性を持っていたようには思えない。何か裏があると僕は睨《にら》んでいる」

「裏……？　じゃあ、真犯人が他にいるってことですか!?」

「あるいは、何かの陰謀に巻き込まれたか、だな。じゃあ、そういうことで」

明かりを消して部屋を出ようとしたところで、「待ってください！」とティナに腕を摑《つか》まれた。「私にも調査を手伝わせてください！」

「別に僕一人でやれる。日曜日にまで大学に来るくらいだ。君だって実験が忙しいんだろう。自分のやるべきことをやるんだ」

「休みにここに来てるのは、拓真さんと二人になれるからです。実験は関係ないです。純粋な下心です」ティナはその大きな目で本宮を見つめた。「……小春ちゃんの無念を晴らしたい気持ちは、私だって持っています」

ティナの潤んだ瞳を見て、本宮は小春の葬儀を思い出した。参列したティナは、最初から最後までずっと泣いていた。それは、触媒となって他の参列者の涙を誘うほどの号泣だった。

「調査の結果は、君にも話そう」

「それじゃダメなんです。拓真さんは、優しい人です。もしたどり着いた真相が悲しいものだったら、私のことを気遣って嘘をつくでしょう。でも、私は本当のことを知りたいんです。たとえそれが、絶望的な結論であっても、です」

ティナが自分の信念にどこまでも忠実であることを、本宮は嫌というほど理解していた。何しろ、何度断っても本宮をデートに誘うのをやめないのだ。ここで彼女を突き放しても、またしつこく「協力させろ」と迫られるに違いない。

「……分かったよ」本宮はティナの手をそっとほどいた。「君の納得するようにすればいい」

「本当ですか！　嬉しいです！　感謝のキスしていいですか？」

「いや、結構だ」

ぴしゃりと言って、本宮は事務室の戸締まりを済ませて歩き出した。

「あ、ちょっと、待ってくださいよー」

「ふざけるのは無しだ。助手役を務めるつもりがあるなら、真面目に頼む」

「……分かりましたよ。じゃ、手も繋《つな》ぎません」

「当たり前だ」と冷たく言い放ち、本宮はティナと共にエレベーターに乗り込んだ。

　東王大学は、上野動物園、谷中霊園、根津《ねづ》神社を頂点とする三角形のほぼ中心にある。大学にほど近い千代田線の根津駅から、北千住での乗り換えを経ておよそ二十分。本宮とティナは東武伊勢崎線の梅島駅で電車を降りた。

「一回だけ、小春ちゃんの家に遊びに行ったことがあるんですよ」

　静かな住宅街を歩きながら、ティナがぽつりと呟《つぶや》いた。

「僕も、食事に呼ばれたよ」

——研究が忙しくて、自炊なんてしてないでしょ？　たまにはうちに来て、栄養のあるものを食べていってよ！

耳の奥に、在りし日の小春の声が蘇《よみがえ》る。隣を見ると、同じように小春のことを思い出しているのか、ティナは涙目で鼻をすんすんと鳴らしていた。

黙って住宅街を進んでいくと、やがて小春が住んでいたマンションが見えてきた。

「あの、訊《き》きそびれてたんですけど、小春ちゃん家《ち》に行って、何を調べるんですか？」

ティナが今更な質問を口にする。

「『何を調べるべきか』を調べるんだ。今はまだ、ヒントすらない状況だからな」

本宮はそう答えて、マンションの玄関の自動ドアを抜けた。エントランスのインターホンに部屋番号を打ち込むと、小春の母親の夏実《なつみ》が応じる声がスピーカーから聞こえてきた。彼女は十年以上前に夫と離婚しており、小春とずっとここで二人暮らしをしてきた。

来訪することはあらかじめ伝えてある。ロックを解除してもらい、七階へ上がる。外廊下を進んでいくと、部屋の前に夏実の姿があった。黒のタートルネックに、グレーのロングスカートという格好だ。夏実は元々小柄だが、黒い服で引き締まって見えるせいか、今日はいつにもまして小さく思えた。

「すみません、こんな時に押し掛けてしまって」

本宮が頭を下げると、ティナもそれにならって「ごめんなさい！」と礼をした。

「いいの。私一人だと、ひたすら暗くなっていくだけだしね。誰かが近くにいてくれた方が、気が紛れるから」

「夏実さん……っ！」

駆け寄り、ティナは夏実に抱き付いた。夏実はそれを受け止め、しばらく抱き合ってからゆっくりと体を離した。

「ありがとう、ティナちゃん。……掃除ができてないけど、それでもよかったら」

夏実に案内され、彼女が住む七〇三号室に足を踏み入れる。

２ＬＤＫの室内は完全に静まり返っていた。まるで、壁や床や天井が音という音を吸い取ってしまったかのようだった。

小春の位牌《いはい》は、リビングに置かれた小さな仏壇の中に収められていた。その手前には、八重歯を見せながらピースサインをする小春の遺影が飾られている。

本宮とティナはそれぞれ線香をあげてから、夏実と向き合う形でダイニングテーブルに着いた。

「夏実さん。僕は、今回の出来事の真実を明らかにしたいと願っています」と本宮は切り出した。「そのためには、なるべく多くの情報が必要です。悲しい記憶を思い出させることになりますが、話を聞かせてもらえますか」

「ええ、喜んで」と夏実は頷《うなず》いた。「警察の人を信用してないわけじゃないけど、拓真くんなら、他の人に見えないものを見つけられる気がするの」

「恐縮です」と笑みを返し、本宮はテーブルの上で手を組み合わせた。「事件の数日前から、小春ちゃんは学校を休んでいましたね。正確にはいつからですか？」

「ええと……十一月五日の月曜日からね。その前にも、一日だけ休んでる。前の週の月曜日かな」

「体調不良の原因はなんですか？」とティナがテーブルに身を乗り出すように訊く。

「慢性的な頭痛ね。日によって症状の軽い重いはあったけど、かなり辛《つら》そうにしてたわ。病院で診てもらったけど、原因不明で……」

「僕は十一月三日に小春ちゃんと会っています」と本宮は言った。「その時は、多少だるそうにはしていましたが、頭痛に苦しんでいる様子はありませんでしたね」

「ということは、四日の日曜日に何かがあった……ってこと？」とティナが呟く。

「あの子はその日……東浜くんの家に遊びに行ってたの」と夏実がためらいがちに言った。

「当日の様子はどうでしたか？」と本宮は尋ねた。

「行く前は割と元気そうだったけど、帰ってきてからは明らかに機嫌が悪かったの。頭痛が本格的にひどくなったのも、あの日曜日からね」

「彼の自宅で何らかのトラブルが起きた可能性はありますね。小春ちゃんは何も言っていませんでしたか？」

「ええ、何も……。それからは、ずっと部屋にこもりっきりだったわ」

「十一月八日——事件のあった日は、久しぶりに登校していますね。体調がよくなったからですか？」

「ええ。完全に頭痛が治まったわけじゃないけど、そろそろ行けるかもって、あの子が自分から言い出したの」

「そうですか。……小春ちゃんの部屋を見せてもらっても構いませんか？」

本宮の申し入れに、夏実は唇をぎゅっと結んで頷いた。

「……実は、小春がいなくなってから、私はまだ部屋に入れてないの。だから、あまり片付いてないかもしれないけど」

「そんなの、全然気にならないよ！　ねえ、拓真さん！」と、ティナが本宮の腕を摑む。

本宮は頷き、ティナの手を軽く払って立ち上がった。

「雑然としている方が得られる情報は多いですからね。もちろん、小春ちゃんのプライバシーを詮索するような真似《まね》はしませんので」

「分かった。じゃあ、私はここにいるから……」

夏実に見送られ、本宮とティナは小春の部屋に向かった。

ドアを開くと、ふわりとチェリーの香りを感じた。小春が愛用していたリップクリームのものだ。

部屋の明かりをつけ、「さて」と本宮は室内を見回した。正面にベッド、右手に本棚と勉強机、左手にクローゼットという配置だ。六帖《じょう》の洋間は、夏実が心配していたほど散らかってはいなかった。ベッドの上に脱いだままのパジャマが置いてある程度で、床や机の上は片付いている。

「……ああ……小春ちゃんの匂いがする……」

隣でティナが大粒の涙をこぼし始めた。いつにもまして涙の量が多い。夏実の前で泣かないように我慢していたらしい。

「悪いが、泣くなら外に出てもらえないか。気が散る」

「……すみません。止めたいんですけど、自分の意思ではなかなか……」

「じゃ、先に調査を始めさせてもらう」

泣いているティナを椅子に座らせ、まずは本棚をチェックする。下半分に少女漫画のコミックスが、上半分には中学と高校の参考書が入れられていた。

適当に参考書を引っ張り出し、ぱらぱらとめくる。中学のものは蛍光ペンで本文にマーキングがされているが、高校のものはほぼ手つかずだ。

──教科書に書き込みをしたら、そこにばかり目が行くようになる。どこが大事か自分で判断できるように、何も書かない方がいい。

去年、本宮が送ったアドバイスを小春は忠実に守っていたのだろう。

そうして本を出して戻してを繰り返すうちに、本宮はある違和感に気づいた。じっくりと本棚を見回し、勉強机の本立てを確認する。

「……おかしいな」

「どうしたんですか?」と、ハンカチで涙を拭きながらティナが訊く。

「僕と一緒に買った、英語の参考書が見当たらないんだ」

「学校に置きっぱなしにしてるんじゃ?」

「仮にそうだとしたら、遺品としてこっちに戻ってきているはずだな。夏実さんに確認してきてくれ」

アイアイサー、と敬礼の真似をしてティナが部屋を出て行く。

勉強机の引き出しを調べ終えたところで、ティナが段ボール箱を抱えて戻ってきた。

「これに学校のものが入ってるそうです」

「そうか。ありがとう」

段ボール箱は粘着テープで封がされたままだった。それを剝がし、中身を確認する。

教科書やノート、上履きや体操着が収められているだけで、行方不明の参考書は入っていなかった。

「……やっぱりないな」

「うーん、どういうことなんだろ？」

ティナは首を傾げていたが、「あ、もしかして」と手を打つと、いきなり床にうつ伏せになった。

「何をしてるんだ？」

「ベッドで読んでて、壁との隙間に落ちたのを拾い損ねたのかなと思って」

「なるほど、その可能性はあるな」

「ベッドの下って、秘密の匂いがしますよね。拓真さんは、エッチな本を何冊くらい隠してるんですか？」

「あいにく僕は床に布団を敷いて寝ているのでね」

「なーんだ。面白くないの……って、あ！　見えた！」

ティナは勢いよく立ち上がると、ベッドに飛び乗って両膝をついた。タイトなジーンズに包まれた豊満な臀部《でんぶ》を本宮に見せつけるようにしながら、ベッドと壁の隙間に手を差し込む。

「この感触……ビンゴ！」

引き抜かれたティナの手には、探していた英語の参考書があった。

「ああ、それだ。いい読みだな」

受け取って適当なページを開いた瞬間、本宮は目を見張った。

「――なんだ、これは？」

「どうしたんですか？　って……」

ベッドを降りて参考書を覗《のぞ》き込み、ティナが絶句した。

そのページには、縦横無尽に黒い線が引かれていた。書かれている内容が読み取れないほどの線の数だ。筆圧がかなり強かったらしく、触ると凹凸を感じられるほど深い溝ができている。

「これを、小春ちゃんが……？」

「本があった場所を考えれば、他人の仕業とは考えにくい。よほど腹に据えかねたことでもあったのか……？」

不穏すぎる気配を感じながら、本宮はページをめくった。参考書の後ろの方には、黒い毛糸玉のようなぐしゃぐしゃの落書きがあった。ページ全体に描かれていて、こちらも文字が読めないほど線の密度が濃い。

ゆっくりとページを繰《く》っていた本宮は、ある箇所で手を止めた。

メモ用の余白のページだ。それまでの落書きと違い、そこには〈マダラ〉の三文字が大量に書かれていた。五ミリ角にも満たない細かな文字が、書き取りの練習でもするかのように繰り返し繰り返し綴《つづ》られている。

「マダラ……って何ですかね」

「さあ？　聞いたこともないが、非常に気になるな。他の落書きは力任せに書かれていたが、このページは違う。丁寧に同じ単語を書いてある。まるで写経だ。意味のないフレーズだとは考えにくい」

「じゃあ、この言葉が事件に関係してるってことですか？」

「その可能性はある。一つ、手掛かりができたな」

本宮は参考書を閉じ、自分のカバンに仕舞った。大した重量でもないはずなのに、鉄板でも入れたような、ずしりとした重さを感じた。

2　二〇一八年十一月二十日（火曜日）

午後五時。研究室の進捗報告会を終えて事務室に戻ると、机の上にメモがあった。個性的な丸文字で、〈ミーティングお疲れ様です。終わったら、私と二人きりで秘密の話を楽しみませんか？　耳寄りな情報もあります〉とある。ティナからのメッセージだった。

いつもならこの手の呼び出しは無視するのだが、最後の一文が気になる。腰を上げ、事務室を出たところで、ティナが隣室から飛び出してきた。

「遅かったですね！　ずっと待ってたんですよ！」

「別に約束していたわけじゃないだろう。秘密の話というのは、例の事件のことか」

「モチのロンです。じゃ、私の家に行きましょう」

ティナが張り切って歩き出す。「ちょっと待った」と本宮は彼女の手を摑んで引き留めた。「話をするなら、そこらの会議室で充分だ」

「えー、せっかく可愛い下着を身につけてきたのに」

「支離滅裂なことを言わないでくれ。下着と話し合いに何の関連性があるんだ？　会話のキャッチボールが成り立たなくなるだろう」

「関連性は大ありですってば」

「僕には理解できないな。さ、行くぞ」

不満げなティナを連れ、本宮は一つ下の階にある小会議室に向かった。六帖ほどのこぢんまりとした部屋だ。念のためにドアの鍵を閉め、六人掛けのテーブルに向かい合わせに座る。

「それで、耳寄りな情報というのは？」

「その前に、拓真さんの話を聞かせてくださいよぉ」とティナが甘えた声を出す。

「話すほどの進展はない」と本宮は首を振った。

小春の部屋で発見した〈マダラ〉なる謎の単語。インターネットで検索を試みたものの、魚の真鱈《まだら》や蓼科《たてしな》にあるペンションや老舗のバーがヒットする程度で、事件に関係のありそうな情報は得られなかった。周りの学生にも尋ねてみたが、結果はまるで手応えのないものだった。

本宮が改めて現状を伝えると、「交友関係が狭いですね」とティナに笑われた。「もっと幅広く聞き込みをやらないと」

「僕をくさすほど、君は知り合いが多いのか」

「私、五つのサークルを掛け持ちしてますから。そのうちの三つはインカレサークルなので、学外の人とも知り合うチャンスが多いんです」

「ああ、そういえばそうだったな」

テニスに登山、ゴルフに旅行と、ティナの趣味は実に多種多様だ。事あるたびに一緒にやりましょうと誘われたが、興味がなかったので本宮は全部断ってきた。

「それで、SNSでマダラの情報を探したら、『聞いたことがある』って反応があったんです！　東明中央大学に通ってる女の子からなんですけど」

「東明中央大学……？　例の、相討ち殺人事件の当事者たちの大学だな」

「まさにそれです！」ティナがびしりと本宮の顔を指差した。「互いに殺し合った学生さんが、事件の当日に同級生に話してたんです。『いいバイトを見つけた。マダラっていうスマホのアプリの感想を送るだけで、一万円がもらえるんだぜ』って」

「アプリか……」

「みたいです。それで、ちょっとした噂《うわさ》になってるみたいです。そのアプリを使うと、頭がおかしくなって、人を殺したくなるって」

「事件を捜査している刑事も、その噂のことを言っていたな。あまり真剣にはとらえていなかったようだが」

「確かに、アプリストアにはなかったです。でも、モニターを募集していたのなら、まだ開発中ってことですよね。探しても出てこないのは当たり前だなって思ったので、小春ちゃんのスマホをチェックしてみました」

「何？　いつの間にそんなことを」

「昨日、夏実さん立ち会いの元でやったんです。運よく、小春ちゃんの机の引き出しから、ロックパターンをメモした紙が見つかったので。結論を言いますと、マダラという名前のアプリは入ってなかったんですけど、インターネットで検索した履歴は残ってました。小春ちゃんは、そのアプリの存在を知っていたんですよ」

「ふむ、なるほど……」

「私の調べたことは以上です。役に立ちましたか？」

勝ち誇った顔でティナが言う。

「一歩前進だ」と本宮は頷いた。「『人を殺したくなる悪魔のアプリ』という説は信憑《しんぴょう》性《せい》がある。マダラという言葉もそれを示している」

「え？　どういう意味なんですか、『マダラ』って」

「おそらく英語だろう。murderer――マーダラー。人殺しという単語だ。それを縮めてマダラと付けたのではないかと思う」

「はあ、なるほど。悪趣味ですねえ」

「そうだな。強烈な悪意を感じる」と本宮は同意した。「ただ、まだ疑問は残っている。小春ちゃんはどういう経緯でそのアプリのことを知ったのか、という謎だ。……さて、そろそろ出るか」

　本宮はそう言って立ち上がった。

「え？　これからどこかに行くんですか」

「面会のアポを取った。君も来るか？　僕一人だと向こうもやりづらいだろう」

「それはもちろん、拓真さんさえよければ南極でも月でもどこへでも行きますけど。で、行き先はどちらですか」

　本宮は小さく息をつき、眼鏡のつるに触れた。

「――東浜翔吾くんのご両親と会う」

東浜家は、東武伊勢崎線の五反野《ごたんの》駅の北東の、静かな住宅地の中にあった。

「……ここですか」

二階建ての一軒家を前に、ティナが唾を飲む。その表情は神妙だ。彼女がかしこまる気持ちは分かる。似たような家が建ち並んでいるにもかかわらず、東浜家だけが暗鬱とした空気をまとっている。明かりがついている部屋が一つしかないから物理的に暗いのは確かだ。しかし、それだけでは説明できない何かが感じられる。

時刻は午後六時。約束の時間になっていた。本宮は「行くぞ」と短く告げて、玄関のインターホンを鳴らした。

一分ほど待っているとドアが開き、女性が姿を見せた。一瞬、骸骨が出てきたのかと本宮は錯覚した。目は落ちくぼみ、頬が異様にこけていたからだ。

本宮は気を取り直し、すっと背筋を伸ばした。

「東浜久美子さんですね。本宮拓真です。こちらは、私の大学の後輩です。調査を手伝ってもらっています」

「仙崎ティナです。その、小春ちゃんとは親しくさせてもらっていました」と、ティナが頭を下げる。

久美子はその動きをゆっくりと目で追い、「……どうも」とかすれた声で言った。

今にも倒れてしまいそうな久美子と共に、リビングへと向かう。廊下にはゴミ袋がいくつか置かれており、微《かす》かに饐《す》えた臭いを放っていた。

「ご主人は、今日は」

「病院に行っています……。交代で付き添うようにしていますので……」と、久美子が囁《ささや》くように答える。未《いま》だに、翔吾の意識は戻っていない。

リビングに入り、ダイニングテーブルを挟んで座る。

「大変な時に、面会に応じていただきありがとうございます。私は独自に事件の調査を行っています。いくつか質問を……」

させてください、と本宮が言い終える前に、久美子が突然床にしゃがみ込んだ。

彼女はフローリングの床に頭と手を付け、「このたびは、大変申し訳ございませんでした……」と涙声で言った。

本宮は席を立ち、すすり泣きながら土下座を続ける久美子の傍らに屈《かが》んだ。

「東浜さん。どうか、顔をお上げになってください。私は息子さんの責任を追及するために事件を調べているわけではありません。むしろその逆です。彼に落ち度がなかったことを証明できればいいと願っています」

「ですが、翔吾は小春さんを……」

「小春ちゃんから、翔吾くんの話を何度も聞かされました。デートの際、入念に下調べをしてきてくれる。部活が終わるのを待って一緒に帰ってくれる。どんなつまらない話でも、楽しそうに聞いてくれる。……彼女は、幸せそうにそんな話をしてくれました。私は彼が小春ちゃんをどれほど大切にしていたか知っています。翔吾くんを責める気持ちは一切ありません」

「そうです！」とティナが力強く言う。「私も小春ちゃんから、のろけ話をたくさん聞きました！　私、断言します。翔吾くんはとっても素敵な男の子です！」

久美子は一度顔を上げると、頭を抱えるようにして慟哭《どうこく》した。

本宮はティナと共に、母親の悲痛な声にじっと耳を傾け続けた。

久美子がようやく泣き止《や》み、いったん洗面所に行って戻ってきた時には十五分近い時間が経っていた。久美子の目は真っ赤で、まぶたも腫れ上がっていたが、表情には多少、生気が戻っていた。

「取り乱してすみませんでした。私に分かることでしたら、なんでもお答えします」

「ありがとうございます。まず、事件前の翔吾くんの様子についてです。しばらく学校を休んでいたそうですね」

「……ええ。微熱と頭痛が続いていたので。病院でも診てもらいましたが、ただの風邪だろうということで、自宅で静養させていました」

「他に、何か思い出せることはありますか？」

「……眠っている時に、うなされていることが何度かあったようです。怖い夢でも見ていたのかもしれません」

　小春と似たような症状だ、と本宮は思った。

「そうですか。ところで、つかぬことをお伺いしますが、『マダラ』という言葉に心当たりはありませんか？　スマホのアプリらしいのですが」

「マダラ……いえ、初めて聞きました」

「彼が、そのアプリのモニターに参加していた可能性があります」

　本宮の言葉に、「そういえば」と久美子が反応した。「翔吾に書留が届いたことがあったんです。あの日は確か、祝日だったから……十一月三日です」

「そういうことは、たびたび？」

「いえ、その一度きりです」

　なるほど、と本宮は頷いた。モニターを募集していた人間は、現金書留で参加報酬を支払ったのかもしれない。安達に連絡し、裏を取ってもらうことにする。

「差し支えなければ、翔吾くんの使っていたスマホを見せていただけませんか」

　そう頼むと、久美子は表情を曇らせた。

「……あの、申し訳ないのですが、校舎から飛び降りた時に壊れてしまって……今は、警察の方でデータの取り出しを検討していると聞いています。ただ、かなり難航しているようで……時間が必要なので、預からせてもらいたいと言われました」

隣でティナがため息をつくのが聞こえた。態度にこそ出さなかったものの、本宮も落胆していた。マダラというキーワードを頼りに前進してきたが、ここで壁にぶつかってしまった。

「翔吾くんに直接話を聞きたいですね……」

ぽつりとティナが呟く。

「私たちも、そうしたいと思っています……切実に」久美子は目を伏せ、首を横に振った。「ただ、飛び降りた高さが高さですから……覚悟はしておいてください、と担当のお医者さんに言われています」

脳は再生能力に乏しい器官だ。壊れた箇所が元通りになることはない。脳の他の部位が機能を代替することもあるが、狙って起こせるわけではない。つまり、よほどの奇跡が起きない限りは、翔吾の意識が戻ることはないのだろう。

「大変失礼なお願いなのですが……翔吾くんの部屋を見せてもらうことはできますか」

本宮がそう頼むと、久美子はさして迷う様子もなく、「ええ、どうぞ」と答えた。

「え、いいんですか？」とティナが驚きの声を上げる。

「……はい。もう、警察の方が何度も立ち入っていますから」と久美子は物憂げに言った。「翔吾が使っていたパソコンに、教科書にノート……持って行かれたものはたくさんあります。たぶん、部屋を見ても何も見つからないかと……」

「分かりました。確認させてもらいます」

本宮とティナは席を立ち、久美子の案内で二階へと向かった。

階段を上がり切ったところで、ふいに久美子が足を止めた。

「どうかしましたか？」とティナが心配そうに声を掛ける。

「……今、思い出しました。翔吾から預かっていた封筒があるんです。中身は分からないんですが、もしかしたら参考になるかもしれません。上で待っていてください」

久美子は階段を小走りに下りて行き、一分ほどで二階に上がってきた。

封筒を受け取る。ずしりとした感覚があった。紙ではなく、板状の硬いものが入っているようだ。

「翔吾くんは、これについてどう説明していましたか？」と本宮は尋ねた。

「詳しいことは何も……。邪魔だから持っていて、とだけ」

「拓真さん、開けてみましょうよ」

ティナが脇から催促する。構いませんか、と目で問うと、久美子は小さく頷いた。

「では」と言って、本宮は封筒に手を差し入れた。出てきたのは、水色のクッション素材のカバーだった。ファスナーを開け、慎重に中身を取り出す。

中には、七インチサイズのタブレット端末が入っていた。ベゼルが広く、画面のサイズの割に重量感がある。古い型のもののようだ。

「以前、夫が使っていたものです。新しく買い替えたので、お下がりで翔吾に渡したのですが、スマホを買ってからは仕舞いっぱなしにしていたようです」

「それをわざわざ預けるなんて……」と、ティナが隣で囁く。その声には興奮が感じられた。

タブレット端末の電源を入れると、メーカー名とOSの名前が表示され、青一色のシンプルなホーム画面が映し出された。

「これに見覚えは？」

「……あった」

本宮は思わず声に出していた。定番アプリのアイコンが並ぶ中に、黒の正方形と赤い丸を組み合わせた、異彩を放つ図形があった。アイコンの下には、白抜きの文字で〈マダラ〉と表示されていた。

その瞬間、本宮は背筋に寒気を覚えた。

振り返るが、そこには翔吾の部屋のドアがあるだけだった。

「……どうしました？」

怪訝《けげん》そうに訊くティナに、「いや、なんでもない」と本宮は首を振った。

## 3　二〇一八年十一月二十五日（日曜日）

本宮は腕を組み、ノートパソコンの画面をじっと見つめていた。

午後九時の脳神経科学研究室の事務室にいるのは、数時間前から本宮一人だけになっている。休日はただでさえ大学に来る学生が少ない。今日も、夜まで居残るもの好きは本宮以外にはいなかった。

事務室に流れているのは、ゼルダの伝説メインテーマ（初代ディスクシステム版）である。第一作目の『ゼルダの伝説』以来、三十年以上にわたって使われている曲であり、その雄大さ、あるいは気高さには、ゲーム音楽の枠を超えた感動をもたらす力がある。

口笛でそのメロディをなぞっていると、ノックもなしにいきなりドアが開き、「お疲れ様でーす！」と大声が飛び込んできた。

ちらりと視線を向けると、ティナが平然と部屋に入ってくるところだった。もうすぐ十二月だというのに、妙に胸の開いたセーターを着ている。

本宮は嘆息し、「……連絡を待てと言っただろう」と苦言を口にした。

「そんなこと言われても、待ちきれないですよ！　マダラの解析は進んでるんですか？　進捗を教えてください、進捗を！」

「今やっているところだよ。ほら、これがそうだ」

本宮がノートパソコンの画面を指差すと、ティナが「見たい見たい」と駆け寄ってきた。画面には、虹色のきらめきを帯びた銀色の球が表示されている。

「……なんですか、これ。芸術作品ですか？」

「マダラを起動すると流れる映像の一部だ。デジカメで録画したものの一部を切り出して表示させている」

「録画？　なんでそんな面倒臭いことを」

「理由はシンプルだ。そのものを最初から最後まで体験してしまうと、僕まで殺人衝動に冒される恐れがあるからだ。だから、あえてこういう形を取った」

「え、意外です」とティナが目を丸くする。「拓真さん、殺人云々《うんぬん》の噂を信じているんですね」

「東明中央大学の三人の学生に、東浜翔吾くん。僕たちが把握しているだけで、四人も『犠牲者』が出ている。誰にでも効くかどうかは分からないが、用心するのは当然だ。君だって、東浜くんの無実を信じているんだろう？　なら、マダラの効果も信じなければ矛盾してしまう」

「それはそうなんですけど……冷静になって考えてみると、スマホのアプリがそこまで影響を及ぼすって、ちょっとあり得ないかなって」

「いや、そうでもないと僕は思っている」

本宮は立ち上がると、ホワイトボードに〈パカパカ〉〈フレイザー錯視〉〈行動誘導効果〉という三つのキーワードを書いた。

「これらは、目や音の刺激による影響に関する言葉だ。パカパカというのは、アニメなどで使われていた演出効果のことだ。例えば赤と青、二つの背景色を激しく点滅させて、ビームの発射などを表現したりする。視聴者に派手な印象を与える一方、光過敏性発作を誘発する危険性があるため、現在では速すぎる点滅は制限されている」

「へえー、初めて知りました。二番目の単語はなんですか？」

「フレイザー錯視というのは、イギリスの心理学者ジェームズ・フレイザーが考案した、見間違いを誘発する図形を指す。本当は同心円を並べただけなのに、繋がって渦を巻いているように見える、というものが有名だ」

「あ、ネットで見たことがある気がします。他にもありますよね。二本の柱が立ってて、絶対違う色に見えるのに、重ねてみたら同じ色だった、とか」

「そう。周囲の色に騙《だま》されるんだな。人の脳は特定の状況下では簡単に錯覚を起こしてしまうんだ」と本宮は頷いた。

「で、残りの一つは」

「三番目に挙げた〈行動誘導効果〉というのは、音が人の行動を変えてしまう効果のことだ。テンポの速い曲が流れると、行動までもが速くなる。スローな曲が聞こえていれば、動きはゆっくりになる。音楽に反応するのは、脳の中の大脳辺縁系という場所だとされている。これはいわゆる『古い脳』で、爬虫類《はちゅうるい》にも存在している。非常に原始的な機能を司《つかさど》っているんだ。だから、体が音楽に自然に反応してしまうんだな」

「はあ、なるほど……。いろんなことをご存じなんですね。さすがは脳科学を研究しているだけのことはありますね。惚れ直しましたっ！」

そう言って、ティナが胸の谷間を強調する。本宮はそれを無視して元の席に座った。

「このように、視覚や聴覚が肉体に及ぼす影響は小さくない。こういった効果を組み合わせていけば、『体験するだけで人を殺したくなるアプリ』も実現できるはずだ」

「だから、そのものを見るのは避けたと。マダラでは、他にどんな映像が流れるんですか？」

「CGで描かれた中年男性の顔や、赤黒の格子模様、それから、ランダムに画面を動く赤い線。そんなところだな。それらが動くのに合わせて、不快と感じるような音も流れる。相乗効果を狙っているんだろう」

「強烈な催眠術みたいなものですかね……。それって、人間以外にも効果はあるんでしょうか？」

「どうだろうな。脳の構造が異なる以上、他の動物では狙った通りに作用しない可能性が高いと思う」

「試してみてもいいですか？　私の研究室、マウスやラット以外に、ウサギやマーモセットも飼ってるので」

「実証実験か。やるのは構わないが、くれぐれも扱いには注意してくれ。自分が見てしまわないように」

「そこはもちろん気をつけます！　人を殺して刑務所に入ったら、拓真さんとの結婚が何十年も延びちゃいますし」

「結婚は確定なのか？　図々しいにもほどがあるな。……ほら」

本宮は、マダラの内容を録画したデータが入ったUSBメモリをティナに渡した。彼女はそれを愛《いと》おしそうにジーンズのポケットに収めた。

「ちなみに、警察の方にはマダラのことを話したんですか？」

「ああ。その存在だけは伝えた。ただ、マダラのデータを入手したことは伏せてある。検証などと言って多人数で見たりしたら、とんでもないことになるかもしれないからな。解析が終わったら、改めて話をするよ」

「そうですか。それにしても、いったい誰がこんなアプリを作ったんでしょうね」とティナが首をひねる。

「今、画像解析と並行してアプリのプログラムそのものの検証も進めている。映像を流すだけのシンプルなアプリだから、プログラムも単純だ。ただ、マダラには興味深いツールが組み込まれていることを発見した。アプリを閉じてから四十八時間以内に立ち上げないと、自動的にアンインストールされるようになっている。僕たちが回収したタブレット端末は、ずっと主電源が切られた状態にあったため、そのカウントダウンが止まっていたようだ。急いでプログラムを回収してよかったよ」

「つまり、開発者は証拠を残したくなかったということですか。スパイ映画の秘密のメッセージみたいですね」

「悪いことをやっているという認識はあるんだろう」

「悪人はこらしめなきゃいけませんね！」とティナが拳を握り締めた。「一刻も早く、開発者を突き止めましょう！　何かいいアイディアを考えてください！」

「言われなくてもすでに手は打ってある。プログラムから容疑者を絞り込むんだ」

「……えっと、もう少し詳しくお願いします」

コメディドラマの登場人物のように、ティナが大げさに首を傾げる。

「プログラムは、専用のコンピューター言語で書かれている。ただ、その中に、英語で書き込まれたコメントがあった。自分が読み直した時にすぐに分かるようにするために、その箇所でどういう処理をするかをメモしてあるんだ。これが鍵になる」

本宮はプログラムをプリントアウトした紙の束を手に取り、「これを作った人間は、素人じゃない。人間の心理と外界刺激の関係に精通した研究者であるはずだ」と断言した。

「それはそうでしょうね。じゃないと、効果的な映像を作れませんもんね」

「研究者であれば、英語の学術論文を何報か出しているはずだ。文章には、必ず書き手の癖が出る。マダラのプログラムのコメントに見られる文章の特徴を抽出し、それを元に論文のデータベースから書き手を特定するんだ」

「はあ、なるほど。でも、それってものすごく大変なんじゃ……」

「人力でやろうとすれば、何百年もかかるだろう。だが、コンピューターを使えば圧倒的に作業は早くなる。検索のキーとなる特徴の抽出も、類似性の検索も、すべてコンピューターに任せるんだ。すでにその作業は始まっている。というか、そろそろ終わった頃かな」

ノートパソコンを操作し、研究室の高機能コンピューターで実行していた処理の進行状況を確認する。五分ほど前に、結果をまとめたファイルが出力されていた。

「検索は終わっているな。六時間か。まあまあ早かったな」

「すごいですね！　さっそく見てみましょうよ！」

ティナは他の学生の椅子を持ってくると、本宮のすぐそばに腰を下ろした。肩と肩が触れ合う距離だ。

すぐ近くから漂ってくる柑橘系《かんきつけい》の香水の匂いを感じつつ、本宮は出力されたテキストファイルを開いた。英語で書かれた人名がずらずらと並んでいる。容疑者の数は九十七人いた。日本人だけではなく、外国人の名前もあった。

「ちょ、拓真さん。めちゃくちゃ多いじゃないですか」

「それはそうだろう。たかだか三十ほどの文章を頼りに候補をリストアップしただけだ。ここまで絞り込めただけで上出来だ。次は、別の方向からのアプローチを試す」

「別方向？」

本宮は「ややこしくなるから、静かにしててくれよ」とティナに釘《くぎ》を刺してから、スピーカー通話モードで安達に電話をかけた。

「本宮くん？　どうかしたのかい」

安達はすぐに電話に出た。

「すみません、急に連絡してしまって。今はご自宅ですか」

「ああ。久しぶりに家に帰ってきたばかりだ。これからコンビニ弁当で腹ごしらえするところだよ」

「それはそれは、ご苦労様です。相討ち殺人事件の捜査の進捗はいかがですか？」

「……正直なところ、行き詰まってるね。どれだけ調べても薬物は出てこないし、ドラッグを売り買いしているような連中との繋がりも見えてこないんだ」

「それは当然でしょう。あれはマダラによって引き起こされた殺人なのですから」

「本当の本当にそうなのかい？」神妙に安達が言う。「人を殺したくなる悪魔のアプリなんてものが、この世に存在するなんて……」

「東明中央大学でも、その噂が出ていたんでしょう？」

「いやまあ、それはそうなんだけど……眉唾物だと思ってたよ」

「その唾は早急に拭った方がいいでしょう。もっと人員を割いて捜査に当たるべきです」

「……僕はそう主張しているんだけどね、捜査本部を動かすほどの力はないんだ」

「そこは頑張ってくださいとしか言えませんね。いずれにしても、僕は個人的に、あのアプリの開発者を探そうと思っています」

「それは本宮小春ちゃんのために、だね？」

「脳科学者としての興味も多少、とお答えしておきます。動機はともかく、警察が集めている情報が必要なんです。こちらには、すでにマダラの開発候補者のリストがあります。それをお渡しします。ギブアンドテイクで行きましょう」

「……分かったよ。東浜翔吾くんに現金書留が送られてきていただろう。西新井署の方で差出人を調べた結果、三鷹《みたか》市内の郵便局から送られたものであることが判明した。ただ、残念ながら、監視カメラなどの映像は残っていないし、差出人に関して何も覚えていないと局員も言っている」

「そうですか。東明中央大学の学生には、モニターの報酬は届いていないんですか」

「ああ。その記録はなかった」

「なるほど。アプリの感想を送る前に死んでしまったからでしょうね。ちなみに、他にもマダラの関連が疑われる事件の報告はありましたか」

「……いや、まだそこまでは調べきれていない。調査中だ」

「なるほど。お忙しいようですね」

「……すまない。これからもう少し本腰を入れて取り組むよ」

「ええ、お願いします。何か分かったらすぐに連絡をください。では、マダラ開発者の候補リストはのちほど」

通話を終わらせ、本宮は「ふむ」と呟いて、眼鏡のつるを指でつまんだ。

「今のが、知り合いの刑事さんですか」

ティナが興味津々で身を乗り出しながら聞く。

「ああ。人のよさそうな若い刑事だよ。マダラの危険性への認識がまだまだ甘いようだが……ま、仕方ないな。彼には彼の本来の捜査がある」肩をすくめ、本宮はリストをざっと見返した。「三鷹市から送付か……。偽装工作の可能性もあるが、少し気になるな。君はこの人物を知っているか？」

　画面を指差すと、ティナはまたオーバーに首を傾げた。

「イクヤ、タキベ……？　知らないです」

「滝部郁也《たきべいくや》。僕たちの研究分野では名を知られた人物だ。年齢はまだ三十代のはずだ。音や光が人間の精神に与える影響を研究している。僕も、学部四年生の頃に、学会で彼の発表を聞いたことがある」

　目を閉じると、自然とその光景が蘇ってくる。面長の顔に、垂れ目がちの優しげな目。すっと通った鼻筋と、歯切れのいい言葉を繰り出す薄い唇。スーツ姿の滝部は、内部から溢《あふ》れ出る自信を隠さず、堂々と壇上に立って研究成果を発表していた。

　本宮はまぶたを開き、「理路整然とした語り口や、先進的な研究内容は今でも印象に残っているよ。ある種の天才だろうという風に感じた」と説明を締めくくった。

「音や光が精神に……？　それって……」

「そう。マダラの仕掛けの根幹をなすものだ。しかも彼は、三鷹にある新暁《しんぎょう》大学の医学部に籍を置いている。家もその近くではないかと思う」

「マジですか。偶然にしては、できすぎてますよね……」

　ティナが眉をひそめながら言う。

　本宮は吐息を漏らした。

　滝部は、自分と近いフィールドで活躍している。交流があるわけではないが、論文を読めば書き手の能力は分かる。彼は紛れもなく、世界でも指折りの研究者だ。そんな人物を疑いたくない、という気持ちはある。だが、それ以上にマダラを作った人間を憎む気持ちは強い。どんな理由があったとしても、小春の未来を奪う権利などあるはずもない。罪を償わせるためなら、誰が相手でも遠慮するつもりはなかった。

本宮はノートパソコンの画面を睨みながら、決然と言った。

「――滝部郁也が最も怪しいのは間違いない。彼のことを調べてみようと思う」

## 4　二〇一八年十一月二十八日（水曜日）

三日後。曇り空が広がる中、本宮は一人で三鷹へとやってきた。

電車を降り、ＪＲ三鷹駅前から市内を走るバスに乗る。時刻は午後三時過ぎだ。暑いくらいに暖房がきいた車内はがらんとしている。老人がぽつぽつと、置物のように座っているだけだった。

後ろから二列目の席に腰を下ろし、窓の外を眺める。

必修の講義があるため、ティナは泣く泣く同行を諦めていた。もし隣の席にいたら、ここぞとばかりに腕を絡め、体をすり寄せてきただろう。暑苦しいスキンシップを回避できてよかったと思う反面、静かすぎて物足りないという気持ちもあった。

十五分ほど乗車し、新暁大学の目の前の停留所でバスを降りた。

ここに足を運ぶのは初めてだった。目的地である、医学部の研究棟は道路に面していた。建物の壁は曲面で構成されており、そのほとんどがガラス窓になっている。まるで、巨大なシャーレのようだった。

新暁大学は設立から二十年ほどと、まだ歴史の浅い私立大学で、分子生物学や医学など、バイオテクノロジー関連の研究に特に力を入れている。

研究棟の玄関に向かうと、白衣を着た、小太りな男性の姿があった。待ち合わせ相手の、御来屋《みくりや》だ。目は二重で丸っこく、ご当地キャラを連想させる親しみやすさのある顔つきをしている。今年で三十二歳だそうだが、つやつやとした肌は赤ん坊のように白く、瑞々《みずみず》しい。

「すみません、いきなり連絡してしまって」と本宮は彼に声を掛けた。

御来屋とは、昨年の秋に参加した学会で知り合った。ポスター発表をしていた本宮に、彼が質問をしてきたのだ。儀礼的に名刺交換をしただけだったが、御来屋が新暁大学の医学部で助教をしていることを思い出し、面会のアポイントメントを取ったのだった。

「いえいえ、嬉しかったですよ。本宮さんのことはよく覚えてましたから」と御来屋は笑った。「ヒトの心と、脳の状態の関連の解明……。非常に興味深い研究テーマだと思います。心的外傷後ストレス障害《PTSD》の治療薬開発にも使えそうですよね」

「そうですね。応用範囲は広いと思います」

「どうですか、研究の方は。解析に必要なＭＲＩの画像は充分に集まりましたか？」

「まだもう少し、といったところでしょうか」

「でしたら、ぜひウチの大学病院のデータも使ってください。僕に言ってもらえれば、責任者に話を通しますよ」

「ありがとうございます」と頭を下げ、「それで、滝部さんの件ですが……」と本宮は本題を切り出した。

「ええ、はい……」

滝部の名を出した途端、御来屋は表情を曇らせた。

「できれば、ご本人と連絡を取りたいんですが、ホームページに記載されている滝部さんのアドレスにメールを送っても反応がなくて。それで困っているんですよ」

「……まあ、ちょっとこっちへ」

御来屋に連れられ、本宮は建物に隣接する喫茶店に入った。二十席ほどの店内はほどほどに込み合っていた。大きなバッグを通路に置いている客が目立つ。大学に併設されている病院を訪れた見舞い客だろう。

モスグリーンのカーペットが敷かれた通路を進み、奥まった角の席に座る。右手と背中に壁、左手にパーティションがあり、少し圧迫感を覚えた。

互いに頼んだホットコーヒーが運ばれてきたところで、「滝部さんは、ここひと月ほど欠勤しています」と御来屋が口を開いた。

「ああ、なるほど。連絡がつかないと思ったら、休まれていたんですか。体調不良か何かですか？」

「欠勤届と一緒に出された診断書にはそう書かれていたようです。ただ、本当かどうかは分かりません。滝部さんなら医師の知り合いも多いでしょうし、頼めば適当な理由の診断書を作ってくれるでしょうからね」

「どうも、引っ掛かりますね」と本宮は率直な感想を言った。「まるで、彼が嘘をついていると決めつけているように聞こえます」

「いや、断定まではしてませんよ。ただ、二年くらい前から、滝部さんの様子は明らかにおかしかったですから。大学に泊まり込んだり、割り当てられている講義を片っ端から休講にしたり、研究室のミーティングに一切出なかったり……。学生の指導は完全に放置だったみたいです。まさに自由奔放という感じでした」

「滝部さんは准教授でしたね。他にスタッフはいなかったようですが、研究室の運営は大丈夫だったんですか？」

「もちろん大丈夫じゃないですよ。学生の方も馬鹿じゃありません。滝部さんを見切って他の研究室に移りました。学生の新規受け入れもストップしていますので、今は滝部さん以外の在籍人数はゼロです」

そのような状態だったため、ここ二年は滝部の研究室からは一つも論文が出ていないという。論文投稿数は、研究室の活動のバロメーターだ。その停滞は、研究そのものがまともに進んでいなかったことを意味する。

「学生が一人もいないのに、研究室は残っているんですか」

「滝部さんは世界的にも有名な研究者ですから。大学の箔《はく》をつけるためには、そう簡単には首を切れないんですよ」

「客寄せパンダということですか。滝部さんは、大学には来ていたんですよね？　何をされていたんでしょうか」

「さあ？　教員室に籠《こも》って一人でゴソゴソやってたみたいですけど、なにせ外部とのコミュニケーションが断絶してますから」

直感は正しかったかもしれない、という手応えを本宮は感じていた。滝部は大学の設備を利用して、人知れずマダラを作っていたのではないか。その疑念がいよいよ深まりつつある。

念のために、マダラという言葉を聞いたことがないか、御来屋に尋ねる。返事は、

「まったく知りません」というものだった。滝部はインターネットを通じてのみ、マダラのモニターを募集していたのだろう。

話が一段落し、コーヒーをすすっていると、「本宮さんは、滝部さんに用があるんですよね？」と訊かれた。

「ええ。以前に出された論文について質問があって」本宮は適当なでまかせを口にした。

「しかし、そのような状態だと、まともに応じてはもらえないでしょうね」

「そうですね……。残念です。本宮さんと滝部さんがタッグを組めば、脳科学研究が一気に進む気するんですが」

ははっ、と本宮は愛想笑いを返した。もし彼がマダラを開発したのなら、脳科学の新境地を開拓し、遥《はる》か高みまで到達してしまったとも言える。

「それにしても、どうしてそんな風になってしまったんでしょうね」

本宮は素朴な疑問を口にした。

御来屋は周囲を見回し、「これはあくまで噂ですが」と声を潜めた。「恋人の自殺が影響しているのではないかと思います。交際相手の女性が亡くなった時期と、滝部さんが排他的な行動を取り始めた時期が一致してるんですよ」

「自殺、ですか」

「ええ。名前は確か……星名綾日《ほしなあやひ》さんだったかな。ウチの理学部の准教授だった方です。専門は天文学ですね。滝部さんと構内の食堂でランチを食べているところを何度か見たことがあります。滝部さんよりいくらか年上だったらしいですけど、アラフォーには見えなかったですね。細身だけど華があって……神秘的な雰囲気って言うんですかね。すごくきれいな方でしたよ。滝部さんの方も相当惚れ込んでいたみたいで、周囲に彼女の素晴らしさを吹聴していたようです。婚約をしていたなんて話も耳にしました」

「自殺の原因は分かりますか？」

「いや、さすがにそこまでは……」と御来屋は首を振った。

その後もいくつか質問をしたが、滝部に関してはそれ以上の情報は得られなかった。

小一時間ほど喫茶店で脳科学に関する雑談を交わし、本宮は御来屋と別れてバス停へと向かった。

屋根の下のベンチに座ると同時に、辺りが暗くなり、大粒の雨が降り始めた。傘を持たない通行人たちが、急ぎ足に歩道を駆けていく。

バスを待つ間に、スマートフォンで星名綾日について検索してみる。千件程度のヒットの中に、天文学の専門誌のインタビュー記事があった。

リンク先を開くと、綾日の写真がトップに表示された。建物の玄関で撮影された写真のようだ。御来屋の言う通り、かなり華奢《きやしゃ》だ。特に首の細さが目に付く。黒いストレートヘアは鎖骨を完全に隠してしまうほどの長さがある。

まっすぐにカメラを見据え、微笑《ほほえ》みをたたえるその姿からは、中世の西洋画から抜け出してきたかのような、不思議な神々《こうごう》しさが放たれていた。

インタビューは今から四年前のものだった。綾日は天体の中でも、恒星に強い関心を持っていたようだ。観測データとシミュレーションを駆使して、太陽を始めとする恒星の活動状態を精密に予想する方法を編み出した、と記事にはあった。こうしてインタビューが企画されるほどだ。若手研究者の中でも一目置かれる存在だったのだろう。

〈太陽は、人類の母のような存在です。その活動によって、我々は大きな恩恵を受けています。しかし、一方でまだまだ未知の部分が多いのも事実です。太陽は、優しいばかりではありません。フレアによる電波障害や極端な気候変動などによって、人類に大きな影響を及ぼす可能性もあります。だから、「彼女」が穏やかであるうちに、しっかりと対話をしていかねばならないのです〉

インタビューは、綾日のそんな主張で締めくくられていた。その言葉の端々からは、研究者としての興味だけではない、より大きな視野での科学的貢献を目指す熱意が感じ取れた。

一度、会ってみたかったな……。

そんな思いが心を掠《かす》めた時、本宮は囁き声を耳にした。

素早く振り返るが、そこにはただ、激しい雨に打たれて水浸しになった歩道があるだけだった。

「……今のは……」

——なら、会わせてやろうか？

人間のものとは思えない、不気味な声は、本宮の耳元で確かにそう囁いた。

空耳だったのだろうか。それにしては、あまりにはっきりと聞こえた。

気づくと、腕に鳥肌が立っていた。本宮は通り掛かったタクシーを呼び止めて乗り込んだ。もうすぐバスがやってくることは分かっていたが、一刻も早くこの場を立ち去るべきだと、本能がそう主張していた。

三鷹駅に向かうように運転手に告げ、座席に体を預ける。車内はしっかり暖房がきいているはずなのに、寒気がして仕方がなかった。

## 5　二〇一八年十二月一日（土曜日）

〈滝部郁也を見た人がいるらしいですよ！〉

午前六時半。自宅で目を覚ますと、ティナからそんなメッセージが届いていた。

スマートフォンを持ち、本宮は布団に座り直した。

日当たりの悪い北向きの室内は冷え切っていて、目を凝らすと白く煙る自分の呼気が見える。八畳一間、キッチン付き。本宮は安くて大学に近い、この築四十年のアパートに住んでいる。

いつもの朝のように、エアコンのスイッチを入れ、部屋が温まるのを待ちながら、デジタル音楽プレイヤーで音楽を聞く。イヤホンから流れている勇壮で豪華なメロディは、傑作シミュレーションゲーム、『伝説のオウガバトル』のテーマ曲、『Overture』だ。小気味よい小太鼓の音と、時折流れる鐘の音が重なり合い、気分を高揚させてくれる。何度もリピートして聞いているうちに頭が冴《さ》えていく。

ひとしきり音楽に浸ってから、改めてティナのメッセージを読み返す。SNSの画面に表示されている投稿時刻は、今日の午前一時過ぎだった。

この何日か、ティナはサークル活動で培ったネットワークを駆使して滝部の情報を集めてくれていた。

彼女の報告によると、昨夜になって、気になる目撃証言が得られたという。新暁大学に通う学生が、多磨霊園《たまれいえん》で滝部を見たらしいのだ。

多磨霊園は、府中市《ふちゅうし》と小金井市《こがねいし》をまたぐ地域にある都立霊園で、新暁大学からもそう遠くない距離にある。信憑性のある目撃情報ではないかと思われた。

滝部がマダラの開発者である可能性が高いことは、安達に伝えてある。しかし、今のところ彼からの連絡はない。頑《かたく》なで鈍重で、イレギュラーな事態に弱い……。警察という組織は、そういった欠点を抱えている。安達を含め、捜査本部の人間は、マダラによって一連の殺人事件が引き起こされたという説を信じていないようだ。

警察が本腰を入れて動き出すのを待っていたら、また新たなマダラの犠牲者が出てしまうだろう。小春を失って周囲の人間がどれほど悲しんだかは、嫌というほどよく知っている。悲劇の広がりを避けることが、小春の供養にもなるはずだ。

少しでも早く、目撃情報の真偽を確かめたかった。本宮は部屋が温まりきる前に着替えを済ませ、家を出た。

コンクリートの急な階段で二階から一階へと下りる。

アパート前の路地に出た瞬間、「おはようございます！」と威勢のいい挨拶が横手から飛んできた。目を向けると、ワインレッドのウールコートを羽織ったティナの姿があった。

「……どうしてここに？」

「本宮さんのおうちの場所ぐらい知ってますよ。今までも、時々見に来てたんです。さすがに不法侵入は自重しましたけど」とティナは笑いながら答える。

「いや、そういう意味じゃない。今、この時間にどうしてこの場所にいるんだ、と尋ねているんだ」

「拓真さんが一人で多磨霊園に行くんじゃないかなと予想して、待ち伏せていました」

と、ティナが白い歯を見せる。「ダメですよ、私にも声を掛けてくれないと。小春ちゃんの敵討《かたきう》ちを果たすためのパートナーなんですから」

「危険だ。会おうとしている相手は、人殺しのアプリを作ったかもしれない人間だぞ」

「じゃあ、なおさら一人にはさせられませんよ」

「……リスクを背負うのは僕一人でいい」

「私は拓真さんを愛してます」

ティナは照れも気後れもなく、堂々とそう言い放った。

「……ティナ」

「初めて、名前を呼んでくれましたね」とティナが微笑む。「拓真さんは、私にとって太陽みたいな存在なんです。万が一のことがあったら、私の人生は真っ暗になっちゃいます。だから、一緒に行かせてください」

ティナの目は充血していた。夜遅くまで情報収集を続けていたのだろう。それに気づいてしまうと、もう拒絶はできなかった。

「……分かった。一緒に行こう。ただ、危険なことはしないと約束してくれ。やばいと感じたら、とにかく逃げの一手だ。分かったな」

「了解です！」

ティナはいつものように敬礼の真似《まね》をすると、本宮の腕に手を絡めた。コートの上からでも胸の感触がはっきり分かるほどの密着度合いだ。

「歩きにくいからやめてくれ」

「でも、今朝はすごく寒いですよ。張り込みに備えて、温《ぬく》もりを大切にしないと」

そう言って、ティナはますます腕に力を込める。

「やれやれ」と呟き、本宮は苦笑した。「分かったよ。ただし、駅に着いたら離してくれよ」

はぁい、と甘えた声で返事をして、ティナは本宮の肩に頭を乗せた。

アパートからJR日暮里《にっぽり》駅まで歩き、山手線《やまのてせん》で新宿へ向かう。そこで中央線に乗り換えた。午前七時台の車内は思いのほか空《す》いていて、本宮とティナは並んで座席に腰を下ろした。

「そういえば、動物実験のことなんですけど」周囲の乗客に聞こえないように、ティナが本宮の耳元で言う。「映像を見せた結果、マウスやラット、ウサギでは攻撃性に変化はありませんでした。でも、マーモセットだと効果が見られましたよ」

マーモセットは、手に乗るほどのサイズのサルだ。家族で安定した群れを作り、年功序列の社会を構成すると言われている。マダラの効果は、脳の造りが人間に近ければ近いほど、効果を発揮しやすくなるようだ。

「そのデータがあれば、さすがに警察も危険性を理解するだろうな」

「ですね。実証実験をやるなら、もっとサンプル数が必要でしょうけど」

こそこそとそんな話をしているうちに、武蔵境《むさしさかい》駅に到着していた。そこで西武多摩川線に乗り換えて二駅。二人は多磨駅で電車を降りた。

アパートを出た直後は太陽が出ていたが、今はすっかり雲に覆われてしまっていた。薄暗い土曜日の朝の街を歩く人影はなく、不気味なほどに静まり返っている。聞こえるのはカラスの鳴き声くらいのものだった。

商店街と住宅地の中の狭い道を抜け、錆《さ》びの目立つフェンス沿いの道を進んでいくと、やがて多磨霊園の正面入口に到着した。車でやってくる人間も多いのだろう。車道が奥に向かって伸びている。

道なりに進むと、円形の広場に出た。中央に芝生で覆われたスペースがあり、その周りにいくつかベンチが置かれている。

この地点から四方向に道が伸びており、目的の墓に近いルートを選ぶことになる。

本宮は事前にダウンロードした構内案内図をスマートフォンに表示させた。多磨霊園はとにかく広大だ。面積は約一二八万平方メートルというから、縦横一・一キロメートルの正方形と同じ広さがあることになる。

「目撃情報があったのは十四区だったな」

「はい。菊池寛《きくちかん》の墓の辺りですね」とティナがすかさず答える。多磨霊園には著名人の墓も多数存在する。目撃者は新暁大学の学生で、菊池寛や与謝野晶子《よさのあきこ》の墓を見に来た際に滝部を見掛けたという話だった。

「じゃあ、こっちが近いな」

案内図に従い、北北東方面の道を進んでいく。

霊園内には多種多様な木々が植えられており、墓石を守るように枝葉を伸ばしている。入口辺りでちらほらと人影を見掛けたが、今は周りには誰もいない。ティナはここぞとばかりに本宮に密着しながら歩いていた。

「少し、熱っぽいんじゃないか」と本宮は尋ねた。触れたところから伝わってくるティナの体温が妙に高い。顔も少し赤くなっているようだ。

「一緒にいられるのが嬉しいんです」

「興奮というより、風邪の引き始めに見えるけどな。ちなみに、何時から僕のアパートの前にいたんだ」

「午前五時くらいです、たぶん」

「そんな前からか？　待ち伏せなんかしないで、メールなりＳＮＳなりで連絡すればいいだろう」

「やっぱり、直接捕まえておかないと不安ですから」とティナがはにかむ。「それより、滝部郁也はどうしてこんなところに来てるんでしょうね」

「恋人だった星名綾日の墓があるんじゃないか。それが十四区の辺りなんだろう」

「なるほど、お墓参りですか。……星名さんはどうして自殺をしたんでしょうね」

「その辺については、僕の方で調べてみた。東王大で天文学をやってる知り合いに聞いたところ、星名綾日は研究室の教授と揉《も》めていたらしい」

「揉め事を起こすような人だったんですか？」

「いや、揉めるという言い方は不適切だな。研究に関して意見が合わなかったんじゃないかと思う。だから、学術的な意味での対立だな。諍《いさか》いが起きたのが二〇一六年の夏前で、その頃から彼女は病的なまでに研究にのめり込むようになったようだ。とても真面目な性格だったらしいんだ、彼女は。だから、教授を納得させるデータを集めようと必死になったんじゃないかな。だが、成果を出すことなく、彼女はその年の十二月に自ら命を絶ってしまった。頑張りすぎて、心を病んでしまったんだろう」

「それだけ自分の学説にこだわってた、ってことですか」

「おそらくは」

「……それって、いったいどんな説だったんでしょうね」

「恒星に関する学説なのは間違いなさそうだが、詳細までは調べられなかった」と本宮は言った。「彼女は一人でコツコツと研究をしていたようだ。周りの学生には何も話さなかったらしい」

「その教授本人に訊いてみたら分かるんじゃないですか」

「それは無理なんだ」と本宮は首を振った。「和田山《わだやま》というその教授は、今年の十月に亡くなっている。自宅で首を吊《つ》って自殺したらしい」

「……それ、本当に自殺ですか？」

ティナが顔をしかめながら言う。

「いろいろなことは考えられる。安達刑事に連絡して、よく調べるように言った方がいいかもしれない」

周囲の様子を窺《うかが》いながら、冴え冴えとした初冬の空気の中、背の高い杉が並ぶ通りを進んでいく。やがて、十四区と書かれた看板が見えてきた。

「この辺りだな。別れて張り込むとしよう」

「えー？　なんかお化けとか出そうで怖いです。二人で一緒にいましょうよお」

「それじゃ効率が……」

しがみついてくるティナを引きはがそうとした時、視界を人影がよぎった。

礼服に身を包んだ男が、墓と墓の間の細い道を歩いている。ひどく痩せ、その足取りは見るに堪えないほど遅々としていたが、垂れ目がちの目は爛々《らんらん》と輝いていた。間違いない。滝部郁也だ。

向こうがこちらに気づいている様子はない。「そっとあとをつけよう」と小声でティナに指示すると、彼女は「イエッサ」と頷いた。

距離をとって、慎重に滝部の後ろを追う。彼の足取りに迷いはない。他の墓石には目もくれず、前だけを見据えている。その様子は、何度もここに足を運んでいることを窺わせた。

やがて滝部は、奥まったところにある一本の木の前で足を止めた。高さ五メートルほどの、太い枝を何本も伸ばした立派な桜の木だった。

滝部は桜の木の前で屈むと、そのまま動きを止めた。

行くぞ、と声に出さずにティナに合図を出し、滝部に近づいていく。

足音に気づいているはずなのに、滝部は微動だにしない。頭《こうべ》を垂れ、ただひたすらに桜の木と相対している。孤独にまみれたその背中からは、恐ろしいほどの集中力が感じられた。

本宮はポケットから手を出し、ティナに目配せをしてから足を止めた。

「——滝部、郁也さんですね」

声を掛けると、滝部はゆっくりと腰を上げ、音を立てずに体ごと振り返った。

「……誰だ、お前たちは」

血走った目から放たれる視線は、容赦のない刺々《とげとげ》しさを帯びている。

心の準備をしていたはずなのに、気後れしそうになる自分がいた。本宮は自らを鼓舞するために右手を強く握り込んだ。

「本宮拓真といいます。東王大学で脳科学を研究しています」

遅れて、ティナが「拓真さんの助手の仙崎です」と名乗る。「あなたがやったことはお見通しです！」

「……なんだ？　俺がどうしたって？」

滝部がティナを睨みつける。本宮はその視線を遮るように右に一歩移動し、「マダラというアプリのことをご存じありませんか」と問い掛けた。

「……ほう」滝部の目つきが鋭さを増す。「どうやって俺にたどり着いた？」

「僕のいとこが彼氏に殺されたんです」感情を暴発させないように、なるべく淡々と話すように心掛ける。今はまだ、冷静でなければならない。「その彼の持っていたタブレット端末に、マダラが残されていました」

「……それで？」

「アプリのプログラムに書かれたコメントと、入手可能な論文の文章を比較した結果、開発者として、あなたの名前が浮かび上がったんです」

「そうか……コメントか。残しておいても大丈夫だと高をくっていたが、油断大敵ということか」と、滝部はさばさばした様子で言った。

「み、認めるんですね、マダラを作ったことを！」

ティナが前に出ようとする。本宮は彼女の腕を摑んで踏みとどまらせた。

「ああ。あのアプリは俺が作った。ありとあらゆる知見を総動員して完成させた、最初で最後の作品だ」

「もちろん、その効果を知っていますね？」

本宮の問いに、「人を殺したくなるアプリ、だろう？」と滝部が笑う。

「モニターを募集していたのは、マダラの効果を試すためですか」

「それが一番効率的だからな。いわゆるベータテストだ。これまでに十二回ダウンロードが行われ、自分で命を絶ったケースを含めると、その全員が人を殺している。いや、もう一人いたな」

「ひょっとして、和田山教授ですか」

「ああ、そうだ。よく調べている」と滝部が感心したように頷いた。「椅子に縛り付けて、十時間ほどエンドレスで映像をリピートしたんだ。自由にしてやったら、自分を縛っていた縄で首を吊ったよ」

「……ひどい」とティナが呟いた。

「当然の報いだ。和田山が何をやったか知っているだろう？」

「……星名綾日さんと対立していたと聞きました」

「そうだ。あの男は綾日の才能を認めようとしなかった。彼女が研究者人生を懸けて見つけ出した学説を、『単なる妄想だ』と切って捨てた無能だ。あの男のせいで、綾日は自分を追い込み、心が病んでしまったんだ。死んで当然だろう」と滝部が吐き捨てた。

「その学説というのは、どういったものだったのですか」

「世界を救うための予測方法だ」と滝部が囁く。「綾日は真面目すぎたんだ。誰よりも未来のことを案じたがゆえに、責任を感じて自ら命を絶ってしまった。皮肉な話だ」

「世界を……？　もしかして、温暖化対策ですか」

「そんな矮小《わいしょう》なものじゃない」と滝部は小馬鹿にするように言った。「お前たちのような凡人には想像もつかない、壮大な説だよ」

滝部の目が妖しく輝き出していた。その顔には、悲しみや絶望といった負の感情ではなく、ぞっとするような笑みが浮かんでいた。その尋常でない表情を見て、心のどこかが壊れているのだ、と本宮は察した。

「……マダラをどうするつもりですか」

「もちろん、世の中に解き放つんだよ。これまでに得た結果をフィードバックし、誰に対しても間違いなく、素早く発動するようにマダラを改良した。ベータテストはもう終わった。機が熟した頃にマダラは『リリース』されるだろう」

「アプリストアにでも出すつもり？　そんなもの、誰もインストールしないし、ストアからもすぐに削除されるに決まってるでしょ！　警察だって動いてるんだからね！」

ティナの叫び声が周りの墓石にぶつかって反響する。

「その程度のことは織り込み済みだ」滝部は余裕の態度を保っている。「マダラには、様々な機能を組み込んである。一度世に放たれれば、決して削除はできない。いつまでも電子の世界で生き続けるだろう。誰にも止められないさ」

「恋人を失った復讐《ふくしゅう》として、罪のない大勢の人間を危険に晒《さら》す……そんなことが許されるはずはないでしょう」

本宮は滝部を睨みつけた。

滝部は首を振り、濁った灰色に染まった空を見上げた。

「誰かに指図されるいわれはない。俺は俺のやるべきことをやった。綾日のやろうとしたことを実現するために、最大限の努力をした。だから、お前たちはおとなしく『天に光が満ちる日』を待てばいい」

「……天に、光が？」

「そうだ。人類に対する試練が始まる日だ。綾日は、我々がそれを乗り越えることを望んでいた。だから、俺はマダラを作ったんだ」

本宮は鼓動が速くなるのを感じた。マダラが何のために存在するのか。その理由をいくつも考えた。今の滝部の言葉で、本宮は閃《ひらめ》きを得た気がした。十を超える説の中で、最もあり得ないと思われたものが実は正しかったのかもしれない。

もしそうだとしたら、世界の未来は……。

「い、意味の分かんないことを言わないでよっ！」

ティナの金切り声で、本宮の思考は遮られた。

隣に目を向ける。ティナはかなり興奮しているらしい。息が荒く、顔や首筋が紅潮している。

「静かにしてくれないか。綾日が嫌な顔をしている」

滝部は顔をしかめ、ポケットから取り出した二つ折りのナイフを開いた。鋭い切っ先が、薄暗い中できらりと光る。

「下がるんだ、ティナ」

ティナの肩を押し、滝部から距離を取らせる。

滝部は右手に握ったナイフを見つめ、ふっと息を吐き出した。

「……お前たちにここで会ったのは、綾日の導きなのかもな。彼女は、この桜の枝に紐《ひも》を掛けて首を吊ったんだ。まさにこの場所で、空へと旅立っていったんだよ」

「神聖な場所なんですね。なら、そのナイフを仕舞ってください」

「……指図をするなと言っただろう？」

穏やかな口調で言って、滝部が一歩を踏み出す。じりっと、足元の砂利が音を立てる。

いつでも駆け出せるように、本宮は腰を落とした。

「——綾日のいない世界に、もう用はない」

にやりと笑った、次の瞬間。滝部は持っていたナイフを自分の胸に突き立てた。

滝部は太陽を探すように空を仰ぎ、真後ろにゆっくりと倒れ込んだ。

本宮は慌てて滝部に駆け寄った。彼は目を閉じ、満足げな表情を浮かべていた。

胸から、銀色の柄が飛び出している。金属の刃《やいば》は、確実に心臓のある場所を貫いていた。自殺するつもりで、滝部はこの場所に来たのだ。

「まずいな。救急車を呼ばないと」

あの傷で果たして助かるだろうか。疑問を感じながらも、本宮はスマートフォンを手に取った。

そこで背後に気配を感じ、本宮は振り向いた。

ティナが目の前に立っていた。その目は大きく見開かれ、唇は小刻みに震えていた。

「……おい、どうした？」

「血が……血が……」

彼女の指差す方に目を向ける。滝部の胸から流れ出した血が地面を赤く染めていた。

「ああ、そうだ。危険な状態だ。だから、救急車を……おい！」

ティナは本宮の脇をすり抜けると、滝部の体のそばにしゃがみ込んだ。ぶつぶつと何かを呟きながら、そのまま動かなくなってしまう。

彼女に構っている時間はない。本宮は背を向け、１１９を入力した。

スマートフォンを耳に当てる。ぷつりと音がして、電話が繋がった。

『こちら一一九番です。火事ですか、救急ですか？』

「救急です。今、多磨霊園の十四区にいます。男性が、ナイフで胸を……」

言いかけた言葉が、衝撃と共に途切れた。

背中を貫く激痛に、本宮はスマートフォンを取り落とした。ぱきん、と乾いた音がして、地面にぶつかった液晶画面が割れる。

息ができない。目の前がかすみ、意識が遠のいていく。

——何が起きたんだ……？

その疑問に突き動かされるように、本宮は力を振り絞って振り返った。

そこに、滝部のナイフを持って佇《たたず》むティナがいた。

その頬や顎が、真っ赤な血で汚れている。それが自分の血液だと気づくより早く、ティナが右腕を突き出していた。

腹部に再び衝撃が走る。

自分の腹に目を落とす。ナイフが深々と刺さっているのに、もう痛みは感じなかった。

寒い。体全体からあらゆる熱が消えていくのが分かる。

本宮はゆっくりと目を上げた。

ティナはナイフの柄を握ったままこちらを見ていた。

こんなにきれいな顔立ちをしていたのか。本宮は薄れゆく意識の中でそう思った。瞳孔が開いた瞳はいつも以上につぶらだった。

動物実験の最中に目にしてしまったのだろうか。それとも、好奇心に負けてしまったのだろうか。いずれにせよ、ティナは見てしまったのだ。マダラを――人を殺さずにはいられなくなる、あの映像を。

「……見るなって、言っただろう」

「……拓真さん。愛しています。世界中の誰よりも」

ティナが微笑む。そこにあったのは、今までで最も美しい笑顔だった。

頭がうまく回らない。もう、何も考えられない。足に力が入らない。立っていることができない。

本宮は抱き締めるようにティナにもたれかかった。

時が早回しで進んでいるように、目の前が急激に暗くなっていく。

本宮は目を閉じ、最後に心に浮かんだ言葉を口にした。

「……ああ。僕もだよ、ティナ……」

# Phase 3 リリース

## 1　二〇一八年十二月四日（火曜日）

新暁大学の理学部での聞き込みを終えて建物を出ると、顔にしぶきを感じた。

安達優司は空を見上げ、小さく息を吐き出した。目には映らない、細い細い雨が降っていた。

傍らで、共に捜査に当たっている池袋署の千代川が舌打ちをした。

「とうとう降り出したか。ひどくなる前に車に戻ろう」

「……ええ」

駐車場までは屋根がない。首筋に微《かす》かな雨粒を感じながら、安達は捜査車両として使っている白のセダンに乗り込んだ。

「じゃ、本部に戻るか」

そう言って助手席のシートに頭を押し付け、千代川が目を閉じる。

「……あの、千代川さん。その前に、多磨霊園に寄って構いませんか」

「ん？」と千代川が目を開ける。「しかし、鑑識の作業はとっくに終わってるし、目撃者だって期待できないぞ。あんまり意味ないだろ」

「一度、見ておきたいんです。お願いします」

安達が頭を下げると、「ま、少しくらいならいいんじゃないか」と言って、千代川はスーツの内ポケットからタバコの箱を取り出した。「その代わり、俺のこいつも黙認してくれよ」

「分かりました」と頷《うなず》き、安達は車を発進させた。捜査車両内は基本的に禁煙だ。

東京都道十四号新宿国立線《くにたちせん》——通称・東八道路を西に五キロほど走ると、多磨霊園に到着する。そのまま車で霊園内に入り、歩行者に注意しながら奥へと向かう。

現場は細い小道の奥だ。適当なところで路肩に駐車し、安達と千代川は透明なビニール傘を手に車外に出た。

雨は勢いを増している。ぱたぱたと、傘を叩《たた》く雨音が耳につく。十二月の初めにしては妙に生暖かく、梅雨の時期にタイムスリップしたような気分にさせられた。

事件から三日が経った。立ち入り禁止の黄色いバリケードテープはすでに取り外されていたが、現場へと近づこうとする者は他にはいなかった。

先に立ち、千代川と共に雨に濡《ぬ》れた小道を進んでいく。やがて、堂々とした枝ぶりの桜の木が見えてきた。霊園の管理者によって洗い流されたのだろう、地面にも盛り上がった桜の根にも血痕は見当たらなかった。

安達は桜の木の前で足を止め、傘を肩に乗せて合掌した。十二月一日、午前八時三十五分頃。春には晴れやかに咲き誇るであろうこの木の前で、惨劇は起きた。

倒れていた三人を発見したのは、一一九番通報を受けてやってきた救急隊員だった。

本宮拓真は、いま安達が立っている場所で、仰向けになって息絶えていた。死因は出血多量。背中と腹部を鋭いナイフで刺されており、どちらの傷もかなり深かった。

本宮の隣では、一人の女性が死んでいた。身元はすぐに判明した。仙崎ティナ。本宮と同じ、東王大学に通う女子学生だった。生前、本宮と親交があり、交際しているという噂《うわさ》もあったようだ。彼女の死因も出血多量だ。頸動脈《けいどうみやく》に深い傷があったが、角度や血痕の付着状況から、自ら首を切ったものと推測されている。

さらにもう一人、桜の木の真下で事切れている男性がいた。滝部郁也、三十八歳。新暁大学医学部で准教授の地位にあった研究者だった。死因はやはり出血多量。心臓に達する深い傷があり、こちらも血痕の状態から自殺であった可能性が高いとされている。

目撃者はいなかったが、現場の状況からは、最初に滝部が自殺し、仙崎が滝部の胸に刺さっていたナイフで本宮を刺殺、最後に自らも首を切って命を絶ったものと思われる。

「……三人分の血が流れたんだ。相当な量が地面に吸収されただろうな」千代川がぽつりと言った。「きっと次の春には、きれいな桜が咲くだろう」

「そうかもしれませんね……」

ふいに強い風が吹き、桜の枝がざわざわと音を立てた。

目を閉じると、西新井署で会った時の本宮の姿が蘇《よみがえ》る。本宮は理知的で、自らが正しいと思う道を突き進む情熱を持った、好青年だった。彼が、なぜこのような形で命を落とさねばならなかったのか。運命の残酷さを思うと、ため息が自然とこぼれ落ちた。

「……そろそろいいか？」

千代川に声を掛けられ、安達は目を開けた。

「ええ。ありがとうございました。気持ちが引き締まりました」

「そうか。なら、足を運んだ甲斐《かい》があったってことだな。それにしても、よく分からん事件だな、これも。恋人が首を吊《つ》ったんだから、滝部が死に場所としてここを選んだのは理解できる。しかし、そのすぐ真横で無関係の二人が無理心中めいた死に方をするってのは、まったくもって前代未聞だ」

「……そうですね。これも、マダラのせいなんでしょうか」

「またそれか？」と呆《あき》れた様子で千代川が言う。「殺人を引き起こす悪魔のアプリ、だったか。そんなもの、あるわけないだろう」

「ここまで証拠が揃《そろ》えば、もう疑う余地はないと思いますが」と安達は反論した。

「証拠って言ったってな……具体性に乏しいんだよな」

「それは……」と安達は口ごもった。

互いに殺し合った東明中央大学の学生。交際相手を殺した東浜翔吾。二人がマダラのモニターに参加していた疑いは濃くなっているが、まだその裏付けが取れていなかった。突き止められたのは、現金書留が三鷹市内から翔吾に送付されたという事実だけだ。最も重要な、マダラのアプリそのものを入手できていない。マダラ原因説が捜査本部に受け入れられていないのはそのせいだった。

雨の中を車に戻る。シートベルトを締め、車を発進させようとした時、「そろそろ潮時だろうな」と千代川が呟《つぶや》いた。

「……どういう意味ですか」

「捜査本部の解散が近いってことだよ。部外者が事件に関わっていた可能性は、もうほとんどありえないだろ。酒に酔って互いに殺し合ったってことで決着するんじゃないか。被疑者死亡で書類送検。それで終わりだよ」

今、安達が担当しているのは、あくまで東明中央大学の学生が起こした相討ち殺人事件の捜査だ。マダラが原因である可能性を主張し、東浜翔吾の事件を調べたり、本宮からの情報を元にアプリの開発者を探したりしていたが、捜査本部の方針を変えるほどの成果は得られていない。

今日も、滝部に関する情報を集めるために新暁大学を訪ねたが、大した話は聞けなかった。滝部の様子がおかしかったのは間違いないようだが、マダラを作った張本人かどうかは分からずじまいだ。

ただ、本宮拓真も新暁大学に足を運んでいた。電話で話していたように、個人的にあれこれと調べていたのだろう。彼は、滝部が最も有力な容疑者だと言っていた。

本宮は、小春の敵討《かたきう》ちのつもりで滝部の行方を追い、そして、共に行動していた仙崎ティナに殺された。本宮の死に関して、安達は責任を感じていた。彼が滝部を捜していることを知りながら、手を貸すことができなかった。上司を説得し、捜査本部一丸となって滝部を追っていれば、結果は違うものになっていたかもしれない。そう思うと、いたたまれない気持ちになる。

ゆっくりと車を走らせ、多磨霊園を出た。雨はいよいよ本降りになってきた。ワイパーが眼前をよぎる頻度が上がっている。

赤信号で停車する。ハンドルを握り、前を見据えたまま、「捜査本部が解散になってほしいって気分です、僕も」と安達は言った。

「おお、そうか。これで安達も、マダラとかいう訳の分からないものに振り回されずに済むようになるな」

「いえ、そうではありません」と安達は首を振った。「これで、本腰を入れてマダラと向き合うことができそうです」

「……本気か？」

「ええ、もちろん。誰かが動かなきゃ、とんでもない事態になるかもしれませんから」

上司とどう交渉すればいいだろう。どうやれば、自分の意見を認めてもらえるだろう。

そんなことを考えている間に、信号が青に変わった。

ちらりと隣を窺《うかが》うと、千代川は目を閉じていた。

安達は小さくため息をつくと、アクセルを踏み、車を発進させた。

## 2　二〇一八年十二月七日（金曜日）

その日、安達は午前八時半に警視庁の本部庁舎へとやってきた。

この時間に警視庁に足を運ぶのは久しぶりだった。ここひと月ほどは、朝から池袋署の捜査本部に顔を出していたからだ。ただ、その習慣は昨日で終わった。千代川の読み通り、相討ち殺人事件の捜査本部が解散となったためだ。

今日からは、また別の事件の捜査に携わることになる。マダラの謎を追いたいという希望は、すでに上司に伝えてある。果たしてそれは受け入れてもらえるだろうか。

いくらかの不安と共に捜査第一課の事務室に顔を出すと、安達の席に課長の片岡《かたおか》が座っていた。鼻歌を口ずさみながら、鉄製のやすりで爪をといでいる。

「あの、おはようございます」

声を掛けると、「おう、おはよう」と片岡が腰を上げた。身長一八三センチ、体重八五キロ。学生時代に柔道で鍛えたその肉体は、今朝も容赦のない威圧感を放っている。彼は柔道五段の猛者である。

片岡は一重まぶたの目で安達を一瞥《いちべつ》し、「ちょっと来い」と事務室を出て行く。

彼のあとについて、階段で六階から八階へと上がる。連れて来られたのは、生活安全部の事務室の脇にある会議室だった。

中に入ると、パンツスーツ姿の小柄な女性が待っていた。年齢は二十代半ばくらいか。長い髪をポニーテールにまとめている。離れ気味のまん丸な目に、小ぶりでやや上向きな鼻と、ふにゃりと緩んだアヒル口。彼女の顔つきを見て、安達はカワウソを連想した。

安達に向かって微笑《ほほえ》むと、女性はぺこりと頭を下げた。

「初めまして。サイバー犯罪対策課・技術調査係の長町《ながまち》桜子《さくらこ》と申します」

「ああ、どうも。捜査第一課の安達です。……ええと、片岡さん、これは……」

「ぼんやりしてんじゃねえよ。言いだしっぺはお前だろうが」と片岡は首筋を揉《も》みながら言う。「殺人アプリに関する捜査をやりたいんだろ？　だったら専門家とコンビを組む方がいいと思ったんだよ。それが筋ってもんだろ。つうことで、サイバー犯罪対策課に相談して、一人人員を割いてもらった。ただし、リミットは二週間だ。それ以上は待てねえからな。ちゃっちゃと終わらせて戻ってこい。分かったな！」

ほとんど怒鳴るように言って、片岡は会議室を出て行ってしまう。

突然の指示に頭が追い付かない。閉まったドアを眺めていると、背中を指でつつかれた。振り返ると、桜子がこちらを見上げていた。

「座って話しましょうか」

「あ、はい。じゃあ」

八人用の横長のテーブルに、向かい合わせに座る。

「不勉強で、サイバー犯罪対策課のことはよく知らないのですが……どういう部署なんでしょうか」

「名前のイメージとそう大きくは違わないですよ。コンピューターウイルスの被害の実態把握や注意喚起、インターネット掲示板の犯行予告のチェック、他者のコンピューターへのハッキングの検挙などです」

「長町さんは、最初から今の部署に配属されたんですか？」

「配属という表現は少し違いますね。私は特別捜査官の採用選考を受けて警視庁に採用されました。だから、警察手帳も手錠も拳銃も持っていません」

「へえ、なるほど。大学卒業後、すぐにこちらに？」

「いえ。修士課程を出たあと、四年ほど一般の企業で統計の仕事をしていました。医療関係の統計解析ですね。癌《がん》になりやすい人の特徴とか、認知症とその他の疾患の関連性とか、そんな感じです。捜査官になったのは去年です」

大学院では化学反応のシミュレーション研究を行っていたと桜子は説明した。どんなことをしていたのか見当もつかなかったが、彼女が高度なＩＴスキルを持っていることは分かった。

「そんな方が、どうして警察に？」

「たまたまネットでそういう部署があることを知り、興味を持ちました。傲慢な言い方になりますけど、正義感に触発されて、という感じですね」

「はあ、それは実に立派ですね」

「ありがとうございます。自分なりにプライドを持って仕事をしています」

そこで話が一段落する。短い沈黙を挟んでから、安達は「あの、マダラのことはもうお聞きになりましたか？」と切り出した。

「概要は、片岡課長から伺いました。そのアプリが関与していると疑われる事件が、少なくとも十件はあったそうですね」

「ええ。自分の把握している限りは」

池袋の捜査本部にいた頃から、安達は時間の許す範囲で、マダラが原因と思われる事件についての調査を進めていた。

会社員が妻を絞め殺したのちに飛び降り自殺。中年女性が、自宅で介護していた父親を刺殺後、農薬を大量に服用して自殺。予備校生が、面識のない男性を駅の階段から転落死させ、その直後に電車に飛び込んで自殺……。「まさか、あの人が」というパターンの事件は、十、十一月の二カ月の間に、全国各地で散発的に発生していた。北海道、愛知、大阪、福岡と、地域にはばらつきがあり、被疑者の年齢も十八歳から四十二歳までと幅がある。性別もまちまちだ。ただ、被疑者はいずれも普段は温厚な人物だったという。

「被疑者はすべてのケースで死亡しているのですか？」

「いえ。全員が犯行後に自殺を企てていますが、命を取りとめた者もいます。ただ、心神喪失状態というか、まともに話すこともできなくなっています。警察の取り調べにも一切応じていません」

「それは厄介ですね」桜子が眉間に浮かんだしわを指先でなぞる。「それと、先日、多磨霊園で亡くなった方から、マダラの開発者についての情報提供もあったとか」

「ええ。本宮拓真くんですね。彼は西新井の事件で亡くなった高校生の親族で、自分なりに事件を調べていたようです。個人的にいろいろとやり取りをしていましたが、彼はマダラの開発者が滝部郁也である可能性が高いと言っていましたね」

そう伝えると、桜子は腕を組んで首を傾《かし》げた。

「どうして彼はそう考えたのでしょうか。その推論に至る根拠があったはずですよね。

それについて、何か聞いていませんか」

「詳細は話してくれませんでした。本宮くんが使っていたパソコンを調べたかったのですが、自宅のものも大学のものもパスワードでロックされていまして。彼のスマホも含め、専門業者に依頼して、データを取り出せないか検討中です。……ただ」

「ただ、なんでしょうか」と桜子が眉根を寄せる。

「これは自分の勘ですが、彼はマダラをインストールしたデバイスを入手していたのではないかと思います。それを解析したからこそ、開発者の候補リストを作成できたのではないかと」

「ではなぜ、彼は入手したことを安達さんに伝えなかったのですか？」

「……彼なりに気を遣ったのかもしれません。警察関係者がうっかりマダラを起動してしまうのを回避するためじゃないかと。現物があれば、それを確認するのが我々の仕事ですから。……今となっては、推測でしかありませんが」

「なるほど。その開発者候補リスト、すぐに見られますか」

少々お待ちを、と言って捜査第一課の事務室に戻り、自分のノートパソコンを持って八階へと戻る。

画面を開き、本宮から送られてきたリストを開く。桜子からは、さっきまでの柔和な雰囲気は消えていた。画面を見つめる表情は真剣そのもので、眉間のしわが深さを増していた。

「見覚えのある名前がいくつかあります」桜子が険しい顔つきのまま口を開く。「大学の研究者ですね」

「あ、はい。そうですね」

「彼らへの捜査は進んでいるのでしょうか」

「いえ、恥ずかしながら、池袋の事件の方で手いっぱいで……ようやく、日本人に関してのみ、ざっとしたプロフィールを揃え終わったところです。これから事情を聞きに行くつもりでした」

「そうですか。では、そのプロフィールを見せてください」

言われるがままに、インターネットなどで集めた情報をまとめた資料を表示させる。

桜子はざっとそれに目を通し、「医学部、理学部、文学部、経済学部……所属学部はばらばらですね。年齢や職階も統一性がありません」とコメントした。

「ええ、おっしゃる通りです。居住地も日本全国に散らばっています」と安達はやや気後れしつつ頷いた。思考スピードが速く、紡がれる言葉に迷いがない。彼女は相当の切れ者のようだ。サイバー犯罪対策課に採用されるだけのことはある。

「つまり、リストを作成するために使った情報は、プロフィールとは直接関係ないことになりますね。だとすると、『テキストの一致度からの絞り込み』が最も有力な解析手段だと思われます」

「ええと、それはどういう……」

「インターネットなどで公開されている学術論文と、マダラの開発者が書いた文章を比較し、構文の組み立てや単語の使い方などの特徴を解析するんです。やはり、本宮さんはマダラの実物を入手していたのでしょう」桜子は眉間のしわを撫《な》でながら喋《しゃべ》っていた。考え事をする時の癖らしい。「では、彼はどこでマダラそのものを入手したのか……私たちの捜査の入口はこの辺にありそうです」

「マダラの入手先、ですか。一番ありそうなのは……」

「池袋の事件か西新井の事件、そのどちらかの関係者からでしょう。関東近郊で起きた、『マダラ疑い案件』はその二件のみです」

「しかし、相討ち殺人の三人のスマホからは、マダラと思われるアプリは見つかりませんでした。それに、東浜翔吾のスマホは破損しています」

「彼らの持っていた端末が一つとは限りません。改めて関係者に連絡を取ってみてもらえませんか」

「分かりました。早急に。念のために、他の八件についても確認します」

「ありがとうございます。それと、本宮さんの使っていた端末やスマホをこちらに戻してもらえませんか。私の方でパスワード解除を試してみます」

「分かりました。まだ下に置いてあるので、すぐに持ってきます」

「では、そういうことで。何か分かったらいつでもご連絡ください」

桜子が席を立とうとする。安達は「あの」と彼女を呼び止めた。

「他に何か？」

「すみませんでした」安達は頭を下げた。「もっと早く、サイバー犯罪対策課に相談すべきでした」

「私に謝られても」と桜子が首を振る。「私には安達さんを責める権利はありませんよ」

「え、ああ、そうですよね。謝るとしたら、本宮くんの遺族ですよね。すみません」

「また謝ってますね」くすっと、桜子が笑みを浮かべた。「安達さん。ここはひとつ、前向きに捉えましょう。滝部氏が亡くなってからは、マダラによると思われる事件は起きていませんよね。ちゃんと間に合った。まだ、最悪の事態が起こる前でよかった。本宮拓真さんには悪いですけど、そんな風に考えることもできると思うんです」

「……そうですね。ありがとうございます。ちょっと元気が出ました」

「ちょっとじゃ困るんですけど」と桜子が眉間にしわを寄せる。

「あ、ごめんなさい。元気モリモリになりました」

「だから、謝りすぎですって、もうっ」と桜子が笑い始めた。

「そ、そうですかね」

「あ、あと、モリモリは……さすがに……表現が古すぎますよぉ」

ツボに入ったのか、腹に手を当て、苦しそうに息をしている。そんな風に笑う彼女につられて、安達もつい笑ってしまった。

ひとしきり二人で笑い合い、桜子が落ち着いたところで、安達は手を差し出した。

「挽回《ばんかい》のチャンスを与えてもらったと思って頑張ります。よろしくお願いします」

「ええ。よろしくお願いします」

桜子と握手を交わす。彼女の指先には意外なほどの力が込められていた。その力強さに、安達は勇気をもらった気がした。

3　二〇一八年十二月十日（月曜日）

週明けの午前九時。安達は警視庁八階の会議室で、桜子が来るのを待っていた。

窓際に立ち、眼下の景色を眺める。桜田通りを挟んだ向かいには、煉瓦造《れんがづく》りの法務省の旧本館が見える。その奥に検察庁があり、右手の方には東京高裁や水産庁、厚生労働省など、日本の中央官庁の建物が続いている。左手には広大な皇居外苑《がいえん》があり、その向こうに、大手町方面の高層ビルが建ち並んでいる。

薄曇りの冬空を背景に望む景色は、ここが日本の中枢であることを誇るような高潔さがあった。時々、自分がそんなところで働いていることが不思議になる。安達は新潟県の北部にある農村の出身だ。なにか、物理的な意味以上に、ものすごく遠くにやってきてしまったな、という感じがする。

そんな風に外を見ていると、「おはようございます、お待たせしました」と、ノートパソコンを小脇に抱えて桜子が駆け込んできた。

「おはようございます」と安達は微笑んでみせた。

今朝、捜査第一課の事務室に顔を出すと、机の上にメモがあった。そこには、〈ちょっと打ち合わせをさせてください　長町〉と妙に丸っこい字で書かれていた。それで急遽《きゆうきよ》、この部屋を予約したのだった。

金曜日の夜、帰る前に顔を合わせた時、「土日も作業を進める」と桜子は言っていた。それなりに進展があったということだろう。無論、安達も休日返上で捜査を行っている。彼女に負けてはいられない。

「では、お互いに進捗報告と行きますか」

さっそくテーブルに着く。「よかったら、どうぞ」と、安達はカップコーヒーを勧めた。事前に買っておいたものだ。

桜子は「ありがとうございます」とそれをすすり、「うっ」と眉根を寄せた。

「……お口に合いませんでしたか」

「あ、いえ、その……いつもは砂糖を大量に入れるので……。で、でも大丈夫です。一度ブラックに挑戦しようと思っていたところだったんです」

と言いつつ桜子はさりげなくカップを手元から離れた場所に置いた。

「……ええと、では、私の方から」

気を取り直し、安達は自分のノートパソコンを開いた。

「状況はメールでお送りした通りですが、ざっと概要を報告します。まず、東京都以外の地域で発生した八件のマダラ疑い案件に関して、それぞれの捜査本部に連絡を取り、被疑者が使っていたスマートフォンやタブレット端末を確認してもらいました。残念ながら、いずれのケースでも、マダラと思われるアプリは見つかりませんでした」

「そうですか。……東浜翔吾くんのケースも同じでした」と桜子が険しい表情で言う。

「彼が使っていたタブレット端末からは、何も見つかっていません」

安達は金曜日に東浜翔吾の母・久美子と面会した。改めて話を聞いたところ、彼女は本宮拓真にタブレット端末を渡していたことが判明した。そして、その端末は、本宮が亡くなる数日前に久美子に返却されていた。

そこで安達は久美子の許可を得てタブレット端末を持ち帰り、桜子に解析を依頼していたのだった。

「すべて外れですか。やはり、マダラには自動消滅機能があるのでしょうか」

「そう考えて差し支えないと思います」桜子が眉間のしわを深くする。「滝部氏の使っていた端末の確認は進んでいますか？」

「ええ。遺族の承諾を得て、自宅にあったパソコンを調べました。しかし、すべてのデータが消去されていました。復元も困難とのことです」

「ということは、やはり死ぬつもりであの日に多磨霊園に足を運んだのでしょうね」

「でしょうね。現場にあったナイフは、滝部が準備したものであることが分かっていますから。本宮くんたちに会ってしまったのはあくまで偶然だったのでしょう」

「マダラの実物が確認できなかったのは残念です。これに懸けるしかないですね」桜子は手元のノートパソコンを開き、画面を安達の方に向けた。「これは、本宮拓真さんの使っていた端末です。パスワードが解除できたので、ログインしてみました」

「え、本当ですか!?」

驚きのあまり、安達は椅子から立ち上がっていた。

「ついさっき、ようやく終わりました。親交のある大学のスーパーコンピューターも活用し、総当たりで解析していたんです。原始的なやり方ですが、効率的な手段を模索するより手っ取り早いと思いまして」

「それで、中身はどうだったんですか？」

「……一つ、気になるフォルダを見つけました」

桜子が画面を指差す。薄黄色の四角のアイコンには、〈M関連資料〉という名がつけられていた。

「この〈M〉はマダラのM……なんですか？」

「実は、まだ中を確認していないんです。何かあった時に、近くに人がいた方がいいと思いまして……」

桜子が神妙に言う。安達は唾を飲み込んだ。殺人の呪いを掛けられそうになったら、力づくでそれを防いでくれと言っているのだ。

「……分かりました。じゃあ、開いてみてください」

桜子はアヒル口を真一文字にして頷き、〈M関連資料〉のフォルダにカーソルを合わせて、マウスの左ボタンをダブルクリックした。

フォルダの中には、二つのファイルがあった。〈Mデータ〉というフォルダと、〈Mに関する覚え書き〉というテキストファイルだった。

桜子が〈Mデータ〉フォルダを開こうとする。すると、パスワードの入力ウインドウが現れた。ノートパソコンのロック解除に使ったパスワードを打ち込むが、あっさりと弾《はじ》かれた。

「こっちにもセキュリティーが……」

「本宮さんは、マダラの危険性をかなり重く見ていたんですね」と桜子が冷静にコメントする。「再度、総当たりでのパスワード探索を行うことにします。こちらはどうでしょうか」

続けて、〈Mに関する覚え書き〉を開く。パスワードの要求はない。

現れたのは、いくつかの短い文章だった。文章の頭に日付がある。ファイルのタイトル通り、マダラを解析していた時のメモらしい。

〈十一月二十日　マダラをついに発見した。ひとまず、タブレット端末から自分のノートパソコンにサルベージする。何が起こるか分からない。端末をウェブに繋《つな》がないように注意が必要だ〉

〈十一月二十一日　マダラの解析を少しずつ、慎重に進めている。マダラを起動すると流れる映像を撮影し、その動画を一秒ごとに細切れにしたものを作成した。そのうちのいくつかを見てみたが、今のところは体調に問題はない。断片化した映像を目にする分には大丈夫なようだ〉

〈十一月二十二日　マダラの秘密が分かってきた。このアプリには、視覚や聴覚を通じて脳にアクセスする技術がふんだんに盛り込まれている。映像や音楽を巧みに組み合わ

せて脳の動きをコントロールし、人を殺したくなるほどの暴力衝動を生み出しているらしい。天才的かつ悪魔的な発想だ〉

〈十一月二十三日　開発者が残したコメントをプログラムから抽出した。この文章の特徴を使えば、開発者を絞り込めるのではないか？　準備に少し手間が掛かるが、やってみようと思う〉

〈十一月二十四日　絞り込みの準備が整った。論文入手のために海賊版サイトを活用した。褒められた行動ではないが、緊急時なので仕方ないだろう〉

〈十一月二十五日　絞り込みを完了した。候補者のリストは安達刑事に提出する予定だ。一応、全員を調べるべきだろう。ただ、個人的には滝部郁也のことが気になる。過去の研究内容を考えると、彼ならマダラを作ることもできるのではないかという気がする。それと、ティナがマダラの効果を動物で試すと言っている。どんな反応があるのか興味がある〉

〈十一月二十六日　滝部郁也の研究室のホームページにあったアドレスにメールを送っ

た。今のところは返事がない。彼に疚《やま》しいところがなければすぐに応じてくれるのではないか。そうであることを祈りたい気持ちもある。彼が悪人だとは思いたくない〉

〈十一月二十七日　滝部からの返信はやはり届かない。彼がやったかどうかは別として、マダラの開発者の意図について考えている。もしその力が本物なら、世界中で殺人事件が引き起こされることになるだろう。それは伝染病のパンデミックによく似ている。滅ぶことはないにせよ、人類は大きなダメージを被るだろう〉

〈十一月二十八日　滝部からの返信は結局なかった。仕方がないので自分で動く。新暁大学で、滝部についての情報収集。彼には、星名綾日という恋人がいた。彼女は自ら命を絶ったという。滝部は恋人を死に至らしめた、この世界すべてに対する復讐《ふくしゅう》のためにマダラを作ったのか?〉

〈十一月二十九日　マダラの開発理由に関して荒唐無稽な説を思いついた。マダラは「予行演習」だという可能性だ。火山の噴火や隕石《いんせき》の衝突が起こり、世界規模で日常生活が完全に破綻する——もしそんなことになれば、殺人や強盗が横行するだろう。その時に対処する術《すべ》を身につけさせるために、マダラを作って広めようとした……。ありえ

ないとは思うが、もしそうだとすれば開発者は悪人だとは言い切れないかもしれない〉

〈十一月三十日　星名綾日は天文学の研究者で、恒星の研究をしていた。彼女は自説を巡って、上司である和田山教授と対立していたようだ。それにしても、マダラを抑え込む手段はあるのだろうか。いろいろ試しているが難航している。この状況では、まだアプリのデータを警察に提出はできない〉

「……やはり、本宮さんはマダラを見つけていたんですね」

メモを読み終え、桜子がぽつりと呟いた。

「そのようです。絵と音で脳を操る……それが、マダラの仕組みなんですね。彼なりに、その本質に迫ろうとしていたんだな」

安達は奥歯を嚙《か》み締めた。メモは本宮が命を落とす前日で終わっている。彼は限りなく真相に近づき、その解決の糸口を摑《つか》みかけていた。惜しい人材を失ってしまったという喪失感が、改めて込み上げてくる。

多磨霊園で起きた事件については、府中警察署に捜査本部が置かれ、そこで捜査が進められている。仙崎ティナは、事件の数日前から友人に滝部のことを聞いて回っていたという。そこで得られた目撃情報を頼りに、二人は多磨霊園を訪れたのだろう。

「十一月二十五日に気になる記述がありますね」桜子が眉間のしわをなぞりながら言う。

「仙崎ティナは、マダラの効果を動物で試そうとしています」

「ええ、そうらしいですね。この頃はまだ、正気を保っていたんでしょう」

仙崎の周囲の人間は、誰もが「彼女は本宮に恋心を抱《いだ》いていた」と証言したそうだ。普段から頻繁に本宮の研究室を訪ね、楽しそうに彼と話していたという。そんな彼女が、自分の手で本宮を殺害した。普通なら到底考えられない結末だが、マダラが介在していたと考えれば理解はできる。おそらく、仙崎は動物実験を行う過程のどこかで、マダラの生贄《いけにえ》になってしまったのだろう。

「このメモには、動物実験の結果がありません。本宮さんは『興味がある』と書いています。もし仙崎ティナからの報告があれば、メモに残したと思うんです。つまり、動物実験はまだ終わっていないか、報告が完了していないことになります」

「まあ、そうなりますかね。……それが何か?」

「彼女が自分の手元に、マダラのデータを持っていたかもしれないということです。仙崎ティナの私物は押収されていますか?」

「府中警察署に保管されていると思います」

「今から確認に行きましょう。この〈Mデータ〉のパスワードを破るには時間が掛かります。彼女が持っているデータなら、もっと容易にアクセスできるかもしれません。では、十分後に一階のロビーで待ち合わせということで！」

言うが早いか、桜子はノートパソコンを抱えて部屋を飛び出していった。まるで仔《こ》ウサギのようなすばしっこさだ。

安達は桜子がほとんど手を付けずにいたコーヒーを飲み干し、自分の分と一緒に、紙コップをゴミ箱に捨てた。

そこで安達は、自分の指が微かに震えていることに気づいた。武者震いだ。事件が解決に向けた重要局面を迎えた時は、いつもこんな風になる。

まだその本体を捕まえたわけではない。だが、とうとうマダラの尻尾が見えてきたという手応えは感じていた。滝部が死んだ以上、これ以上マダラが広がる恐れはないだろう。マダラの正体を明らかにし、その犠牲になって殺人を犯した人々の名誉を回復する。その目的はまもなく達成できるはずだ。

「あともう少しだ……」

安達はそうひとりごち、拳を握り締めて会議室をあとにした。

警視庁の最寄り駅である桜田門駅から電車に乗り、有楽町線、都営新宿線、京王線と乗り継いで、安達たちは午前十時過ぎに府中警察署にやってきた。

すでに、多磨霊園の事件を担当している刑事に連絡を入れてあった。署の受付で用件を告げると、髪の薄い、痩せた中年男性が現れた。ねずみ色のスーツにはしわが目立つ。しばらく家に帰っていないのか、それとも身の回りの世話を焼いてくれる相手がいないのか。安達はつい、そんなことを考えてしまった。

「どうも、お疲れ様です。新田《にった》です。遠いところをわざわざすみませんね。ええと、仙崎の私物の確認をしたいとのことですが」

「そうです。ノートパソコン、USBメモリなどの記録媒体を調べる必要があります。証拠品の保管されている部屋はどちらですか」

桜子が焦りの滲《にじ》む口調で尋ねる。その表情は、親の敵を目の前にしているのかと思うほど険しい。

「はあ、こちらですが……」

彼女の剣幕に怪訝《けげん》な反応を見せつつ、新田は安達たちを近くの会議室へと案内した。机の上には青いプラスチックケースが置かれている。中には、ノートパソコンや書籍、ノートなどが雑多に詰め込まれていた。

「どれも仙崎の私物です。動機解明の参考になるかと思い、大学や自宅から押収しました。まだ、中身を確認できていないものがほとんどですが……」

話を聞く時間も惜しいとばかりに、桜子はケースの中を漁《あさ》り始めている。その様子を見て、新田が肩をすくめる。

「詳しい事情をまだ伺っていないんですが、これは何の事件の捜査なんですかね」

説明しようと口を開きかけたところで、「安達さん、手伝ってください！」と桜子に呼ばれた。

安達は「すみません、またのちほど」と新田に頭を下げ、桜子のもとに駆け寄った。

「いくつかUSBメモリが見つかりました。手分けして確認しましょう。ファイルの取り扱いにはくれぐれもご注意ください」

「了解です」

差し出されたUSBメモリを、持参したノートパソコンに差し込む。

保存されているデータを一つ一つチェックしながら、「ずいぶん急いでいるようですが」と安達は桜子に声を掛けた。警視庁を出発してからずっと、彼女の眉間にはしわが寄りっぱなしだ。

「本宮さんのメモを読んで、急に不安になってきたんです。マダラは間違いなく存在していて、何人もの犠牲者を産み出しています。それなのに、滝部氏の死後は鳴りを潜めています」

「そうですね。彼がマダラの配布をコントロールしていたのでしょう」

「考えてみたんです。もし自分がマダラの開発者だったなら、どう行動するかを」タッチパッドの上で指先を躍《おど》らせながら、桜子は言う。「その開発は極めて困難だったでしょう。様々な苦労を乗り越え、実際に人間でその効果を確かめた。その状態で、果たして満足するでしょうか」

「それは……どうですかね。確かに、まだ道半ばという感じはありますが」

「私も同感です。それなのに、滝部氏は自ら命を絶ってしまっています」

「ええ、そうでしたね」と安達は頷いた。「捜査の手が迫っていることを察して、データをすべて消してから自殺したのでしょう」

「果たしてそうでしょうか。私の見解は違います。彼はやるべきことをやり終えたからこそ、死を選んだのではないかと思うのです。満足して恋人のいる場所へ行くために。私が彼の立場なら、そうすると思います」

「それはつまり、一連の事件はまだ終わっていない……？」

「そうです。むしろ、これからが本番という気がするのです。だから……あ、ありました！」

話の途中で桜子が勢いよく手を挙げた。駆け寄ると、彼女のノートパソコンの画面に、〈Mデータ〉という名のフォルダが表示されていた。

フォルダにカーソルを合わせ、ダブルクリックする。ロックは掛かっていなかった。

画面に動画や画像ファイルのアイコンがずらずらと表示される。

桜子が画像ファイルの一つを開く。虹を思わせる色合いの模様の、銀色の球が画面に現れた。

「これが……マダラですか？」

「そのうちのひとコマでしょうね。元の映像から切り出す形で本宮さんが作成したものだと思います」

「大したことはないように見えますが……」

「一つ一つの画像には意味はないのだと思います。それが特定の順番で表示されることで、脳に働きかけるのでしょう」

「なるほど。それで、これからの対応はどうしますか」

「このフォルダには、マダラそのものも保存されているようです。プログラムを解析し、対策を練ります。といっても、映像そのものを見たり聞いたりする必要はないと思います。マダラのデータを見つけて、それを消滅させるようなアプリを作ればそれで済みますから。それをあらかじめ端末にインストールしておけば、マダラにやられることはなくなります。予防接種のようなものですね」

「了解です。では、僕はマダラの危険性を証明する作業を行いますよ。捜査を本格化させるには、上層部を説得するためのデータが必要ですから」

「証明？　どうやるんですか？」

「生活安全部に、生活環境課という部署があります。違法な動物の密輸入を捜査する部署なのですが、そこは業務上、動物園との繋がりがあるんです。動物園に協力してもらい、霊長類を使って実験を行うつもりです。仙崎の行った実験と合わせれば、それなりのデータになるはずです」と安達は私案を明かした。

「分かりました。マダラの毒牙に掛からないように、充分すぎるほどの注意を払ってくださいね」

「もちろんです」と、安達は力強く頷いた。

## 4　二〇一八年十二月十四日（金曜日）

「――報告は以上になります」

安達は説明を終え、手元の資料から顔を上げた。

時刻は午前九時過ぎ。窓のブラインドを通して、柔らかい光が小会議室に差し込んでいる。

テーブルの向かい側では、捜査第一課の課長である片岡が渋い表情を浮かべていた。岩のようなごつごつした体を揺らしながら、安達が作成した資料を睨《にら》んでいる。

隣を窺うと、同じようにこちらを見ていた桜子と視線がぶつかった。

彼女が眉根を寄せ、不安そうに安達と片岡を見比べる。「私から話し掛けてもいいですか」とその日が言っていた。

ここは、直属の部下である自分が口火を切るべき場面だ。安達は軽く咳払《せきばら》いをして、背筋を伸ばした。

「課長。いかがでしょうか」

「うーん」片岡はボールペンの尻でこめかみを掻《か》き、資料をテーブルに投げ出した。

「いかがって言われてもよ、コメントのしようがないわな」

「データは如実にマダラの危険性を示していると思いますが」と安達は言った。

昨日、安達は環境課の職員に紹介してもらった動物園に足を運び、マダラを使った実験に立ち会ってきた。

檻《おり》の外に設置したモニターにマダラの映像を表示させるというシンプルなやり方だったが、効果は覿面《てきめん》だった。見終わると同時にチンパンジーやニホンザルたちの攻撃性が急激に高まり、取っ組み合いの喧嘩《けんか》が始まったのだ。いや、喧嘩という表現は生ぬるい。サルたちは容赦なく相手に牙を突き立てようとしていた。飼育員が引き離さなければ、おそらく相手が死ぬまで戦いは続いただろう。

安達は改めてそのデータについて片岡に説明した。だが、片岡の顔つきは険しいままだった。

「そりゃよ、変なものを見せられたら苛立《いらだ》つだろ」

「そういうレベルではないと飼育員は言っています。小競り合いはあっても、殺しあうような関係ではなかったんです」

「サルと人間をごっちゃにするのはどうかと思うな。それに、たかだか数匹のサルで試しただけだろ？　それだけじゃ何も言えねえよ」

「仙崎ティナは、マーモセットという小型のサルで同様の実験を行っています。彼女の私物のUSBメモリには、詳細な実験条件や結果を記載したレポートが保存されていました。そちらのデータも参考になると思いますが」

我慢できないとばかりに、桜子が会話に加わってきた。

「頭のおかしい殺人鬼がやった実験ですからね」と片岡は肩をすくめた。「参考にする云々《うんぬん》の前に、そもそもデータが本物かどうかを疑う必要があるでしょう」

「彼女に、データを捏造《ねつぞう》するメリットがあるとは思えません」

「仙崎は本宮に惚《ほ》れてたんでしょ？　気に入られようと、彼の喜びそうな実験結果をでっちあげたってことも考えられますな」

「捏造が本宮さんにバレたら、一気に嫌われてしまいます。科学者は実験における嘘《うそ》にはことのほか厳しいものなのです。彼女がそんなリスクを背負うとは思えません」

「いや、しかしなあ」

桜子の説明を聞いても、片岡の態度に変化はない。依然として否定的なスタンスを崩そうとしない。

安達はテーブルに腕を乗せ、ぐっと身を乗り出した。

「大学生の相討ち殺人、西新井の事件。それに、全国各地で起きている、不可解な殺人事件の数々……。それに対し、警察は新種のドラッグの存在を想定した捜査を行ってきました。ですが、各本部の科学捜査研究所《科捜研》のみならず、より高度な分析技術を持つ科学警察研究所《科警研》にまで検査を依頼したにもかかわらず、未《いま》だに不審な物質は検出できていません。課長はこの事実をどうお考えですか」

「それに関しては、まだ捜査中としか言えないだろ。科警研では今も分析作業の真っ最中だ。未知のドラッグが非常に代謝されやすく、体内に残りにくい物質である可能性もある、と専門家が言っている。向こうだって必死で頑張ってるんだ。それを信じて待つのも大事じゃねえかと思うんだよ、俺は」

「普通の事件ならそれで問題ないでしょう」桜子の眉間のしわが一段と深くなる。「しかし、私たちが戦っているのは、前例のない、極めて特殊で危険な相手です。馬鹿げているように思えたとしても、取りうる策はすべて実行すべきだと思うんです」

ぎろりと、片岡が桜子を睨み返す。そのいかつさは、百戦錬磨のヤクザと対峙《たいじ》する時と何ら変わらないものだった。

「じゃ、仮にマダラ犯人説を採用したとしましょうや。その場合、警察はどう動くべきだと長町さんは考えてるんですかね？」

「国民にその危険性を周知する必要があります。手段は問いませんが、スマートフォンやタブレット端末などを利用している人には絶対に伝えなければなりません。また、正体のよく分からない不審なアプリをインストールしないことや、マダラと思われるアプリを発見した場合、即座に警察に届け出ることを徹底させるべきです。同時に、マダラを自動的に抑えるようなセキュリティーソフトの開発も必須でしょう。経済産業省や民間のＩＴ企業にも協力を要請して、官民一体となって対応すべき事案だと思われます」

前々からマダラへの対抗策を練っていたのだろう。桜子の説明には一切のよどみがなかった。

桜子からの提案を聞き、片岡は大げさなため息をついた。

「いやはや、驚きました。ずいぶんと大規模な対策をぶちあげましたなあ」

桜子は片岡の険しい視線を受け止め、「私は本気で言っています。国民の安全を守るためです」と堂々と応じた。

「無理でしょう、それはさすがに。警察だけならともかく、他の組織やら会社やらを動かすほどの状況だとは思えませんわ。マダラが殺人を引き起こしうる、真に危険なものであると証明できない限りは」

安達はもどかしさに歯ぎしりをした。こちらは充分な証拠を提示しているつもりなのに、片岡はそれを認めようとしない。完全に堂々巡りになってしまっている。

警察を動かすためには、まずは片岡を説得し、さらに上へと話を持って行ってもらわねばならない。だが、その最初のステップでいきなりつまずいてしまった。

片岡の判断のベースとなっているのは、自ら捜査方針を打ち出し、それによって数多《あまた》の事件を解決に導いてきたという自負だ。それを覆すような事態が起こらない限りは、片岡は決して首を縦には振らないだろう。

いったんここは引き下がるべきだろうか。ちらりと隣を窺い、安達は息を呑《の》んだ。桜子の眉間のしわが、さらに深さを増していた。その目は怖いほどまっすぐに片岡へと向けられている。

「危険性を証明すればいいんですか？」

「ん？　何かいい方法でも？」と片岡が眉を持ち上げる。

「確実な手段が一つあります」桜子の瞳に危険な光が宿る。「私が身をもって実証すれば、それで納得いただけるのでしょうか」

「え、いや、そこまでしろとは言ってませんが……」

さすがに予想外の一言だったらしく、片岡の顔に焦りの色が浮かぶ。

「落ち着いてください、長町さん！」安達は思わず桜子の腕を摑んでいた。「そんなことをすれば、長町さんの人生が台無しになります。いや、それ以前に、たったひとつの事例で証明になるとは限らないでしょう」

「……分かっています。それでも、どうしても犠牲が必要だというのなら、それは民間人ではなく、我々警察の人間であるべきだと思うんです」

「長町さん……」

「私は直接的に国民を守る立場にはありません。ですが、警察官の皆さんと同じ場所で働くうちに、正義がどうあるべきかという問いに対して、自分なりの答えを出せるようになりました。それは、『信念に忠実であるという覚悟』だと私は考えます。一刻も早くマダラを封じ込める対策を取るべきだ、というのが私の考えです。それを実現するために、私はベストを尽くしたいのです」

「……いやはや、まさかここまでの無鉄砲とは」と片岡が苦笑する。「サイバー犯罪対策課には、かなり個性的な人材が集まっているんですかね」

「どう言われても構いません。最初にお伝えした、マダラ対策に関する要望を呑んでいただけませんか」

「しかし、俺一人が賛同したところで……お偉方を説得する自信はありませんな」

「必要であれば、私から説明します。もちろん、サイバー犯罪対策課の課長にも同席してもらいます」

「あ、もちろん自分もです」

置いてきぼりにされてはたまらないと、安達は慌ててそう付け加えた。

「うーん、いや、だがなあ……」

片岡が太い腕を組んで唸《うな》り始める。さっきまでと違い、彼の額には微かに汗が浮いていた。真剣に悩んでいるようだ。桜子の言葉がかなり効いているらしい。

片岡が黙り込むと、小会議室は静けさに包み込まれた。

固唾を呑んで彼の返答を待っていると、外からパトカーのサイレンが聞こえてきた。それに呼応するように、片岡の後ろにあった内線電話が鳴り始める。

片岡はしかめっ面のまま受話器を持ち上げ、柔道の寝技の練習で変形した、餃子《ギョーザ》のような耳にそれを押し付けた。

「おう、俺だ……ああ？　なんだって!?」

片岡はいきなり大声を上げると、叩きつけるように受話器を戻し、ドアを突き破る勢いで小会議室を飛び出していった。

「……何かあったのでしょうか」

桜子が不安げに呟く。と、大きな足音を響かせながら片岡が戻ってきた。

「長町さん。悪いがマダラの件は先送りにしてくれ。安達。二週間の猶予を与えるって言ったが、あれはナシだ。渋谷警察署の応援に行ってもらうことになる。午後には捜査本部《帳場》が立つだろう。行くぞ」

安達に向かって雑に手招きし、また片岡が部屋を出ようとする。

「待ってください！」と安達は片岡を呼び止めた。「何が起きたんですか」

片岡は頭をごりごりと掻きむしり、信じられないというように首を振った。

「……ついさっき、渋谷で警官が発砲事件を起こしたらしい。民間人に複数の死傷者が出ている」

## 5　二〇一八年十二月十七日（月曜日）

午後五時半。うんざりするほど長引いた捜査会議がようやく終わった。

安達は腰を上げ、肩を揉みながら周囲を見回した。警視庁の三階にある大会議室には、数十人の捜査員が集まっている。その表情は一様に暗い。たぶん、自分も似たような顔をしているのだろうと思った。

「安達さん。お疲れ様です」

ぼんやりしていたら、背中を軽くつつかれた。振り返ると、こちらを見上げる桜子と目が合った。その瞳は爛々《らんらん》と輝いている。

「ああ、どうも。お疲れ様です」

「どうですか、そちらの状況は」

「順調といえば順調なんですが……正直なところ、キリがないですね」

「先ほどの会議の報告でもそれは感じました」と桜子が口元を引き締める。「マダラはかなり広がっていますね」

マダラ。その名を聞くたびに胃が痛くなる。それはおそらく、この〈全国多発殺人事件捜査本部〉の全員がそうなのだろうと思う。

すべての始まりは、三日前に起きた渋谷での発砲事件だった。

事件発生は、午前九時二十分頃。被疑者は、道玄坂上交番に勤務する二十八歳の警官、野木元尚《のぎもとなお》。

その日、野木は日勤で、午前八時に出勤していた。事件は、勤務を始めてまもなく起きた。野木は同僚と付近をパトロール中に突然拳銃を取り出し、通行人に向けて発砲を始めたのだという。

野木の携帯していたのはM360Jという、装弾数五発の回転式拳銃だった。最初に同僚の頭部に二発発砲し、近くにいた四十代の女性の胸部に一発、二十代女性の腹部に二発、続けざまに撃ち込んだ。さらに、倒れた同僚の同型の拳銃を奪い、逃げようとした五十代の男性の背中に二発、中学二年生の男子生徒の頭部に一発、騒ぎを聞きつけて店から出てきた、コンビニエンスストアで働く三十代の男性店員の胸部に一発を発射した。そして、最後の一発で、野木は自分の頭を撃ち抜いた。

被害者たちは緊急搬送され、治療が行われたが、野木の発射した銃弾はいずれも彼らに致命的なダメージを与えていた。結局、一連の発砲により、野木を含め七人が死亡するという惨事になってしまった。犠牲者数もさることながら、市民を守るはずの警官による凶行ということで、世間では大きな騒動が巻き起こった。

だが、これほど派手ではないものの、同じ十四日には日本各地で殺人事件が多発していた。その数は、二十二都道府県で、合計三十五件。死者数は四十九人に上る。

日本における殺人事件の発生件数は減少傾向にあり、未遂に終わったものを合わせても、近年は年間千件未満を維持している。また、その犠牲者数も三百人以下に収まっていた。それを考えると、三十五件、四十九人という数字の異常さは明らかだった。なお、自殺した被疑者の数も含めると、この日のトータルの死者数は七十を超える。

一連の事件を引き起こした真犯人は、あっけなく発見された。被疑者が所持していたスマートフォンを調べたところ、すべての端末にマダラがインストールされていたことが判明したのだ。

これを受け、一連の事件の翌日に、警視庁内に特別捜査本部が設置された。〈全国多発殺人事件捜査本部〉という名を与えられたそれは、実質的にはマダラ絡みの事件を解決に導くことを目的としている。迅速に捜査体制を整えることを提案したのは片岡だったそうだ。安達と桜子の仮説が実証されたことで、一気に危機感を覚えたのだろう。

本格的な捜査が始まって二日が経った。これまでに分かったのは、被疑者たちは自分の意思でマダラをインストールしたわけではない、ということだった。

マダラは、特定のウェブサイトを閲覧することで端末に自動的にインストールされる仕組みになっていた。罠《わな》が仕掛けられていたウェブサイトの種類は多様だ。ニュース、通販、芸能人のブログ、掲示板、アダルト……履歴解析から判明した「感染源」は二十を超えている。マダラには、感染した端末が一定数を上回ったタイミングで、一気に潜伏状態を解除するような仕掛けがされていたようだ。リリースの基準値を超えたのが、十二月十四日だったというわけだ。

さらにやっかいなことに、マダラには、メールアドレスやSNSの繋がりを利用して、家族や友人にもアプリのデータを自動送信する機能が備わっていた。そのせいで、マダラに感染した端末の数はネズミ算式に増えている。そして、最初の日に三十五だった殺人事件の発生数は、日に十件ずつのペースで増加している。

そんな中で安達は、被疑者の交友関係を洗い、マダラがインストールされた端末を回収する作業に従事していた。アプリの広がりを止めるための活動だが、感染速度にまるで追いついていないという実感があった。

「……人海戦術には限界がありますね」と安達は素直な感想を口にした。

「マスコミにもっと頑張ってもらわないといけませんね」と桜子が眉根を寄せる。

「ええ、それは切実にそう思います」

すでに、マダラの存在は世間に明らかにされている。捜査本部の開設と時を同じくして記者会見を行い、これまでに判明している事実をつまびらかにしたのだ。

特異すぎる事態だけあって、マスコミの反応は早かった。会見の直後から、テレビやラジオのニュースで、マダラという名の危険なアプリが出回っていることが盛んに報じられ始めた。

これで殺人は止まるのではないか――。

安達のその期待は裏切られた。マダラのことを知り、興味本位で映像を見ようとする人間が続出したのだ。「最初の方を、ちょっとだけ」というつもりで見始めても、なぜか最後まで見てしまう。そしてその日のうちに殺人を決行してしまうこともある。それがマダラの恐ろしさだ。そういう風に映像や音楽が構成されているのだと注意喚起しているのに、自分は大丈夫だと高を括《くく》る人間がいる。その結果、殺人事件の件数は増え続けている。残念だが、それが現実なのだ。

ユーザー側に問題があるのなら、ハード側で対策するしかない。捜査本部内には、そんな空気が漂い始めていた。

「サイバー犯罪対策課で、マダラを封じ込めるアプリを開発中なんですよね。さっきの会議では、そちらの報告はありませんでしたが……」と安達は尋ねた。

「経済産業省所管の、情報処理推進機構《IPA》という組織があるのですが、そちらと協力して作業を進めています。おそらく、今日中にはリリースできると思います。最初は各ＯＳのアプリストアから各自ダウンロードする形になりますが、いずれは全端末に自動でインストールされるようになるはずです。マダラの起動を感知して、強制的に電源を落とすだけのシンプルなものですけどね」

そう語る桜子の目の下には、化粧では隠しきれない隈《くま》が浮き出ていた。マダラが世に解き放たれてからずっと、「アンチマダラ」の開発に従事していたのだろう。

「そうですか。それが広まれば、とりあえずは安心ですね。まあ、端末の回収はまだまだ時間がかかると思いますが……」

「いえ、安心はできません」と桜子が眉間のしわを深くする。

「え、でもマダラの対策アプリは完成したんですよね」

「マダラには、バージョン番号が表示されています。仙崎ティナの所持していたＵＳＢメモリの画像では、Ｖｅｒ１・１でした。ところが、現在世間に出回っているものは、すべてＶｅｒ２・０となっています。そのバージョンアップが打ち止めになっていると考えるのは、あまりに楽観的ではないかと思います」

「……それは、つまり、どういう意味ですか？」

「マダラはまだ未完成ではないか、ということです。実は、本宮拓真さんのスマホのロック解除に成功しまして。その中に、非常に興味深い音声ファイルが残されていました。まだ解析途中なので会議では報告しませんでしたが、滝部郁也と思われる人物とのやり取りを録音したものです」

「録音？　あ、もしかして、多磨霊園で」

「そうです。滝部氏を発見した本宮さんは、証拠にするつもりで彼との会話を録音していたのでしょう。聞いてみますか」

「ええ、ぜひ」と安達は頷いた。

桜子のノートパソコンを開き、音声ファイルを再生する。

——滝部、郁也さんですね。

本宮が緊張を帯びた声で呼び掛ける。

——誰だ、お前たちは。

低い、かすれた声がそう応じた。短い言葉の連なりを聞いただけで、声に込められた異様な迫力のようなものが伝わってくる。

本宮が、マダラのデータから開発者にたどり着いた経緯を説明する。その内容は、本宮の端末に残されていたメモとよく合致していた。

——ああ。あのアプリは俺が作った。ありとあらゆる知見を総動員して完成させた、最初で最後の作品だ。

本宮の指摘を受け、滝部と思われる人物は、自らがマダラを作り上げたことをあっさりと認めた。

さらに彼は、ベータテストと称して、マダラの効果を試す実験を行っていたことを告白した。その過程で、恋人だった星名綾日と対立していた、和田山教授を自死に追い込んだことを明かしていた。

――マダラには、様々な機能を組み込んである。一度世に放たれれば、決して削除はできない。いつまでも電子の世界で生き続けるだろう。誰にも止められないさ。

滝部がどこか愉《たの》しげにそんなことを口走る。背筋が寒くなるような、人ならざる妖魔を連想させる声だった。

その後、いくつかのやり取りのあと、「まずいな。救急車を呼ばないと」という本宮の言葉で録音は終わっていた。滝部が自分の胸を刺したのを見て、スマートフォンで救急車を呼ぼうとしたのだろう。

「……これは貴重なデータですね」と安達は神妙に言った。「ただ、途中で一箇所、よく分からない言葉があったんですが」

「『天に光が満ちる日』のことでしょうか」

「……ええ、そうです」と安達は頷いた。

滝部はその日のことを、「人類に対する試練が始まる日」だとも言っていた。それを乗り越えるためにマダラを作ったと明言している。

「あれはどういう意味なんでしょうね」

「今のところは不明です」と桜子が首を横に振った。「ただ、個人的にはとても気になるフレーズです。マダラが未完成だと推測したのも、これを耳にしたからなんです。マダラは滝部の計画通り、世に解き放たれました。しかし、彼はその先に待つ〝何か〟を視野に入れて行動していた節があります。その〝何か〟が起きる日こそが、『天に光が満ちる日』なのではないかと思います」

「なるほど……マダラの脅威は殺人の多発だけに留《とど》まらないと……」

桜子は険しい表情で頷き、眉間のしわをいっそう深くした。

「光という単語から、私はどうしてもあるものを連想してしまいます」

「あるもの……というと」

「核爆弾です」

端的なその一言に、安達は猛烈な寒気を覚えた。人類が手にした、最も明るい光。七十年前に大惨事を引き起こしたそれが、また人命を奪うというのだろうか。

安達はごくりと音を立てて唾を飲み込み、「……か、核とマダラがどう関係するんでしょうか」と尋ねた。

「殺人衝動が行くところまで行きつくと、最後には国家間の戦争が起こるでしょう。そうなれば、核が使われる恐れも出てきます。核戦争により、人類を死滅させる……それが、滝部の最終目的なのかもしれません」

「滅ぼしたいと願うほど、滝部は人間そのものを憎んでいたのでしょうか……」

「そこまでは分かりません。あくまで可能性の一つです」と桜子は嘆息した。「猛威をふるうマダラへの対策。さらには、将来的なリスクの解明とその対応……いずれにしても、私たちがやらなければならないことはたくさんあります」

「そうですね。……自分も、もっと大きな仕事に関われたらよかったんですが」

「そんな。安達さんたちの仕事だって大事です！」と桜子が声に力を込めた。「お互い、体調には気をつけて頑張りましょう」

「大丈夫です。体力には自信がありますから」

安達は力こぶを作り、自分を鼓舞するように笑ってみせた。

桜子も、眉の間のしわを緩めて微笑む。その瞬間、小さな湯たんぽを懐に入れたように、胸がふわりと温かくなるのを安達は感じた。

## 6　二〇一八年十二月二十四日（月曜日）

安達は捜査車両をコインパーキングに停《と》め、運転席を降りた。途端に、雪女の息吹《いぶき》のような冷たい風が首筋を撫でていく。

安達はコートの襟を立て、空を見上げた。午後六時半。日の沈んだ空は厚い雲で白く濁っている。ここのところずっと曇天続きで、小雨が降ったりやんだりを繰り返してばかりいる。

安達はふっと手に息を吹きかけ、コートのポケットに入れてあった紙を取り出した。A４サイズのプリンター用紙に、五十人ほどの名前と住所が印刷されている。そのうちのおよそ半分に、「回収済み」を表す蛍光ペンの赤いラインが引かれていた。

「まだまだだな……」

安達は吐息を漏らし、コインパーキングを離れて歩き出した。次の対象者は、都営地下鉄三田線の白山《はくさん》駅から徒歩五分ほどのアパートに住んでいる、二十歳の大学生だ。

マダラはまだ未完成である――桜子のその予測は、残念ながら的中してしまった。

桜子たちサイバー犯罪対策課が開発したアンチマダラアプリがリリースされたのが、ちょうど一週間前。その効果は顕著だった。七十を超えていた殺人事件の件数が、翌日には一気に一桁まで抑え込まれたのだ。

これならなんとかなりそうだ。特別捜査本部にはそんな空気が漂った。だが、さらにその翌日、再び殺人事件の数は五十件へと逆戻りした。原因は、マダラのバージョンアップだった。

解析の結果、マダラは他の端末に送信される際に、微妙にプログラムの内容を変えた別バージョンを十種類ほど自動生成する機能があることが分かった。Ｖｅｒ２・０という「親」が、２・０１、２・０２、２・０３のような、よく似た「子」を引き連れて移動していくということだ。

移動先の端末にアンチマダラがあり、「親」が起動できなかった場合、今度はこれらの「子」の起動が行われる。そして、首尾よく対策アプリをすり抜けたバージョンが今度は親となり、同様に生成された別バージョンの「子」たちと共に他の端末へと送信される。すでに、マダラ対策アプリを攻略したバージョンは十種類以上発見されている。

無論、警察も対策は講じている。進化版のマダラを止められるよう、対策アプリのバージョンアップを継続的に行っている。ただ、マダラの「進化」は極めて早い。新しいものを作ってもすぐに破られるという状況になっており、かなりの苦戦を強いられているようだった。

なんとか打開策を探ろうと、桜子は警視庁に連日のように泊まり込んで、他のメンバーたちと共にアンチマダラのプログラムの改良に挑み続けている。彼女とは、もう何日も顔を合わせていない。

一方、ＩＴスキルのない刑事たちにできることは二つしかない。起きてしまった事件の捜査、もしくは、マダラが送信されたと思われる端末の回収。このどちらかだ。

安達は特別捜査本部の一員になって以降、ずっと回収作業に従事している。捜査本部の人員は大幅に増えているが、一人当たりの回収ノルマはむしろ増加傾向にあった。マダラの拡大の勢いは弱まる様子がない。二日前からは、とうとう海外でもマダラの被害が報告され始めた。マダラの効果は、国境をたやすく越えてしまったのだ。

そして、今日の午後になって、新たな脅威の存在が発覚した。マダラで流れる映像を撮影した動画がネットにアップされていたことが分かったのだ。動画の投稿者コメントには、〈I Love Murder! ;)〉と書かれていた。最後の記号は笑顔のマークだ。投稿者は遊び半分でやったらしい。

動画はすでに削除されたが、視聴数はその時点で二千近くになっていた。それを見た人間がどうなったか。それを調べなければいけないと思うだけでうんざりする。

国家を挙げてその危険性を喧伝しているというのに、自ら進んでマダラに近づこうという人間はゼロになることはない。人間に備わっている好奇心がどれほど強く、厄介なものなのかを、安達は嫌というほど思い知らされた。

憂鬱な気持ちで、ひと気のない寒々しい路地を進んでいくと、二階建ての古いアパートが見えてきた。

対象者の住む、二〇一号室の明かりはついている。安達は外階段を上がり、部屋の前に立った。

スーツの上着の上から、左の肋骨《ろっこつ》の辺りに触れる。ホルスターの上から感じる硬い感触に、ぐっと気持ちが引き締まった。回収役の捜査員には、拳銃を携帯するようにとの指示が出ている。回収作業中に住人に襲われ、命を落とした捜査員がいたためだ。

安達にとっては、こうして拳銃を携行すること自体が初めての経験だった。無論、訓練場以外で発砲したことはない。正直なところ、いざという時に人を撃てる自信はなかった。使わずに済みますようにと願いつつ、安達はドアをノックした。

ドアが数センチ開き、隙間から若い男の顔が覗《のぞ》く。髪の色は明るい茶色で、耳にいくつもピアスをつけている。上はセーターを着ていたが、下はトランクス一枚という格好だった。

「……誰っすか？」

「警察のものです」と、警察手帳を開いてみせる。ここ数日で百回以上も繰り返した動作だ。動きが無駄に洗練されてきた。

知人のスマートフォンから、マダラが送信された事実を男に伝える。男は「えー、俺に!?」と驚きの声を上げた。

「気づいていませんでしたか？　今朝の時点で送られてきているはずですが」

「あ、えっと、はい。知らなかったっす」

ふう、と安達は息をついた。マダラにはいくつか種類があり、送信された時点で自動的に起動するタイプのものも確認されている。どうやらそれではなかったらしい。

「申し訳ありませんが、端末を回収させてください。マダラを完全にアンインストールするのは困難ですので」

アンインストールの操作に反応して映像が流れ始めるパターンもある。とにかく、感染した端末に触れないこと。確実に安全と言える対処法はそれしかない。

「スマホ、持って行っちゃうんすか？　困るんすけど……」

「そういう決まりですので。安全が確認され次第お返しします」

回収を始めてから返却された端末が一台もないことを伏せつつ、そう説明する。

「データはどうなるんすか？」

「申し訳ありませんが、保証はできかねます」

「えー？　それはちょっと……連絡先とか、写真とか、いろいろ大事なデータがあるんすけど」

「あなたと、あなたの周りの人たちの命を守るためです。ご協力お願いします」

マニュアル通りの言葉を安達が口にした時、「ねー、何してんのよお」と男の後ろから甘えた声が聞こえた。若い女の声だった。隙間から女性の肩と腕が見える。どうやら、少なくとも上半身は裸であるらしい。

「部屋の中で待ってろって」と、男が滑稽なほど慌て始める。安達はため息が漏れそうになるのをかろうじてこらえた。今日はクリスマスイブだ。二人がどんな風に過ごしていたかは容易に想像がついた。

問答はしばらく続いたが、最後には男の方が折れた。安達は男のスマートフォンを受け取り、「ご協力に感謝いたします」と深々と頭を下げた。

「絶対に返してくださいよ！」

男の捨て台詞《ぜりふ》と共にドアが荒々しく閉められる。安達は嘆息してその場を離れた。路地を吹く寒風から逃れるように、小走りに車に戻る。回収したスマートフォンは、鍵付きのアルミケースに入れた。

思ったより手間取ってしまった。今日のノルマ達成まではまだ遠い。この調子だと、警視庁の捜査本部に戻るのは深夜になるだろう。

次の行き先を確認すべく、リストを取り出す。

と、そこでダッシュボードに取り付けられている警察無線の受令機から、「至急、至急！」と切羽詰まった声が聞こえてきた。

「警視庁から各局。現在、東京ドーム内にて大規模な暴動が発生している模様。近隣の捜査員は応援に急行されたし。なお、本件はＭ絡みの可能性が大」

警視庁の指令本部からの連絡だ。Ｍ絡み、という言葉を聞いた瞬間、安達は手にしていたリストを助手席に放っていた。Ｍはマダラを意味する符丁だ。

パトランプを屋根に置き、コインパーキングから慌ただしく車を出す。

ここから東京ドームまでは二キロほどの距離だ。アクセルを踏み込み、白山通りを南下する。

すぐに、都心部には不釣合いなほど大きな観覧車が見えてきた。青と白のＬＥＤが眩《まばゆ》く輝いている。まるで打ち上げ花火だ。

そこを通り過ぎたところで右折し、東京ドームの脇に車を停める。何かが起きていることは一目瞭然だった。歩道に溢《あふ》れる若者たちは皆、必死の形相でドームから逃げようと慌てふためいている。

人波に抗《あらが》いながら、安達はドームへと近づいていく。辺りのタイルには、逃げる際に人々が落としていったうちわやタオルが散乱していた。今夜は女性アイドルグループのコンサートが開かれていたようだ。

安達は状況を飲み込めないまま、目に付いた二十番ゲートから中へと飛び込んだ。

そこに広がっていたのは、地獄としか言いようのない光景だった。

弧を描く外周通路、座席と座席の間、階段状になった通路、フェンスの向こうのグラウンド。ドーム内の至るところで、若者たちが首を絞め合っていた。

立ったまま互いの首に手を掛けている者もいれば、通路に組み伏せた相手に馬乗りになり、首を絞めている者もいた。そして、そこらじゅうに、目を剝《む》き、口からよだれを垂らした絞殺死体が転がっていた。

叫び声、うめき声、断末魔……ドーム内には、言葉にならない叫び声が充満していた。それはまるで、大人数で唱える念仏のようだった。

あまりに異常な状況に、頭が真っ白になる。どこからどう手をつければいいのか。

とにかく、動かなければ。安達は一番手前にいた二人のもとへと駆け寄った。茶髪の若い女性が、コンクリートの柱に相手を押し付けるようにしながら、黒髪の女性の首を絞めている。

「やめなさい！」

安達は二人の間に割って入ろうとしたが、茶髪女性の肘打ちを食らって床へと倒れ込んだ。あの細い腕のどこにそんな力が、と驚愕《きょうがく》させられる。

怯《ひる》みそうになる心を奮い立たせ、今度は肩から茶髪女性にタックルする。二人の女性をまとめて吹き飛ばす形になったが、首を絞めていた手は離れた。

殺されかけていた黒髪の女性が、床に手をついてげほげほと咳《せ》き込んでいる。

「大丈夫ですか！」

近寄ろうとした瞬間、黒髪の女性がいきなり立ち上がり、倒れたままの茶髪の女性に飛び掛かった。今度は彼女が、さっきまで自分を殺そうとした相手の首を絞め始める。

「や、やめなさいっ！」

制止しようと試みるが、黒髪の女性が手の力を緩める様子はない。

「くそっ……」

助けを求めて周囲を見回すが、ただ凄惨な殺し合いが続いているばかりだ。助けを求める相手などどこにも見当たらない。

目の前で起きているのは、圧倒的な暴力の奔流だった。何百、何千という人々が互いに命を奪おうとするその様に、安達は絶望的な無力感を覚えた。戦争を一人で止めることができないのと同じだ。こんな状況で、自分に何ができるというのか。

呆然《ぼうぜん》と立ち尽くしていた安達は、近づいてくる足音を聞いた。

そちらに目を向けるより先に、激しい力で突き飛ばされた。

「うわあっ！」

安達は鉄柵を越え、観客席の間の階段に転落した。勢いを止められず、硬い床に後頭部を打ち付けてしまう。目の前が真っ暗になり、意識が飛びかける。

このまま気を失うわけには……！

気力を振り絞ってまぶたをこじ開ける。階段の上から、若い男がこちらを見ていた。その目は大きく見開かれ、口元には微かな笑みが浮かんでいた。

こいつに突き飛ばされたのだ、と理解した直後、男は大きくジャンプし、安達の足首を踏み潰すように着地した。

ぐりり、と足首があらぬ方向に向く感覚と共に、激痛が脳を貫く。

皮肉なことに、その痛みが安達の意識をこちら側に留まらせた。

若い男は安達の腰の上に座り、首を絞めようと手を伸ばしてきた。両手で押し返そうとしたが、まるで歯が立たない。

男の指が、安達の首の皮膚に食い込む。ギリギリのところで保たれていた意識が遠のきそうになる。

安達は朦朧《もうろう》としながら、上着の下のホルスターをまさぐった。

男は笑っている。楽しそうに、大声で叫びながら安達の首を絞めていた。

指先が拳銃に触れた。

それを引き抜き、銃口を男の胸に当てた。

手を離しなさい、そう伝えようとしたが、喉が潰れて声が出せない。

目の前が霞《かす》んでくる。

周囲の音が消えていく。

首を絞められている感覚もなくなっていく。

――もう、ダメだ……。

安達が抵抗を諦めると、男の指先に込められた力が一気に強くなった。

最後に感じたのは、生臭い血の臭いだった。

張り詰めた糸が切れるように、安達はそこで意識を失った。

## 7　二〇一八年十二月二十八日（金曜日）

テレビの画面に、瓦礫《がれき》の山が映し出されている。

コンクリート片の中には、金属の板や電子機器の残骸だけでなく、靴やバッグ、眼鏡といった日用品も散見される。ところどころに散っている赤黒い染みは人の血だろう。おそらく、撮影範囲の外には目を背けたくなるような光景が広がっているに違いない。

画面が切り替わり、スタジオにいるニュースキャスターが、アメリカで起きたテロ事件の続報を読み上げ始めた。死者数を伝えるその口調はどこか淡々としている。どんな悲劇であっても、人はそれに慣れることができるのだな、と安達は思った。

アメリカ、イギリス、ドイツ、オーストラリア、ブラジル、そして日本。市街地に航空機が墜落する事故は、この三日間で六件も起きていた。似たようなニュースを報じていれば、慣れが生じても仕方ない。

安達は窓の方に目を向けた。さっきはまだ明るかったはずなのに、いつの間にか外は薄暗くなっている。壁の掛け時計を見ると、午後五時を回っていた。マダラ関連のニュースを見ていると、本当にあっという間に時間が過ぎていく。

病室はしんと静まり返っている。廊下の方からも喧騒は聞こえてこない。だが、外の世界では今、この瞬間も悲劇が発生し続けているはずだ。マダラ。その脅威に飲み込まれ、自我を失ってしまう人々の数は、未《いま》だに増加の一途をたどっている。

深いため息をついた時、ドアがノックされる音が響いた。

「はい、どうぞ」と声を掛ける。ゆっくりと引き戸が開き、桜子が顔を覗かせた。

予期せぬ人物の登場に、安達は「えっ」と声を上げた。

「こんばんは」と、彼女が小さく笑う。顔に疲れが滲んでいるものの、その表情は、マダラによって世界が混乱の中に叩き落とされる前と何も変わっていなかった。

「ど、どうして長町さんがここに？」

「安達さんのお見舞いです……と言いたいところですが、実は、たまたまで」桜子は手近にあった丸椅子に腰を下ろした。「私、倒れてこの病院に搬送されたんです」

「倒れた？　まさか、誰かに襲われて……」

「いえ、単なる過労です」と桜子は首を振った。「昨日の夜からずっと仕事をしてて、朝になって上司から帰宅するように言われたんです。あまりに疲労が溜《た》まっているから、休みを取れと……それでおとなしく帰宅しようとしたのですが、乗り換えの飯田橋《いいだばし》駅で倒れてしまって。気づいたら、ベッドの上でした。緊急搬送されたようです」

よく考えたら三日間徹夜していました、と桜子は苦笑した。

「マダラを抑え込むために、頑張ってるんですね……」

安達は自分の足に視線を向けた。左足首にはギプスが嵌《は》まっている。東京ドームの事件で男に襲われ、安達は足首を骨折した。また、床に後頭部を強打した影響で嘔吐《おうと》やめまいの症状があるため、事件後からずっと、靖国神社にほど近いこの病院に入院している。

「そんなに気を落とさないでください」

「……そうは言っても、大事な時に何もできないのはきついですよ」

「生きていられることに感謝してほしいんです」桜子は眉間に力を入れながら言う。

「私は心から、安達さんが生きていることを嬉《うれ》しく思います。奇跡の生還です」

ははは、と安達は力なく笑った。

「……頭を打ったせいか、あの夜の記憶はなぜかとても曖昧なんです」

安達は若い男に首を絞められ、意識を失う直前に発砲した。それが事実だ。だが、撃った瞬間の記憶どころか、階段に転落した辺りからほとんど何も覚えていない。

心臓を撃ち抜かれた男は即死し、安達に覆いかぶさるように前のめりに倒れた。死体の影に隠れられたおかげで、安達は東京ドーム内をうろつく殺人鬼から逃れることができたのだった。

事件は、女性アイドルグループのコンサート中に起きた。

曲と曲の合間に、映像を管理するスタッフの一人――彼もマダラの影響下にあったことがのちに判明している――が、ステージ上の大型モニターにマダラの映像を流した。コンサートの観客は四万人。そのうちの三割、およそ一万二千人がマダラに魅了された。彼らは互いに殺し合いを始め、たちまち、アリーナ席やスタンド席に死体の山が築かれた。

緊急無線を受け、数十名の警察官が現場に駆けつけた。そのうち、果敢に事態の収拾に当たった三十三名が、返り討ちにあって殉職した。ドーム内で最後まで生き残っていたのは安達だけだ。他の警察官は自分たちの手に負えないと判断し、撤退している。

未曽有《みぞう》の事態を受け、警察はありったけの戦力を投入して鎮圧を図った。機動隊、特殊捜査班《SIT》、特殊急襲部隊《SAT》、さらには近県の管区機動隊、合計三千人を東京ドームに送り込んだのだ。スタングレネードなども活用しつつ、殺人鬼と化した観客たちと戦い、事件の発生から二時間後にようやく事態の沈静化に成功した。

死者が八千八百五十五人、殺人容疑での逮捕者が三千五百三十二人。迅速な通報があったにもかかわらず、結果的には人類史上に残る大殺戮劇《だいさつりくげき》となってしまった。

だが、マダラのもたらした惨劇はこれに留まらなかった。航空機を用いたテロ。学校や商業施設における銃乱射事件。爆発物による大量殺人。家族間の殺し合い。マダラの影響は全世界へと拡大していた。

しかも、殺人衝動を引き起こす映像が流れる媒体は、スマートフォンやタブレット端末から、ありとあらゆるパソコンにまで拡大していた。マダラはセキュリティーソフトの隙を突いて侵入し、勝手に画面上に映像を流し始めるのだ。

この影響は極めて甚大だった。商取引、株式、通販、流通……現代ではパソコンは隅々に行き渡り、ネットワークを通じて作業の効率化に大きく寄与している。それが使えなくなるダメージは極めて深刻で、経済活動に多大な支障が出てしまっていた。

安達は天井を眺めながら、大きく息を吐き出した。

「……この状況が、滝部の言っていた『天に光が満ちる日』なんでしょうか」

「分かりません。彼のあの言葉の意味を調べるだけの余裕はないので……」

「……長町さんは、今はどういう作業を？」

「マダラに対抗するソフトウェアの改良です。といっても、ここまで規模が大きくなっていますから、私たちだけでどうこうできるレベルではありません。つい先日、国内外のＩＴ企業や各国の警察組織からなる、国連主導の国際的なマダラ対策チームが結成されました。私たちはその一員として、これまでの開発データを提供したり、セキュリティーの強化案を模索したりしています」

「そうなんですか。すごいな、それは……」

「……すごくなんかありません」

桜子の苦しげな呟きを聞き、安達は彼女の方に顔を向けた。桜子の眉間には深いしわが寄っていたが、その目は潤んでいた。

「……長町さん？」

「スマホやタブレットからウェブへとマダラが広がっていくことは予想していました。しかし、その対策を講じる前にマダラは猛威を振るい始めてしまいました……。初期対応のまずさが、今の悲惨すぎる状況に繋がったんです。山火事と同じです。小さなうちに炎を消し止めないと、人間の手ではどうしようもなくなってしまいます」

「そんなに自分を追い詰めないでください。長町さんは最初からベストを尽くすべく、全力で行動していました。僕がそのことを証明しますよ。頼りないパートナーだったかもしれないですけど……」

「いえ、そんなことはありません。安達さんにそう言ってもらえると、元気が出ます」

ふっと微笑んで、桜子が安達の手を握った。その温かさ、柔らかさに安達ははっとさせられた。

「……自分も同じです」と安達は言った。「長町さんの笑顔を見ると、すごく穏やかな気分になれるんです」

「私たち、気が合うのかもしれませんね」頰を赤らめながら言い、桜子は安達の手をぎゅっと握った。「優司さんがドームの事件に巻き込まれたと聞いて、すごく心配しました。生きていたって聞いて、本当に嬉しかったんです。仕事中に、トイレの個室で泣いてしまうくらいに」

唐突に彼女から下の名前で呼ばれたが、嫌な気はしなかった。

「桜子さん」安達も彼女を下の名で呼んだ。「弱音を吐いてもいいですか」

「……はい」と桜子が小さく頷く。

「世の中は本当に大変なことになってます。……だけど、ここに入院してから僕が知った出来事の中で一番悲しかったのは、世界中で起きているテロでも、自分が緊急避難的に人を撃ち殺したことでもありません。僕にとっての最大のショックは、東浜翔吾くんが殺されたことだったんです」

「ああ……」と桜子が眉根を寄せる。

それは、つい二日前のことだった。意識不明のまま入院していた翔吾は、父親の東浜敏明の手によって包丁で刺し殺された。自宅に戻った敏明は妻である久美子を同じように殺害し、最後に自ら喉を突いて自殺した。

敏明は遺書を残していた。〈翔吾の未来はすでに断たれている。私も妻も、すでに生きる希望を失《な》くした。マダラの力を借りて、この悲劇に終止符を打つ〉。彼はその言葉通り、自らの意志でマダラを起動し、そして心中を決行した。

「久美子さんに会った際に、翔吾くんの話をいろいろ聞きました。彼は交際していた彼女に贈るプレゼントを買うために、マダラのモニターに参加したんです。翔吾くんは殺人を犯してしまった。そのこと自体は、取り返しのつかないものです。ただ、それは彼の意志じゃありません。マダラがすべての元凶なんです。だから、もし彼が目を覚ますことがあれば、刑罰が少しでも軽くなるように協力するつもりでした。ところが、それより先に彼の命は奪われてしまいました。……心中のことを聞いた時、僕は自分の考えの甘さを思い知りました。所詮は部外者にありがちな、自分勝手な考えだったのかなと、そう思ってしまって……」

泣くなんて情けない。分かっていても、安達は目が潤むのを止められなかった。涙がこぼれそうになった刹那、安達の手のひらに生温かいものが落ちた。

顔を上げると、安達の手を握ったまま、桜子が泣いていた。彼女はぼろぼろと大粒の涙を流しながら、必死に嗚咽《おえつ》をこらえようとしていた。

「……ごめんなさい、なんだか、急に涙が……」

空いた方の手で、桜子が何度も何度も涙を拭う。愛《いと》おしい。そう思うが早いか、安達は桜子を自分の方に抱き寄せていた。

桜子が安達の背中に手を回してくる。二人はベッドの上で抱き合った。

「これは、気の迷いなんでしょうか」

安達の胸に顔を埋《うず》めながら、囁くように桜子が言う。

「分かりません。僕も、とっさに手が出てしまって」と安達は正直な思いを口にした。

「でも、こうしていると、とても気持ちが落ち着きます」

「……そうですね。それは確かに」

桜子が温《ぬく》もりを確かめるように、顔を左右に揺らす。胸に当たる彼女の額の感覚がくすぐったい。安達は微笑みながら、彼女の髪に顔を埋めた。

その時、廊下を近づいてくる足音が聞こえた。

桜子が慌てて体を離す。からりと乾いた音がして戸が開き、安達の主治医である、馬《うま》堀《ほり》が顔を覗かせた。髪の薄い、四十代半ばの神経内科医だ。

「すみません、お邪魔しています」と桜子が頰を赤くしながら立ち上がる。

ゆっくりと馬堀が部屋に入ってくる。

ぼんやりとした彼の表情を見て、安達は違和感を覚えた。

見開かれた両目と、口元に浮かんだ妖しい笑み——。

突如として激しい頭痛が起こる。

封じられていた、東京ドームでの記憶がフラッシュバックする。

こちらに飛びかかってくる直前の、男の表情……。

脳裏に蘇ったのは、自分を殺そうとした若い男の顔だった。

「桜子さん、離れて！」

「──え？」

桜子がこちらを振り向くと同時に、馬堀が右手を薙《な》ぎ払った。血しぶきが壁に飛び、左頬を押さえて桜子が倒れ込む。

馬堀の手で光っているのは、恐ろしいほど磨き込まれた一本のメスだった。

安達はベッドから飛び降り、馬堀にタックルをした。左足に激痛が走るのにも構わず、勢いのまま馬堀と共に廊下へと転がり出る。

両手を思いっきり前に出し、馬堀を突き倒す。安達はそのまま前のめりに廊下に倒れ伏した。

馬堀の体が廊下のワゴンにぶつかり、けたたましい音を立てる。金属のトレイや消毒薬のボトルが床に落ち、辺りに散らばった。

顔を上げたところで、安達は隣の病室の前に若い女性看護師が倒れていることに気づいた。血だまりの中でまっすぐに右手を伸ばしたその姿は、赤い海を泳いでいるかのようだった。

「大丈夫ですか！」

大声で呼び掛けたが、彼女は微動だにしない。すでに事切れているようだ。馬堀にやられたのだろう。

視界の端で、ゆらりと馬堀が立ち上がる。

安達が姿勢を整えるより早く、馬堀がこちらに突進してきた。避《よ》ければ馬堀は病室に飛び込み、桜子に襲い掛かるだろう。安達は一か八《ばち》かで、馬堀の両足に飛びついた。柔道で言うところのもろ手刈りだ。

足を取られた馬堀がバランスを崩し、真後ろに倒れ込む。

廊下に後頭部から倒れた際に、馬堀の手からメスが滑り出た。安達はとっさにそれを右手で払った。銀色のメスが、するすると緑色のリノリウムの廊下を滑っていく。

武器はこれでなくなった。だが、殺意が失われたわけではない。馬堀を拘束すべく、安達は倒れたワゴンの脇に落ちていた包帯を拾い上げた。

立ち上がり、痛む左足首を軸足にして振り返る。

次の瞬間、安達は銀色の光を見た。

最初に感じたのは生温かさだった。

右側の首筋に手を当てる。ぱっくりと割れた皮膚の隙間から、得体の知れない液体がどくどくと噴き出していた。

馬堀が笑っている。彼の手にはメスが光っていた。予備を持っていたのだ、と気づくと同時に、意識がふっと遠くなった。

風船から空気が抜けるように、体から力が失われていく。

馬堀が体を九十度回転させる。その目は、安達のいた病室へと向けられている。

桜子が危ない……！

安達は残った力を振り絞って馬堀に飛びかかった。

相手がこちらを向くより早く、背後へと回り込む。安達は右腕を馬堀の顎の下に差し込み、左手で自分の右手首を摑んだ。

刑事部捜査第一課に配属された直後のことを安達は思い出していた。

警察学校で柔道をやっていたと言ったら、片岡に「なら、ちょっと手ほどきしてやる」と柔道場へと連行された。その日、二時間にわたって行われた稽古という名のしごきの最後に、片岡は安達に絞め技を披露した。話には聞いていたが、その威力は抜群だった。首に手を回された刹那、苦しさを感じるより先に安達は意識を失っていた。

どさり、と音が聞こえた。

足元に目を向ける。馬堀が、芯の入っていないぬいぐるみのように廊下にくずおれていた。

僕にも、できた……。

安堵《あんど》の吐息を漏らし、安達はその場に仰向けに倒れた。

体を起こそうとするが、手にも足にもまったく力が入らない。

あれほど痛かったはずの左足首は、もうなんともなかった。そもそも、足の感覚自体が消え失《う》せてしまっていた。

廊下の天井に、四角い照明が見える。ＬＥＤだろうか。その光が異様に白く感じられた。

天に光が満ちる日──その単語がふと頭をよぎる。

眩《まぶ》しいな……。すごく、眩しい……。

目を閉じようとした時、足音が聞こえた。

「優司さん！」

桜子の声だ。安達はまぶたを持ち上げた。

駆け寄ってくる彼女の頰には、まっすぐな傷があった。そこから血を流しながら、桜子は安達のすぐそばにしゃがみ込んだ。

彼女が安達の首を両手で摑む。桜子は両目から大粒の涙をこぼしていた。

「……さ、くらこ、さん……。大切な、顔に、傷が……」

「もう喋らないでください！」

桜子が大きな口を開けて叫ぶ。耳のすぐそばで聞こえているはずなのに、彼女の声がやけに遠くから響いてきた。

「助かりますから、絶対に助かりますから！」

「あの、馬堀さん……の……手を、縛って、から……活を、入れて、起こして……ください……。そうしないと、危ない、ので……」

「分かりました、分かりましたから！」

叫びながら、桜子が首を摑む手に力を入れる。

やっぱり、桜子さんの手は温かいな……。

そう思った時、ふわりと体が浮かび上がる感覚があった。

目の前はもう真っ暗になっていた。しかし、安達は怖いとは思わなかった。

すぐそばに桜子がいてくれる。確かに感じるこの温もりが、そのことを何よりもはっきりと証明している。

――彼女と出会えてよかった。

絶命する寸前、安達は心の底からそう思った。

# Phase 4 クローズ

# 1　二〇二三年七月二十七日（木曜日）

大学の食堂の片隅で、滝部和樹《かずき》は一人で昼食を食べていた。

夏期休暇中ということもあり、食堂内は閑散としている。食事に来ているのは、サークル活動のために大学に足を運んだ連中か、研究に忙しい大学院生ばかりだ。

ただし、和樹はそのどちらでもない。この新暁大学のどのサークルにも所属していないし、理学部の学生ではあるがまだ一年生なので研究活動にも従事していない。

それにしても暑い。食べているのは激辛カレーライスではなく普通のカツ丼なのに、額や首筋に汗が滲《にじ》んでくる。節電のために、冷房が完全に止まっているからだ。あちこちの窓が開け放たれているが、時が止まったのではと疑いたくなるくらい、ぴたりと風はやんでいる。

マダラが世に解き放たれてから、あと五カ月で五年になる。五年という月日は、人類の歴史からすれば取るに足らない、わずかな期間だろう。だが、その間に世の中は大きく変わってしまった。

マダラは、見たものの心を破壊し、殺人鬼へと変貌させる恐ろしい映像を流す。最初はスマートフォンやタブレット端末でのみ猛威をふるっていたそれは、すぐにパソコンやテレビにまで広がっていった。

もちろん、人類もただ手をこまねいていたわけではない。二〇一九年の初頭に国際マダラ研究機関（International Madara Research Organization）――通称、ＩＭＲＯを設立し、以後継続してマダラへの対抗策を練り続けている。

しかし、マダラには常に変化し続けるという特性があり、ソフトウェアによる封じ込めは達成されていない。今のところ、「画面の様子を常にモニターし、マダラと思《おぼ》しき映像が映った瞬間に端末の電源を落とす」という、シンプルかつ乱暴な防御方法が実用化されているだけだ。

また、ハードに対する対策はより原始的だ。マダラの起動が確認されると自動的に通報がなされ、端末は警察によって回収、破棄されるのだ。

法整備によりそのルールが徹底された結果、人々はスマートフォン、テレビなどの、外と繋《つな》がる機器を持つことを諦めた。情報を入手するツールは、新聞や雑誌、ラジオへと回帰した。そういう意味では、世界は数十年前へとタイムスリップしたとも言えるだろう。

ソフトとハード両面の対応により、マダラの感染拡大は、二〇一九年の半ばには終息した。だが、その後も、マダラによる被害は散発的に発生している。航空機による墜落テロは年に一、二回は起きているし、昨年の夏には、公の場で政治家同士が殺し合いを演じ、それが引き金となって内戦に発展したケースもあった。ちなみに、二〇二〇年に東京で開催予定だったオリンピックは中止となった。

二〇一九年以降、世間的に最もインパクトが強かったのは、二〇二一年にアメリカで起きた、原子力発電所内での殺人事件だろう。マダラに乗っ取られた職員は同僚たちをマシンガンで撃ち殺し、原子炉の制御装置を破壊しようとした。駆けつけた警備員が彼を射殺したことで最悪の事態は避けられたが、原子炉を管理する人間が暴走するリスクの恐ろしさが社会的に認知されたことで、世界中で脱原発が進んだ。二〇二三年現在、世界の原子力発電所はすべて停止している。

原発停止により火力発電への依存度が高まり、当然のように燃料が高騰した。そして、こうして食堂の冷房を止めるほど電気代も高くなったというわけだ。そういう意味でも、原発事件の影響は大きかったと言わざるを得ない。

その頃から、マダラに関するある噂《うわさ》が世の中で囁《ささや》かれるようになった。

天に光が満ちる日――マダラはその日のために作られたのだ、という噂だ。

言葉の意味については様々な解釈があるものの、都市部で核爆弾が使用されるのでは、という説が一般的だ。各国の首脳もそれを恐れているのだろう。核廃絶の流れはこの二年ほどで急加速している。

蒸し暑さの中で箸を動かしていたが、食欲は萎《な》えるばかりだった。

せめて冷たい麺にしておけばよかったと後悔しながらカツを頬張っていると、数人の学生が食堂に入ってきた。「暑い暑い」と騒ぎながらラケットのケースで顔を扇いでいるのは、テニスサークルに所属している和樹の同級生たちだった。学内のコートでひとしきりラリーを楽しんできたところのようだ。

彼らがこちらに近づいてくる。途中で一人が和樹に気づき、「あっ」と声を上げた。他の連中も足を止め、嫌悪感に満ちた視線を向けてくる。

集団の中から、岩美恭平《きようへい》がこちらに歩み寄ってきた。その目つきは険しく、テニスで日に焼けた肌には赤みが差していた。

「なんでお前がここにいるんだよ」

岩美が激しく音を立てながらテーブルに手を突く。

無視していると、岩美は和樹が使っていたプラスチックのコップを手で薙《な》ぎ払った。ぬるい水が顔や体に掛かり、コップが床に落ちる。

出会いたくない相手に出会ってしまったのはこちらも同じだった。和樹はため息をつき、トレイを持って立ち上がろうとした。

「おい、待てよ」

岩美に肩を摑《つか》まれた。その指先に込められた力の強さにうんざりしながら、「まだ何か?」と和樹は振り返らずに尋ねた。

「何度も言ったよな、お前がいると目障りだって」

「……それはそっちの都合だろ。悪いけど、用があれば大学に来るから」

言い返すと同時に、岩美に背中を蹴飛ばされた。和樹は食堂の油っぽい床に倒れ込んだ。丼の中身が辺りに散らばり、卵とダシの匂いが断末魔のように強く香った。

「夏休み前にも言ったけどよ、もう辞めろよ、大学を」

手の甲に落ちた柴漬《しばづ》けを払って立ち上がる。ゆっくりと振り向くと、岩美は拳を握り締め、殺意すら感じさせる目で和樹を睨《にら》んでいた。

和樹は何も言わず、落ちたものを手早く丼に戻してから小走りにその場を離れた。

この手の悪意を向けられることにもすっかり慣れた。最初よりは怒りを抑えられるようにもなった。だが、心がざらつかないわけではない。

まだまだ精神の鍛練が足りないなと思いながら、和樹はトレイを下膳口に戻して食堂をあとにした。

トイレで手を洗ってから外に出ると、眩《まぶ》しすぎる陽光が容赦なく襲い掛かってきた。気温は確実に三五℃を超えている。何日連続の猛暑日だろう。本格的な夏が始まっているとはいえ、さすがに暑すぎる。和樹はリュックサックに突っ込んでいた安物のキャップをかぶって歩き出した。

近年になり、太陽の活動が活発化しているようだ。世界各地で最高気温の記録を更新しまくっているらしい。マダラの影響が及ぶはずもないのに、太陽までもが人を殺そうとしているように思えてしまう。

紫外線の降り注ぐ、昼下がりのキャンパスを歩く人影はまばらだ。誰からも視線を向けられずに歩けることに――憎悪をぶつけられずに済むことに――残念ながら安堵《あんど》してしまう。

マダラの開発者は、滝部郁也である――。

警察や政府から、公式にそう発表されたわけではない。しかし、海外の新聞や国内の週刊誌では幾度となくそのことが報道された。そのため、世間的には、滝部郁也は世界を混沌《こんとん》の中に叩《たた》き込んだ大罪人ということになっている。

郁也は、和樹の父親の弟だ。つまり、和樹にとって郁也は叔父に当たる。

自分から血の繋がりを口外することはなかったが、郁也に関する報道が出る頃には、周囲にその事実が知れわたっていた。

犯罪者の血族への風当たりは強い。中学二年の冬に始まった孤立やいじめは、高校はもちろん、大学生になった今も続いている。耳聡《みみざと》い同級生がどこかで情報を仕入れてきて、積極的に周囲に言いふらして回っているのだろう。

同級生たちの中で最も和樹を毛嫌いしているのが、さっき食堂で会った岩美だった。彼の兄は、最初期のマダラの犠牲者であるらしい。まだマダラの危険性が世に知られる前に、大学の同級生たちと殺し合いを演じたという。当時、岩美や彼の家族がどんな目で世間から見られたかを考えれば、自分に怒りを向けてくるのも仕方ないと思う。

マダラは人類にとっての災厄である。これは誰もが認める事実だろう。

そんなものを、郁也はなぜ作ったのか。

恋人を失ったことに絶望し、人類に対する復讐《ふくしゅう》としてマダラを完成させた——それが世間に出回っている説だ。だが、和樹はそのストーリーにどうしても納得できずにいた。

郁也とは、父の実家で何度か顔を合わせたことがある。彼は理知的で、生真面目すぎる一面はあるものの、基本的には穏やかな人物だった。少なくとも和樹の目にはそう映ったし、理系に進む理由になるくらい、郁也に対して敬意を抱《いだ》いた。

彼は先を見通すことのできる人間だ。マダラが世の中に及ぼす影響をかなり正確に予想していたはずで、多数の犠牲が出ることや、コンピューター関連の産業が青息吐息になることも分かっていただろう。それでも、彼はマダラを解き放った。そこには何か理由があったはずだ、と和樹はずっと前から考えている。

マダラを作ったとされる叔父に対して、憎いという感情はない。「どうしてそんなことを？」という、混じりけのない疑問があるだけだ。

頭上に居座る太陽に炙《あぶ》られながら歩道を進み、和樹は図書館へとやってきた。地上二階、地下一階。コンクリート打ちっぱなしの、武骨な建物だ。

昼休み中であることを腕時計で確かめ、和樹は館内へと足を踏み入れた。

右手にある貸し出しカウンターには、〈休憩中〉の札が置かれている。昼休み中は手続きが休止され、係員は姿を消す。

来館者は数人。こちらに気を配っている様子はない。みな、一心不乱に文庫本を読んでいる。

和樹は何食わぬ顔で通路を進み、階段で地下へと下りた。

地下には電動の移動式の書棚が並んでおり、学術論文の載った雑誌や分厚い専門書などが保管されている。一階は弱いながらも冷房が効いていたが、地下はそうではなかった。淀《よど》んだ埃《ほこり》っぽい熱気が満ちている。不快感しか催さない空間に人の気配はない。

ボタンを押して書棚を動かし、スペースを作る。肩幅ぎりぎりの狭い通路を抜け、突き当たりを右奥へと進んでいくと、〈関係者以外立ち入り禁止〉というプレートが貼られた鉄のドアにたどり着く。

和樹は唾を飲み込み、リュックサックから鍵を取り出した。３Ｄプリンターで作ったものだ。三日前、和樹は昼休みに貸し出しカウンターの奥へと忍び込み、そこにあった鍵を粘土に押し付けて型を取った。そのデータを元に鍵を復元したのだ。

周囲に誰もいないことを改めて確認し、鍵穴に鍵を差し込む。

かちり、と手応えを感じた。鍵を引き抜き、ドアノブを摑む。ゆっくりと引き開けると、中から湿った空気が這《は》い出してきた。古い紙やインクの匂いが感じられる。

明かりをつけて室内に足を踏み入れる。広さは十帖《じょう》ほど。壁沿いに本棚が並べられ、中央付近の棚にはいくつか段ボール箱が収められていた。

本棚には、薄い冊子が大量に詰め込まれている。学術雑誌に、学会の講演要旨集。新暁大学の収支報告書などもあった。不要になったものを手当たり次第に入れていった、という感じだった。

続いて、棚から段ボール箱を抜き出し、床に置く。蓋に封はされていない。開けてみると、こちらも同じように雑誌類が詰まっていた。

和樹は腰を上げ、大きく息を吐き出した。

「……ここもハズレっぽいな」

郁也がマダラを作ったと知ってから、和樹は彼に関する資料を集め始めた。郁也の思考や理念を知り、あわよくばマダラ開発の真意を突き止めるためだった。

多磨霊園で自殺したあと、郁也の自宅や大学の研究室にあった私物は、彼の父親——和樹の祖父に届けられた。ところが、そのわずか数日後に、それらはすべて警察に押収されてしまった。マダラを止める手段を模索するためだろう。郁也の遺品は未《いま》だに返還される兆しすらない。

郁也の遺した資料にはアクセスできない。また、マダラ感染の脅威を払拭できないため、インターネットはもはや機能しておらず、こちらも利用不可能。郁也について調べるには、紙の資料に当たるしかない、という状況だった。

郁也は生前、数十報の学術論文を出している。和樹は地元の公立図書館や近隣大学の図書館を訪ね、閲覧可能な範囲でそれらに目を通した。しかし、そこに書かれていたのはいずれも純粋なサイエンスに関する報告だった。ヒトの心理と映像認識の関連性など、マダラに繋がる要素を見つけ出すことはできても、マダラを作った動機はまるで読み取れなかった。

そこで行き詰まりを感じた和樹は、思い切って新暁大学への進学を決意した。郁也が研究者生活の大半を過ごした場所になら、何か重要な資料が残されているのではと思ったからだ。

だが、和樹の読みは外れた。郁也が主宰していた研究室はとっくの昔に消滅している。研究室にあった機器類や書類は警察に押収されたままで、大学にはもはや何も残っていなかった。

ならばと思い、和樹は新暁大学の図書館を調べ始めた。郁也の残した文書が見つかるかもと淡い期待を抱いていたが、結果は残念なものだった。

ここにも手掛かりはないのか——失望しかけたその時に、和樹は図書館の地下に、鍵の掛かった部屋があることに気づいた。

いかにも怪しいと感じた。だから、犯罪まがいの手段で鍵を複製した。そして今日、ようやくこの部屋に入ることに成功した。だが……。

漏らしそうになったため息を飲み込み、頰を流れ落ちていく汗を拭った。可能性は低くとも、徹底的に調べ尽くすまで諦めてはいけない。

よし、と自らに活を入れ、和樹は手当たり次第に段ボール箱を開けていった。

換気設備もない部屋だ。作業を続けるうちに汗がしたたり落ち始める。持っていたタオルを頭に巻き、汗が目に入るのを防ぐ。

保管されている専門誌のジャンルはまちまちだ。「アーネスト・ヘミングウェイ」の研究者による座談会が載った文学系のものもあれば、太陽光発電に関する総説が掲載された無機化学系の雑誌もある。発行年は二〇〇〇年から二〇一五年までのものが大半だった。まだ、世界がマダラの脅威にさらされる前の平和な時代だ。

医学、薬学関連の雑誌もあるが、郁也の専門である脳科学分野のものが見当たらない。たまたま保管数が少ないのか、それとも意図的に廃棄されたのか。

発汗が増えるに伴い、頭がぐらぐらし始めた。熱中症の症状だ。リュックサックに入れてあったスポーツドリンクをがぶ飲みしたが、めまいは収まるどころかひどくなりつつある。

こんなところで倒れたら、誰にも気づかれずに命を落とす可能性すらある。和樹は手にしていた雑誌を放り出し、慌てて腰を上げた。

歩き出そうとして、がくんと膝が折れた。体のバランスが崩れ、棚に肩がぶつかる。収められていた段ボール箱が床に落ち、放牧地に解き放たれた羊たちのように、中身が一気に床に滑り出た。

それを踏み越えようとした時、和樹は一冊の冊子に目を留めた。『現代天文学』という、天文学の専門誌だ。

その表紙の隅に、星名綾日の名があった。会ったことはないが、名前はよく知っている。郁也の婚約者だ。

頭痛をこらえながら、和樹はその冊子を手に取った。

ふらつきながら倉庫を出て、電動書棚の間を抜けていく。手摺《てす》りにしがみつくように階段を上がり、和樹は踊り場に座り込んだ。

上階から吹き降りてくる弱々しい冷気が、熱のこもった体をゆっくりと冷やしていく。しばらくそうしていると、頭痛やめまいが徐々に落ち着いていった。

大きく息を吐き出し、和樹は『現代天文学』の冊子を開いた。

冒頭に、黒髪の女性の写真が掲載されていた。綾日だ。新暁大学の理学部の玄関を背に、レオナルド・ダ・ヴィンチの「モナ・リザ」を思わせる笑みを浮かべている。

シンプルに、きれいな人だな、と思った。目がことさらに大きかったり、鼻が高かったりするわけではない。むしろ特徴は薄い方だ。ただ、顔の左右のバランスが完璧に整っている。眉も目も口も、鏡で映したかのように左右対称だ。顔の右と左が同じ作りになっている人間は、意外なほどに少ないという。この均整の取れた顔つきが、見る者に「美しい」という印象を与えるのだろう。

郁也は綾日のことをとても大切にしていた、という話を父親から聞いたことがある。郁也は家族や友人に対しても、自分の恋愛模様を伏せるタイプの人間だったようだ。少なくとも、親に恋人を紹介したことはなかったという。唯一の例外が綾日で、郁也は彼女を何度も自分の両親と引き合わせていたらしい。綾日のことを特別な存在と認めていた証拠だろう。

ぼんやりと綾日のインタビュー記事を読んでいるうち、和樹はある可能性に気づいた。マダラを開発した動機は、綾日との繋がりの中にあったのではないか——ふと、そう思った。

綾日が自ら命を絶ったあと、郁也は人が変わったようになった。親戚づきあいをやめ、連絡すら取り合わなくなったらしい。また、聞いたところによると、大学における勤務態度も一変したようだ。指導すべき学生を放置し、受け持ちの講義を休講にし続け、ひたすら自分の研究に没頭していたという。

綾日の死後、郁也は自分のために時間を使うようになったように思える。その時期にマダラを開発していたのは間違いない。問題は、その目的だ。もしそれが、人類に対する凄絶な復讐ではなく、死んでしまった綾日のためだったとしたら……。

考え事をしているうちに、脳を灼《や》こうとしていた不快な熱は遠のいていた。

和樹は床に手を突いて立ち上がった。

マダラを生み出すことが、どう綾日の供養に繋がるのかは分からないが、郁也の考えを理解するためには、綾日のことをより詳しく調べる必要がありそうだった。

## 2　二〇二三年七月三十一日（月曜日）

午前一時過ぎ。蒸し暑さに包まれた夜の街は、生者がいないのではと思うほど静まり返っている。

人影のない路地を足早に進み、和樹は井《い》の頭線《かしらせん》の三鷹台駅からほど近い自宅アパートに戻ってきた。

冷蔵庫の麦茶で喉を潤し、大きく息をつく。それでようやく緊張が解けた。

和樹は背負っていたリュックサックを下ろし、薄いプラスチックケースを取り出した。そこには一枚のDVDが収められている。データの保存に使う、安物のDVD－Rだ。ラベルも何もない。真っ白な表面にメーカーのロゴが印字されているだけだ。

椅子に座り、机の上のノートパソコンを起動する。二〇一三年製の古いこの端末は、和樹が中学校の頃に小遣いを貯《た》めて買ったものだ。マダラが広まってからは一度もインターネットに接続していないので、アンチマダラのソフトウェアはインストールされていない。今では貴重な端末と言っていいだろう。

吉祥寺《きちじょうじ》で買ったDVDを外付けのドライブに差し込む。すると、音声ファイルのアイコンが一つだけ画面に表示された。ファイル名は、〈警視庁流出品・滝部郁也の肉声〉となっている。

深呼吸をしてから、和樹はその音声データを再生した。

ヘッドホンに意識を集中させるが、細かい砂が板を流れるような音が聞こえてくるだけだった。明らかにまがい物だ。

「……ま、そううまくはいかないよな」と自分を慰めるように和樹は呟《つぶや》いた。

――滝部郁也がマダラを開発したことを自白する音声データがあるらしい。

高校生の頃、和樹はその噂を同級生から聞かされた。週刊誌の記者がそれを入手し、郁也が開発者であることをスクープした……という話だった。「天に光が満ちる日」というワードも、その音声の中に含まれていたようだ。

資料を調べた限りでは、公式にそのような音声の存在が報告されたことはない。だが、火のない所に煙は立たぬという言葉もある。噂の源となるような音声が本当にあるのではないか。その中で、郁也はマダラ開発の動機を語っているのではないか。和樹はそう考え、データを探し始めた。

しかし、真っ当な手段でそんなものが手に入るはずもない。あるかないかも定かではない音声データを追い求めるうち、和樹はいつしか「マダラ専門業者」とのコンタクトを取るようになった。

マダラには自律的なバージョンアップ機能がある。親から子、子から孫、孫からひ孫と、継代されるごとに子供の数は増えていく。今までに確認されたバージョン違いのマダラは、トータルで数千種類にも及ぶと言われている。そのすべてのバージョンについて、所持が法律で禁じられている。

だが、隠されると見たくなるという人間の性《さが》か、あるいはその力を悪用したい人間がいるのか、マダラのデータを記録したデバイスの闇取引は存在する。それは覚醒剤のごとく、新宿や渋谷で夜間にゲリラ的に販売されている。

その売人が扱っている商品の中に、滝部郁也に関する資料も含まれている——その話を秋葉原《あきはばら》の路地裏の電気店で聞きつけて以降、和樹は週末になるたびに繁華街をうろついては、マダラ専門業者を探し回っている。

いま見ているのも、そうして今夜手に入れたDVDだ。だが、今までに何度も「滝部郁也の自白音声」と称して売られているものを購入したが、本物どころか、未だにその一部にさえ巡り合えていない。

やはり、音声データの噂は都市伝説なのではないだろうか——。単調なノイズをずっと聞いていると、そんな考えが頭の中に忍び寄ってくる。和樹は再生を止め、パソコンの電源を落とした。

諦めることはいつでもできる。急いで投げ出すことはない。そう自分に言い聞かせ、和樹はごろりとベッドに横になった。

その日の午後四時半。昼間の殺人的な暑さがほんのわずか和らぎ始めた頃、和樹は一人、新暁大学へとやってきた。

通学に使っている自転車を、理学部の建物脇の駐輪場に停《と》める。

玄関から入ろうとしたところで、白衣を着た数人の学生が楽しげに笑い合いながら出てきた。週末にやる草野球の予定を確認していたようだ。昔のようにSNSで繋がれなくなった今、顔を合わせて話す時間が増えているそうだ。

そういえば、とふと気づく。ここ最近、誰かと目を見て話した記憶がない。夏季休暇中だから、というわけではない。同級生たちが周りにいても同じだ。誰も和樹に話し掛けてはこない。

いや、一人だけ例外がいる。岩美だ。彼は和樹を目の敵《かたき》にしており、敵意の籠《こも》った言葉を容赦なく投げ掛けてくる。しかも、その攻撃性はだんだん強くなっているようだ。同じ学部に所属している以上、後期の授業が始まれば嫌でも顔を合わせることになる。その時、岩美がどんな態度を取るか考えるだけで気が重くなった。この間、食堂で会った時は背中を蹴られたが、次は鉄パイプで殴りかかってくるかもしれない。

余計なことを考えるのをやめ、エレベーターで六階へと上がる。学部一、二年生向けの講義は一階にある講義室でしか行われないので、二階から上のフロアに立ち入るのは初めてだった。

窓の外の景色はいつもと違い、遠くの方まで見通せる。東の方には意外なほどに緑が広がっている。公園だけではなく、畑やビニールハウスもあるようだ。

景色を横目に見ながら廊下を進み、和樹は〈理論天文学研究室〉の教員室へとやってきた。

昨日のうちにアポイントメントは取ってある。軽く咳払《せきばら》いをしてからドアをノックすると、「どうぞ」と、ややハスキーな女性の声で返事があった。

「失礼します」

左右にキャビネットや本棚を設《しつら》えた細長い部屋の奥に、一人の女性が座っていた。年齢は四十代前半だろう。ショートカットで、紫色のフレームの眼鏡を掛けている。痩せている割に丸顔で、人のよさそうな印象があった。

「ああ、どうも。理論天文学研究室で准教授をしています、湖山《こやま》です」

「理学部一年の……滝部です」

滝部という名に、彼女の細い眉がぴくりと動く。

「……狭いところでごめんなさい。ソファーも何もなくて……悪いけれど、そこの椅子に座ってもらえますか？」

書類が山積みにされた机の近くに、パイプ椅子が置いてあった。黒い合成皮革の座面の端が破れ、中の黄色いスポンジが覗《のぞ》いている。

それに座り、「すみません、お忙しいのに」と和樹は小さく頭を下げた。

「気にしないで。全然忙しくなんてないから」と湖山が苦笑する。「ほとんどの時間は、計算の順番待ちだから」

「計算、といいますと……」

「私の専門は、ブラックホール近傍で起きる、ブラックホールジェットっていう高温プラズマの噴流の研究なの。世界の天文台の観測データを解析し、そこから仮説を組み立てて、実証するためのデータを探す——っていう流れで研究をしていたんだけど、ほら、マダラのせいで、インターネットが使えなくなったでしょ。観測データの解析を行うにには、外部の研究機関が保有しているスーパーコンピューターを使う必要があるんだけど、順番待ちがひどくって」

「なるほど……」と和樹は神妙に言った。

高度な計算機能を備えたコンピューターは、今でも利用は可能だ。ただ、運用は昔に比べると不便になった。ネットワークが死んでいるため、物理的メディアを使ってスーパーコンピューターの管理者と直接データのやり取りをしなければならない。そのせいで何をするにも時間がかかって仕方ないのだろう。

「おかげで、成果が全然出てなくてね。今、私のところには一人しか学生がいないの。よかったらどう？　四年生からの卒業研究、うちでやってみたら。綾日さんに興味があるんでしょ？」

「ええ……」と曖昧に和樹は頷《うなず》いた。星名綾日は生前、この理論天文学研究室に籍を置いていた。

湖山には「彼女の話を聞きたい」としか伝えていない。変に気を持たせるのも悪いと思い、和樹は「僕の叔父は、星名綾日さんと婚約していました。叔父の名は、滝部郁也です」と正直に言った。

「えっ」と湖山が絶句する。眼鏡のレンズの奥で、両目が大きく見開かれていた。学生の間では噂が広まっていても、教職員にまでは伝わっていないらしい。

「滝部……郁也……そう、そうなの」

うつむき、右手で顔を覆っていたが、やがて湖山は正面へと向き直った。その目にはもう、ショックの気配は残っていなかった。

「何のために、綾日さんのことを調べているの？」

「叔父の考えを知りたいと僕は思っています。本当に彼はマダラを作ったのか。開発をしたのなら、なぜそれを作らなければならなかったのか。その答えを探るために、星名綾日さんのことを調べようと思いました」

「そういうことね……」

湖山は嘆息し、膝の上で手を組み合わせた。

「湖山先生は、星名さんとの面識はおありですか」

「ええ。私が海外留学から帰って来たのが二〇一一年で、その頃には綾日さんはもう、この研究室の准教授になっていたわ。恒星の研究が専門でね。観測データから斬新な仮説をいくつも立てて、それを丁寧に証明していたの。特に、太陽の活動予測においては世界的に評価が高かったわ。天文学の世界では注目を浴びる有名人だったの」

「優秀な方だったんですね」

「そうね。でも、普段は穏やかでおっとりしてる人だったのよ。学生に対して声を荒らげるようなことはなかったし、誰に対しても丁寧な言葉遣いを崩そうとはしなかった。若手のホープなんてもてはやされたら勘違いしちゃいそうなものだけど、綾日さんはいつも謙虚で、真摯に研究と向き合っていたわ……」

遠くを見るような目で湖山はそう語った。

「週刊誌などで、星名さんの記事を読みました。研究室の教授から不利益な扱いを受け、精神を病んで自ら命を絶ってしまった……記事にはそんな風に書かれていました。本当に、そういう事実はあったのでしょうか」

重い質問をぶつけると、湖山は苦しそうに眉をひそめた。

「……その手の報道は、私も耳にしたわ。すべてが本当とは言えないけど、中には事実もあったと思う。少なくとも、ある時期を境に、和田山先生が綾日さんに冷たく当たるようになったのは確かよ」

「何か、二人の間で衝突があったんですか？」

「おそらくは」と湖山が頷く。「私も詳細は知らないの。ただ、綾日さんが新しく発表しようとした仮説に対して、和田山先生は激しい拒否反応を示していたみたい。『自分には責任は取れないし、もし仮説が外れたら、天文学会全体のダメージになる』――そんな風に言っていたそうよ。綾日さんはどうしても発表したいと粘っていたけど、和田山先生は決してそれを認めなかったわ。だから、綾日さんは先生を説得するデータを集めようと頑張ってたんだと思う」

「新しい仮説、ですか。それについての情報はありますか？」

「残念だけど、特には……」と湖山が首を振る。「綾日さんは、一人でこつこつと観測データの解析を行っていたの。当時在籍していた学生たちにも、何も話していなかったみたいね。だから、今となってはもう、真相は完全に闇の中」

星名綾日が自殺した二年後に、和田山もまた自ら死を選んでいる。郁也を含め、何があったのかを知る人物は全員他界してしまっているのだ。

「星名さんの研究データや資料は、まだこちらの研究室に？」

「あ、いえ、それはもう残ってないわ。彼女が亡くなったあと、滝部郁也が持ち去ってしまったの。婚約者である自分に所有権があると言って……。止めようとしたけど、鬼気迫るというか、こちらの話を聞く様子がまるでなくてね」

「そう……だったんですか」

「彼が持って行かなかった書籍や論文のコピー、雑記用のノートなんかは、長野にある綾日さんの実家に送ったわ。もしかしたら、メモ書きくらいは残ってるかもね」

「そうですか……」

その後もしばらく綾日についての話をしたが、気になる情報は得られなかった。

和樹は面会に応じてくれた礼を述べ、湖山の部屋をあとにした。

## 3　二〇二三年八月五日（土曜日）

粘っこい蒸し暑さの中、和樹は着信音によって目を覚ました。

二つ折りの、黒い携帯電話が光っている。マダラの登場以後、携帯電話はスマートフォンから、電話機能や文字だけのメール機能に特化したシンプルなものへと回帰した。一時期はガラパゴス・ケータイなどと呼ばれて揶揄《やゆ》されたが、今ではこちらが世界のスタンダードになっている。

電話は鳴り続けている。まだ午前六時半だ。誰だよこんな時間に、と思いながら、和樹は枕元の携帯電話に手を伸ばした。

「……はい、もしもし」

「よう、K。オイラだよ、オイラ。『先生』だよ。寝てたか？」

聞こえてきた甲高い声で、意識が急にクリアになった。

「いま起きたところだよ」和樹は体を起こし、ベッドの上に座り直した。「朝っぱらから世間話、ってわけじゃないよな」

「もちろん、M絡みだ」と先生が楽しそうに言う。「今日の午後十一時に、新宿に売人が現れるらしい。信用できる筋からの情報だ」

「そうか。分かった。じゃ、向こうで待ち合わせよう」

「了解。じゃ、また夜に」

先生は浮き浮きした様子で言って、電話を切った。

すっかり目は冴《さ》えていたが、まだ体が覚醒しきっていない感覚があった。和樹は携帯電話を床に放り出し、再び布団に横になった。

先生のことを、和樹は何も知らない。本名も年齢も住所も把握していない。

彼と出会ったのは今年の六月だ。ある土曜日の夜、マダラの売人を探して井の頭公園をうろついている時に、向こうから話し掛けてきた。ニット帽とマスクを身につけていたので顔つきは分からなかったが、長い前髪の奥に隠れた目は、不気味にぎらついていた。気味の悪い男だな、と思ったことをよく覚えている。

「あんた、Mが欲しいんだろ」

Mは、警察で使われていたマダラの符丁だ。

「……いや、違う」と和樹は首を横に振った。

「隠すことはないんだぜ。どうだ？　よかったら情報共有しないか」

「マジで違うんだ」と和樹は言い、滝部郁也の自白音声を探していることを話した。

「なんだ、そっちか。珍しいもんを探してるんだな」

「だから苦労してるんだよ」と肩をすくめ、「何か情報はないか?」と和樹は尋ねた。

「いや、悪いが皆無だな」

「そうか……」和樹はポケットに手を突っ込み、黒っぽい服装に身を包んだ目の前の男をざっと観察した。「一つ教えてほしい。なぜ、俺に声を掛けた?」

「この間、Mに関する噂が出ただろ。この辺りで、完全版が手に入るってさ」彼は丈の低い木の柵の向こうの、濁った水を見ながら言った。「でも、情報にあった時間に、売人は現れなかった」

「そうだったな」

「よくあることだって分かってる。ガセネタだった可能性は高いさ。でも、そう簡単に諦められないだろ。だから、時間を見つけてはここに足を運んでたんだ。そうしたら、同じようにしょっちゅう顔を出してるやつがいるじゃないか。そう、あんたのことだよ。これはきっと同類だろうなと思ったんだ」

「……なるほど」

「どうだ、一緒にやらないか? 二人で情報収集すれば、目的のブツをゲットできる確率は二倍以上になるぜ」

男の態度は妙に馴《な》れ馴《な》れしい。和樹は腕組みをして彼の顔を見つめた。

「……あんたは、なぜMを手に入れようとしている?」

「決まってるだろ」と男は目を細めた。「破滅させたいやつがいるんだよ」

彼の言わんとすることはすぐに理解できた。マダラを誰かに見せ、殺人を犯させることで、その人物を犯罪者に仕立て上げようというのだ。

「……そんな人間に協力しろと？」

「目的が切実であればあるほど、Mを手に入れたいって欲望は強くなる。そういう風に考えてみたらどうだい？」

「一理あるね。だけど、信用するのは簡単じゃない」

「疑《うたぐ》り深いね。好きにすればいいさ。ただ、もしオイラを拒絶すれば、あんたは目的から間違いなく遠ざかるよ。オイラには情報をくれる仲間がたくさんいるからね」

目を三日月形にしながら男が言う。彼の口調からは、こちらを試している気配が感じられた。

和樹は迷った末に、彼と手を組むことを承諾した。相手の持っている情報網が欲しかったというより、断ったら何をされるか分からないという怖さの方が強かった。

「……分かった。手を組もう」

「そうこなきゃな。で、あんたの名前は？」

いきなり訊《き》かれ、和樹はとっさに「Kだ」とイニシャルを名乗った。

「ふうん。そんじゃあオイラは『先生』でいいよ。分かるかい？　夏目《なつめ》漱石《そうせき》の『こゝろ』だよ」

彼は得意げにそう言った。それ以降、和樹は彼のことを「先生」と呼んでいる。

午後十時四十分。和樹は新宿へとやってきた。

ここへはあまり足を運ばないので、地下を歩くと迷いかねない。京王線の西口改札から出て、さっさと地上へと上がる。

外に出ると、むっとするような熱気が吹き寄せてきた。八月に入り、気温はさらに上昇傾向にある。今日の昼間の最高気温は三八℃で、明日の予想は三九℃らしい。都内で史上初の四〇℃を記録する日も近いだろう。

和樹はふっと一つ息を吐き出し、駅へと吸い込まれていく人々の流れに逆らいながら歩き出した。

駅を離れ、思い出横丁と呼ばれるアーケード街の表通りを進んでいく。辺りにはファストフード店やドラッグストア、消費者金融の店舗などが並んでいる。

こうして繁華街を歩くと、昔よりも活気が足りないように感じる。看板や店舗内の照明は暗いし、店員も客もみな、どこか表情が冴えない。生きるエネルギー自体が縮小しているような気がする。マダラによって引き起こされた一連の大量死の記憶が、人々からはしゃぐ気持ちを奪い去ってしまったのかもしれない。

そんなことを考えながら、青梅街道《おうめかいどう》を渡るJRの高架下へとやってきた。

薄暗い、饐《す》えた臭いの漂うガード下の歩道に、数人の男が佇《たたず》んでいる。示し合わせたかのように、全員が足元をじっと見つめていた。

その中に、ひときわ異質な格好をしている男がいた。黒の長袖のパーカーにニット帽、そして真っ白なマスク。見ているだけで汗が滲んできそうな装いだ。先生はこんな夜でも、いつもと変わらない服装をしていた。

こちらの足音に気づき、先生が顔を上げる。

「よう、K。まだ十一時前だぞ」

「早めに来た方がいいかと思ってさ」と言って、和樹は左右を見回した。「周りにいるのも、M待ちの連中か？」

「ああ。オイラと同じ情報を得て集まったんだろ」

そう言って、先生は歩道脇のコンクリートの壁にもたれた。そこには、落書き防止のために設置されたという壁画が並んでいる。先生が背負っているのは、草原の上に真っ青な空と虹が広がっている絵だった。

「本当に、売人はここに現れるのか？」

「らしいぜ。ただ、三十分前から待ってるが、それらしい奴《やつ》は来てないな。ま、気長に待とうや。時間ならたっぷりある」

「……終電までには来てほしいけどな」と言って、和樹も先生と同じように壁に背中を押し当てた。ひんやりするかと思ったが、コンクリートは生き物のように生温かった。

「……滝部郁也の肉声、か」小声で先生がぽつりと呟いた。「なあ、Kはどうしてそんなものを探してるんだ？」

排気ガスをまき散らしながら、目の前を二台のタクシーが通り過ぎていく。それを見送り、「Mを作った人間の心理を理解したくてな」と和樹は答えた。

「研究者みたいなことを言うな」くっくっ、と先生が気味の悪い笑い方をした。「ひょっとして、IMROに入りたいのか？」

「いや、そっちよりはむしろ警視庁かな」

もし郁也の音声データが本当に存在するなら、警察がそれを見逃すはずはない。警視庁に入り、マダラ関連の捜査を行っている部署に配属されれば、自分の探しているものにたどり着ける可能性はある。

「へっ、つまんねー目標だな」と先生が嘲るように言った。「警察なんて大した組織じゃない。Mが世に解き放たれた直後の対応がずさんだったせいで、拡大を防ぐことができなかっただろ。もっと本気で対応してたら、世の中はもうちょっとマシな状況になってたと思うぜ」

「まあ、それは確かに……」

「考え直すことをお勧めするね」

先生はそう言うと、腕時計で時刻を確認し、壁に付けていた背中を離した。つられて、携帯電話を見る。午後十時五十九分になっていた。

「……あと一分か」

「なあ、K。初めてあんたに会った時、オイラがした話を覚えてるか？」

「え？　なんだよ急に」と和樹は眉をひそめた。

「オイラがMを必要としてた理由だよ」

「……覚えてるよ。破滅させたい相手がいるんだろ」

「ご名答。なかなかの記憶力だ」と先生が笑う。「教えてやるよ。オイラの親父《おやじ》なんだよ、その相手ってのは」

「父親に……Mを見せるつもりなのか？」

「そうさ。オイラのお袋は、マダラに操られた男に殺されたんだ」先生はそこで初めて、Mをマダラとはっきり言った。「といっても、通りすがりの他人じゃない。不倫相手だよ。親父は何も知らなかったんだろうな。お袋が死んだことより、不倫の方がショックだったみたいでさ。ストレスでおかしくなって、オイラに暴力を振るうようになったんだ。逃げ場はなかったよ、二人暮らしだったから」

鼻のところに指を掛け、先生がマスクをずらす。彼の左頬は、生肉を張り付けたように赤く盛り上がっていた。火傷《やけど》の痕だ。

「これは、煮えた油を掛けられてできた傷だよ。頭にも似たような痕がある。毛根が死んで、そこだけ毛が生えないんだ。だから、髪を伸ばして隠してる」

先生はニット帽の上から、左の側頭部をぽんぽんと軽く叩いた。

「……そこまでされて、どうして逃げなかったんだ？」

「経済的な理由かな」と先生は言った。「十六歳のガキに、一人で生きるだけの力はないよ」

和樹は驚いて先生の顔を覗き込んだ。彼は「やめろよ」と笑ってマスクを元に戻した。

「……高校生だったのか」

「いや、通ってないから違うね。中卒のニートだよ。親父を自分の手で殺す力も勇気もない。だから、マダラに頼ろうと思ったんだ。……でも、もういいんだ」先生はポケットに手を突っ込み、ゆるりと首を横に振った。「先週、親父は死んだよ。酒を飲んで、アパートの階段から落ちて、それで終わりだよ」

「死んだ？　じゃあ、もうマダラは……」

「そうだね。オイラには必要ない。だけど、嬉《うれ》しくはないよ。目標を無くして呆然《ぼうぜん》としてるって感じだな、うん」

「……それなのに、まだマダラの情報を探してるのか」

「探してないよ。だから、いくら待っても売人は来ないよ」

「えっ？」

そこで和樹はこちらに迫る複数の人影に気づいた。薄暗い中、歩道を占拠するように、二列で規則正しく歩を進めている。

慌てて背後に目をやる。そちらにも、同じように近づいてくる集団がいた。

売人を待っていた他の男たちがざわめき始める。

それに呼応するように、列の先頭にいた人物が歩みを速めた。小柄な、スーツ姿の女性だった。

高架下の薄汚れた照明の光が、彼女の顔を浮かび上がらせる。目に飛び込んできたのは、頬に刻まれた一直線の傷だった。鼻の脇から耳の方まで伸びる、長い傷だ。年齢は三十代か。女性は眉間に鋭いしわを寄せ、敵意に満ちた視線をこちらに向けていた。

「全員、その場から動かないでください！」と彼女が叫ぶ。「警視庁生活安全部マダラ対策課です！　あなたたちにはマダラ所持の容疑が掛かっています！」

「お前……俺たちを売ったのか！」

和樹は思わず先生のパーカーの襟を摑んでいた。

「そうだよ。知り合いを一網打尽にしようと思って、嘘《うそ》の情報を流したんだ」と先生は笑い声で答えた。「でも、それは罪を逃れるためじゃない。オイラはそもそも未成年だしね」

「じゃあ、なんで……」

「あんたたちの邪魔をするために決まってるだろ！」先生は和樹の手を振り払った。

「オイラを置き去りにして、自分たちだけやりたいことをやるなんて、そんなの不公平だ。そうだろ？」

「お前……」

「慌てなくてもいいよ。まだ逮捕状は出てないから、任意同行になるね。素直に署に行って話をすればいいさ。問題なしと判断されたら、解放してもらえるよ。ただし、自宅にマダラ関連のブツがないなら、だけどね。警察はマダラ関連の捜査は徹底的にやるらしいよ。黙秘したって無駄だろうね」

しまった、と和樹は自分の判断ミスを後悔した。これまでに購入したDVDの中には、マダラの一部と思しき画像が収められたものもあった。何かの役に立つかと思って取っておいたが、それが仇《あだ》になってしまった。

マダラ所持は重罪だ。執行猶予なしの懲役刑が確定している。無論、犯罪歴があるような人間は警察には入れない。郁也の真意を知るための道の一つが閉ざされてしまう。

「くそっ！」

刑事たちは両側からじりじりと距離を詰めてきている。挟み撃ちだ。歩道に逃げ場はなかった。

左右を見回す。車道をひっきりなしに車が通り過ぎていく。

一か八《ばち》かだ――。和樹は覚悟を決め、歩道のフェンスを乗り越えた。

アスファルトに着地したところで、激しいクラクションが鼓膜を揺らす。

和樹は車をかろうじてかわすと、車道を横断して、高架を支える横長の柱にたどり着いた。

「待ちなさいっ!」

怒号が耳に飛び込んできた。反射的に振り返ると、頬に傷のある女性刑事が一直線にこちらに向かっていた。その目に宿る光の強さは尋常ではない。正義感を超えた、決死の覚悟を感じさせる凄《すご》みがあった。

逃げなければ。

和樹は女性刑事に背を向け、慌てて道路へと足を踏み出した。

左右を充分に確認する余裕はなかった。

眩《まばゆ》い光が、穂先の鋭い槍《やり》のように目を貫く。

やばい、と思った次の瞬間、和樹は激しい衝撃に襲われた。

体が宙に浮き、猛烈な力で吹き飛ばされる。

痛みより、混乱の方が大きかった。

自分が今、どんな姿勢で空を飛んでいるのかが分からない。

永遠に続くように感じられた、長い滞空時間は、どん、と肉体が地面に叩きつけられる嫌な音で打ち切られた。

それきり、和樹の耳には何の音も届かなくなった。さっきはあれほど騒がしかった周囲が、不気味なほどの静寂に包まれている。

アスファルトが異様なほどに硬く、冷たく感じられる。まるで真冬の朝の、薄氷の張った路面のようだった。

――あれ、おかしいな。今、冬だっけ……？

不可解なその疑問に答えを出すより先に、和樹は意識を失った。

4　二〇二三年八月八日（火曜日）

目を覚ました時、和樹は一瞬、自分がどこにいるのか把握できなかった。

ぼんやりと白い天井を眺めるうち、乾いたスポンジに水が吸い取られていくように、じわじわと記憶が戻ってくる。

やがて、自分が入院していることを和樹は思い出した。

室内は薄暗くなりかけている。昼食を食べたあと、猛烈な眠気に襲われたことは覚えていたが、どうやら四時間以上も寝てしまったらしい。

ベッドに横になったまま、顔を左に向ける。付き添ってくれているはずの母親の姿は見当たらない。いったん家に戻ったのかもしれない。

体を起こし、頭に触れてみる。もう包帯はそこにはなかった。

新宿でバイクに撥《は》ねられた和樹は、近くの病院に緊急搬送された。意識を取り戻すのに丸一日が必要だったが、幸いなことに外傷はかすり傷程度で、脳にも異常はなかった。あと一日経過を見て、それで問題なければ退院できるようだ。

母親から聞いた話だと、「運がよかったですね。当たりどころが悪かったら、命を落としていたかもしれませんよ」と医師は言っていたらしい。ぶつかった方のバイクがとっさにハンドルを切り、直撃を避けてくれたために怪我が軽かったようだ。

交通事故に遭って軽症で済んだのは確かにラッキーだろう。ただ、退院後に待っている試練を思うと、ひどく憂鬱な気分になる。

大きく息を吐き出したところで、病室の引き戸が開き、母親が入ってきた。母親はいつも小奇麗にしているが、今日は無地の白のTシャツにジーンズというラフな格好をしている。

「……ああ、起きてたの。体調はどう？」

「うん、まだ少し眠いけど、まあまあ元気かな」と和樹は寝癖の付いた頭を撫《な》でた。

「そう。……実は、警察の人が来てるんだけど。話を聞きたいって……」

母親が不安げに背後をちらりと振り返る。すぐ外で待っているらしい。

ここで面会を拒絶したところで、問題を先送りにすることにしかならない。「大丈夫。話をするくらいなら平気だよ」と和樹は言った。

「……そうなの。じゃあ、私はいったん帰るから。何かあったら電話して」

病室を出ようとする母親を、「あのさ」と和樹は呼び止めた。「……警察から、事情を聞いてる？」

「ううん、詳しいことはまだ。事故の状況だけ。……ただ、家を調べる必要があるって言われて、それでアパートの合鍵を渡したんだけど」申し訳なさそうにそう打ち明け、母親は不安げな眼差《まなざ》しを和樹に向けた。「何か、いけないことをしてたの？」

「……また、あとで説明するよ」

和樹は絞り出すようにそう言った。この場で何もかもを告白する勇気はなかった。

「そう。……じゃあ、またね」

ぎこちなく笑いながら母親が部屋をあとにする。

息つく間もなく、すぐさま病室の引き戸がノックされた。外で待っていた刑事だろう。

和樹は深呼吸で気持ちを整えてから、「どうぞ」と声を掛けた。

「失礼します」

からりと戸が開き、黒のスーツに身を包んだ女性が顔を覗かせた。

頬に刻まれた傷痕と、こちらに向けられる鋭い視線……。そこにいたのは、新宿で和樹を追おうとした、あの女性刑事だった。

「警視庁、生活安全部マダラ対策課の長町桜子と申します。もう、体調は大丈夫そうですね」

にこりともせずに言って、彼女はパイプ椅子を開いて腰を下ろした。

「俺に、何の用ですか」

敵意を含んだ視線から目を逸《そ》らして尋ねると、「私の肩書きで分かるでしょう」と桜子は呆《あき》れ口調で言った。「お母さんから合鍵をお借りして、あなたの自宅を調べさせてもらいました」

和樹はベッドのシーツをぐっと握り、「……それで?」と先を促した。

「デスクトップパソコンに、マダラの一部と思われる画像が保存されていました。あれはあなたのもので間違いないですね?」

パスワードを設定していなかったことを悔やみつつ、和樹は小さく頷いた。

「――あなたは、滝部郁也の甥《おい》だそうですね」

ふいにそんな質問が飛んでくる。ちらりと視線をやると、桜子はまっすぐにこちらを見ていた。眉間に深いしわが寄っている。

「……ええ、そうです」

「彼と会ったことは？」

「何度かあります」

正直に答えると、桜子は腰を上げ、ゆっくりとベッドへと近づいた。

「彼の遺志を継ぎ、マダラをさらに強化するために、プログラムを手に入れようとしたんですか？」

「ち、違います！」思いがけない一言に、和樹は慌てて首を振った。「俺はただ、噂の真偽を確かめたかっただけなんです」

「……噂というと？」

「滝部郁也がマダラを作ったことを告白する音声があると……」

「それを聞いてどうするつもりですか」

険しい声で桜子が言う。和樹は体の向きを変え、彼女の視線を受け止めた。

「俺は知りたいんです。郁也さんが、どうしてあんなものを作ったのかを」

「……なるほど」

桜子の眉間のしわがわずかに緩んだのが分かった。信じてくれたらしい、と和樹は感じた。

「警察の人なら知っているんじゃないですか。そういう音声は本当にあるんですか」

思い切って尋ねてみると、桜子はさしたる逡巡《しゅんじゅん》も見せずに、「あります」と頷いた。

「え、本当ですか!?」

「ええ。……私はかつて、サイバー犯罪対策課にいました。コンピューターやインターネット関連の犯罪を捜査する部署です。あれは、二〇一八年の十二月のことでした。ちょうど、マダラの危険性を警察が認識し始めていた頃です。そのアプリが殺人を引き起こすという仮説を証明すべく、私は他の刑事と協力して捜査をしていました……」

説明の途中で、桜子が急に黙り込んだ。うつむき、小さく肩を震わせている。

どうしたのだろうと思ってそっと覗き込むと、彼女は涙をこぼしていた。

「だ、大丈夫ですか?」

「……ごめんなさい」桜子はハンカチで涙を拭ってから顔を上げた。「少し、昔のことを思い出してしまいました」

頬の傷痕を指先で撫でてから、桜子は話を再開した。

「マダラの危険性にいち早く気づいたのは、警察ではなく、本宮拓真さんという大学院生でした。マダラのプログラムを入手した彼は、それを独自に解析した結果、滝部郁也が開発者であるという仮説を導き出します。そして、危険なアプリの拡散を止めるために滝部に接触し……命を落としました」

それは初めて耳にする話だった。「……すごい人がいたんですね」と和樹は素直な感想を口にした。

「優秀な頭脳の持ち主でした。彼は亡くなる直前に、滝部郁也と会話しています。その会話を録音していたんです」

和樹はごくりと唾を飲み込んだ。

「……会話の中で、郁也さんはどんな話をしていたんですか」

「マダラを開発したことを認めていました」と桜子は感情を込めずに明言した。

「そんな……」

「紛れもない事実です。ただ、彼は自殺する前に証拠を念入りに隠滅していました。自白だけでは証明にならないため、彼が開発者であると公表はしませんでした」

思いがけなくもたらされた情報が、衝撃となって頭の中に広がっていく。ぐらぐらと部屋全体が揺れ動いているような錯覚に襲われる。

いや、まだだ……。和樹は奥歯を嚙《か》み締め、高波のように襲い来る動揺を抑え込んだ。自分が知りたかったのは、郁也がマダラを作ったか否かではない。「なぜ作ったのか」なのだ。

怯《ひる》みそうになる心を奮い立たせ、和樹は尋ねた。

「開発の動機はなんだったんですか」

「それは……」

桜子は再びパイプ椅子に座り、眉間のしわを指でなぞった。

和樹は味わったことのないような緊張と戦いながら、桜子の次の言葉を待った。だが、桜子は険しい顔つきのまま黙り込んでいる。こちらを焦《じ》らそうとしているわけではなく、何かを考えているようだった。

辛抱強く見守っていたが、桜子が口を開く気配はない。耐え切れず、和樹は「どうして何も言ってくれないんですか」と先を促した。

「……動機については、未だに分からない部分があるんです」

桜子が苦しげに呟く。それは意外な一言だった。

「世間では、自殺した恋人の復讐のためだって言われてますよね。それは間違っているってことですか?」

「いえ、録音された告白の中で、彼はそのことに触れています。そういう事実があるので、警察でも怨恨こそが開発の動機だと考えられています。ただ、個人的に気になることがあって……」

桜子は眉間に触れていた手を離し、和樹に視線を向けた。

「滝部郁也から、『天に光が満ちる日』という言葉を聞いたことはありませんか?」

「本人からは、何も……。噂としては知ってますけど」

「噂というのは、核戦争が起きるというあれですか」

「そうです。人類を絶滅させるためにマダラが作られた、っていう説ですね。……それって本当なんですか？」

「最初は、それが狙いなのではないかと思いました。しかし……今は自信がありません」と桜子は言った。「星名綾日さんのことは知っていますか」

「ええ、郁也さんの婚約者でしょう。天文学者の」

「そうです。滝部郁也は自死する直前の会話で、『天に光が満ちる日』に言及しています。『天に光が満ちる日は人類に対する試練が始まる日であり、綾日は、我々がそれを乗り越えることを望んでいた。だから、自分は綾日の願いを叶《かな》えるために最大限の努力をした』……そんな風に彼は言っていました。核戦争には一切触れていません」

「綾日さんの願いを叶える……」

だとしたらそれは、核戦争などではないはずだ、と和樹は直感的に思った。彼女は穏やかで真面目な人物だったという。自分の研究が認められずに落胆していたとはいえ、人類そのものに憎しみを抱いたとは思えない。

「試練ということは、何らかの自然現象なんでしょうか」

「分かりません」と桜子は首を振った。「マダラ対策に忙殺され、彼女のことを調べる余裕がなかったんです」

ただ、と桜子は続ける。

「私の心の隅には、その言葉が引っ掛かったままになっています。だから、あなたなら何か知っているかと思い、尋ねてみたのですが……」

憂いの滲む桜子の表情を見て、和樹の脳裏に一筋の光が差した。このまま行けば、逮捕は免れない。ならば、無謀を承知で賭けに出るべきだ。

「……取り引きをしませんか」

和樹の提案に、桜子が眉根を寄せて首を傾《かし》げる。

「一応、伺いましょう」

「今、話を聞いていて気になったことがあります。『天に光が満ちる日』の意味するところを調べられるかもしれません」

「本当ですか？　それは一体……」

「今すぐに答えは出せません。資料に当たってみないと何も言えないんです。だから、時間をください。そして、もし俺が答えを導き出したら、マダラのデータを所持していた件は見逃してもらえませんか。司法取引みたいなものです」

桜子は顎に手を当て、値踏みをするように和樹をじっと見つめた。

「とかなんとか言って、自由になった途端に逃げるつもりなんじゃありませんか」

「逃げるって、どこにです？」と和樹は手を広げてみせた。「身元はもうバレてるし、匿《かくま》ってくれる知り合いもいないんですよ。逃げたところでどうにもならないでしょう」

「では、その『調べること』を具体的に教えてください。警察の方で捜査をしましょう。その方が早く済むはずです」

「叔父のことはできれば俺の手で調べたいんです。身内のやったことの責任を取る……なんて大仰なことは言えませんけど、俺なりに納得したいと思うんで……」

最後に正直な想《おも》いを口にして、和樹は桜子の反応を窺《うかが》った。

彼女はしばらく考え込んでから、「……いいでしょう」と小さな声で言った。「こちらにデメリットはなさそうですし、あなたの申し出を受け入れましょう」

「ありがとうございます」

和樹は安堵の表情を隠すために深々と頭を下げた。「気になったことがある」というのは口から出まかせだった。罪を逃れたい一心で思いついた窮余の策にすぎない。

「ただし、よからぬことは考えないように。あなたが逃げたと分かったら、すぐさま指名手配しますので」

「……分かりました」

「それで、退院したらどこに行くつもりなんですか」

桜子が試すようにそう尋ねてくる。

「えーっと……それはですね」

答えを探して視線をさまよわせる。そこでふと、和樹は病室の壁に掛けられたカレンダーに目を留めた。

八月のカレンダーには、青々とした山並みの写真が使われていた。その風景を眺めているうち、まだ調べきれていないことがあるのを思い出した。

カレンダーから桜子の方に目を戻し、「長野に行きます」と和樹は答えた。

「長野？　そこに何があるんですか」

桜子が怪訝《けげん》そうに眉をひそめる。

和樹は桜子の視線を受け止め、背筋を伸ばしてから言った。

「星名綾日さんの実家を訪ねてみようと思います」

## 5　二〇二三年八月十一日（金曜日）

新宿から高速バスに乗り、ＪＲ飯田《いいだ》駅までおよそ四時間半。そこで路線バスに乗り替えて三十分。出発したのは早朝だったが、星名村に到着する頃には正午を大きく回っていた。

乗客のいない路線バスを降り、和樹は大きく伸びをした。

道の右側はコンクリートで舗装された急斜面、谷川を挟んだ左手には、陽光を浴びて輝く、青々とした山並みが続いている。この辺りの標高は五〇〇メートルを超えている。

もしかすると半袖では寒いのではないかと心配していたが、気温はさほど東京と変わりないようだった。おそらく、三五℃以上はあるだろう。こんな場所でも異常気象の影響からは逃れられないようだ。

来た道を三分ほど戻ると、村役場があった。平たい、はんぺんのような建物の前に、村の地図が描かれた看板が立っている。

事前に湖山に連絡を取り、綾日の実家の住所は教えてもらっている。県道を離れ、山の中の細い道を上がっていく必要があるようだ。

さて、とリュックサックを背負い直し、和樹は歩き出した。

県道沿いには歩道はなく、ガードレールとの間にわずかなスペースがあるだけだ。だが、そもそも通る車が少ないので、さほど気にせずに歩くことができる。

逮捕を逃れるために調査に来ている身ではあるが、景色を眺めていると気分が落ち着く。和樹の実家はさいたま市内の住宅街にある。似たような形状の民家が並ぶ、人工的で味気のない場所だ。こんなのどかな場所にやってくるのはいつ以来だろう。あるいは生まれて初めてかもしれないな、と和樹は思った。

そうして黙々と県道を上がっていくと、さらに斜度のきつい分かれ道が見えてきた。電信柱に掲げられた、土埃で汚れた看板には〈名北〉という字《あざ》が書かれている。この上に、綾日が生まれ育った地区があるようだ。

大きく育った木々たちが左右に並ぶ坂を上がっていくと、やがて道は平坦《へいたん》になり、辺りにぽつぽつと民家が現れ始めた。目的地に着いたようだ。

周りに見えるのは、どれも古い家ばかりだ。壁に貼られているトタンは歪《ゆが》んで割れており、玄関周りに使われている木材は黒ずんでしまっている。

街区表示板は見当たらない。暑い中農作業をしている老人に声を掛け、星名家の場所を教えてもらう。村のかなり奥にあるという話だった。

信号も標識もない、車一台分の幅の道を進んでいく。お盆が近いせいか、長野県外のナンバープレートの車がちらほら停められている。

緩やかな坂を上り、竹林の中の細い道を抜ける。現れた神社の鳥居の前で右に曲がり、細い砂利道を進むことしばし。山の斜面を背負うように造られた、こぢんまりとした平屋の一軒家が見えてきた。

〈星名〉という表札を確認し、チャイムを鳴らす。

緊張と共に待っているとガラスの嵌《は》まった引き戸が開き、銀髪の老女が顔を覗かせた。年齢は七十歳くらいだろうか。年の割に背筋がしっかり伸びていて、その佇まいからは、なんとなく気品が感じられた。

「あの、すみません。先日お電話差し上げた、滝部ですが」

「はいはい。遠いところをわざわざようこそ」と彼女が微笑《ほほえ》む。「綾日の母の芳江《よしえ》です。

どうぞ上がってください」

「お邪魔します」と軽く頭を下げ、和樹は邸内へと足を踏み入れた。

ひんやりと薄暗い沓脱《くつぬぎ》から、板張りの廊下がまっすぐ伸びている。家の中には、雨上がりの、しっとり濡《ぬ》れた苔《こけ》のような香りが漂っていた。無性に懐かしさを覚える、不思議な匂いだった。

芳江の案内で、客間と思しき八畳の和室に通された。中央に座卓が置かれ、奥の床の間には、般若心経《はんにゃしんぎょう》を書き写した掛け軸が吊《つ》るされている。

座布団に座って部屋の中を見回していると、麦茶の入ったグラスを持って芳江が戻ってきた。

「あ、どうもありがとうございます」

「お代わりもありますから、どうぞ遠慮なく。今年は本当に異常気象でしょう。まだまだ暑い日が続いていますから、水分はしっかり取っておかないと」

色の濃い麦茶で喉を潤す。確かな香ばしさと爽やかな苦味を感じた。

麦茶を飲み干し、和樹は居住まいを正した。

「このたびは、急な申し出にもかかわらず、ご対応くださりありがとうございます」

「そんなに堅苦しい挨拶はいらないですよ」と言い、芳江は頬に手を当てた。「それにしても、驚きました。郁也さんのご親族からの連絡でしたから……」

綾日の遺した資料を見せてほしい――芳江にそれを頼む際に、和樹は自分が滝部郁也の甥であることを明かしていた。変にごまかすのではなく、きちんと自分の意図を伝えるべきだと思ったからだ。

芳江は小さく息をつき、「以前、郁也さんがこの家に来たことがあるんです」と懐かしげに言った。「婚約の挨拶の時でした」

「そうだったんですか。叔父は……郁也さんはどんな様子でしたか」

「とてもリラックスしていましたね。研究者を引退したら、この村に住みたいなんてことも言っていたかしら。もちろん、社交辞令も入っていたとは思いますけれど、私はとても嬉しかったですよ。静かで空気が澄んでいて、星が美しい……それが、この村の唯一にして最大の取り柄ですから」

「僕の知る郁也さんは、心にもないお世辞を言う人ではありませんでした。だから、きっと本心だったんだと思います」

ええ、ええ、と芳江は目を細めて頷いた。

「……私は今でも信じられないんです。あの郁也さんが、世間を揺るがすようなものを作ったなんて……」

芳江の言葉に、胸がずきりと痛む。彼女もまた、郁也のことで心に深い傷を負った一人なのだ。

「僕も同じ気持ちです。だから、知りたいんです。郁也さんがなぜ、マダラを作らなければならなかったかを」和樹は言葉に力を込めた。「こちらに、綾日さんが研究室で使っていた本やノートがあると伺いました。それを見せていただくことはできますか」

「ええ、もちろんです。全部、届いた段ボール箱のまま仕舞ってありますから。でも、綾日の資料と、郁也さんのことがどう関係するんですか？」

「僕自身、確証があって行動しているわけではないんです。ただ、今の僕に手に入る資料は、綾日さんが残したものぐらいしかなくて……。そこに、動機を解明するヒントがあるんじゃないかと、そう思ったんです」

「……そうですか。分かりました。では、こちらです」

芳江と共に客間を出る。案内されたのは、水色のカーペットが敷かれた六帖の洋間だった。高校卒業まで綾日が生活していた部屋だという。向かって左側にパイプベッド、正面に棚のないシンプルな勉強机、そして右側に本棚が二台並んでいる。床には、無造作に大量の段ボール箱が山積みになっていた。思っていたより遥《はる》かに数が多い。

「たくさんあるでしょう」と芳江がしみじみと言う。

「……そうですね。少し、時間がかかりそうです」

「冷房を入れてもらって構いませんから」

「あ、すみません。そうさせてもらいます」

「ああ、そうだ。よかったらこれも」

そう言って芳江が差し出したのは、手のひらサイズのメモ帳だった。

「こちらは……？」

「私は十年ほど前に心臓の病気で入院したんですが、手術が終わって退院してから、綾日は二週間に一度、必ず電話をくれるようになりました。私の体調を心配してくれていたんでしょう。それで、綾日が言ったことを忘れないようにと思って、話しながらメモを取るようにしていたんです」と芳江は寂しそうに言った。

「すみません、貴重なものを。拝見させていただきます」

芳江から渡されたメモ帳をめくる。

娘との会話の内容が、簡単な箇条書きの形式で書き残されていた。メモは日付順になっている。〈海外出張の準備が大変〉〈学生の指導に苦労している〉といった、大学での仕事に関するものもあれば、〈郁也さんが有名な科学雑誌に論文を出した〉〈今度、彼はテレビに出るらしい〉といった、郁也に関するものもあった。

読み進めていると、ある日を境に突然メモの内容が変わった。〈正しいことを正しいと言い切るのは難しい〉〈自分のことを信じる力が欲しい〉というような、観念的な文言《もんごん》が並び始めた。おそらく、研究室の教授だった和田山と揉《も》めたことが影響しているのだろう。

〈教授を説得するデータが必要。でも、それを手に入れるのは無理かもしれない〉

〈自分の才能の限界を感じている〉

母親に話した内容からは、綾日が自信を失っていく様子がはっきりと読み取れた。ネガティブな言葉ばかりが書き連なっている。

そして、最後のメモにはこう記されていた。

〈未来を知ることは、決して幸せなんかじゃない。こんなことなら、研究者にならない方がよかった〉

「……綾日は研究で高い壁にぶつかっていたようです。いろいろと励ましもしましたが、結局、娘の苦しみを和らげることはできませんでした」

芳江が涙声で言う。娘を助けられなかったことを未だに悔いているのだろう。そう思うと、いたたまれない気持ちになった。

「綾日さんは、研究で何かすごい発見をしたようです。ただ、それがあまりに影響力の大きいものだったために、発表するかどうか悩んでいたのではないかと思います」

芳江を元気づけようと思い、和樹はそう言った。

「すごい発見、ですか……。恥ずかしながら、娘が何をしていたかは全然知らないんですよ」

「具体的に話をすることはなかったんですか」

「ええ。私は天文学のことはまるで分からないので」

「……そうですか」と和樹はため息をついた。「じゃあ、『天に光が満ちる日』なんて言葉もお聞きになったことはないですよね」

「それなら、一回だけ耳にしたことがありますよ」

「ほ、本当ですか⁉」意外な一言に、和樹は驚きの声を上げた。「具体的にはどんな内容でしたか？」

「綾日が亡くなる少し前だったと思います。『天に光が満ちたら、大変なことが起きる。常に食料と灯油を準備しておいた方がいい』……あの子から、電話でそんなことを言われました」

「大変なこと、ですか……」

和樹は腕を組んだ。その言葉からすると、やはり彼女は大きな災害が起きることを想定していたようだ。ただ、具体性には乏しい。大地震や火山の噴火といった自然現象も該当するし、それこそ核戦争のような事態を指しているとも取れる。

ただ、綾日は天文学の専門家だった。それを考慮すれば、宇宙が関係している可能性が高い。

和樹が思いついたのは、巨大隕石《いんせき》の飛来だった。地表に落ちた隕石は大量のちりを舞い上げ、それが太陽の光を遮ることで地球は冷える。気候は大きく変わり、植物が育たなくなってしまう。そうなれば世界中で飢饉《ききん》が起こるだろうし、ライフラインもまともに機能しなくなる。食料と灯油を準備しろというアドバイスとも合致している。

だが、どうもその説はしっくりこない。隕石落下とマダラの開発が繋がらないからだ。綾日の学説を信じ、彼女の願いを叶えるために郁也はマダラを作った。それが、残された音声データから読み解ける動機だという。だとすれば、マダラは危機を乗り越える役に立つものであるはずだ。

殺人を促すアプリが、隕石とどう関係するのだろうか。何ひとつ嚙み合う気がしない。

「どうしました？」

「あ、すみません、ちょっと考え事を」

「意味が分からないでしょう。ごめんなさいね、もっとよく話を聞いておけばよかったわ」

申し訳なさそうに芳江が言う。「ああ、いえ」と和樹は慌てて手を振った。

「とても参考になりました。あとは自力で調べてみます。綾日さんの資料を読めば分かるかもしれません」

「では、私はあちらにいますので。何かあったら遠慮なく言ってくださいね」

芳江が頭を下げ、部屋を出て行く。

エアコンのスイッチを入れる。ずっと使っていなかったのだろう。ギギギと、錆《さ》び付いた鉄扉をこじ開けるような音が鳴り、かび臭い冷気が噴き出してきた。

「未来を知ることは、決して幸せなんかじゃない……か」

綾日は絶望の中で命を落とした。彼女はいったい何を知ってしまったというのだろう。

首をひねってみたところで、答えが出るはずもなかった。

とにかく、調べてみないことには何も分からない。和樹は床に腰を下ろし、段ボール箱の開封に取り掛かった。


「あのう……」

声を掛けられ、和樹はノートから顔を上げた。廊下から、芳江が心配そうにこちらを見ていた。

窓の外が暗くなっている。勉強机の上の時計は、午後七時を指していた。

「すみません、夢中になってしまって」

急いで、床に散らばった書籍やノートを段ボール箱に戻す。

「夕食の準備をしたのですが、いかがですか？」

「え、でも、そんな……申し訳ないです」

「夫にはずいぶん前に先立たれて、一人きりなんです。一緒に食事をしてくれる人がいると嬉しいんですよ。大したものは出せませんが……」

「いえ、すごく助かります。僕でよければ、ご一緒させてください」

「よかった」と芳江が微笑む。そうして笑うと、写真で見た綾日の面影が感じられた。

「ちなみに、今日はどちらにお泊まりですか？」

「ええと、飯田駅の方に戻って、ビジネスホテルにでも泊まろうと思ってます」

「飯田に？　もう、バスは終わってますよ」

「え、あ、そっか。しまったな……」

「もしよかったら、泊まっていってください。客間は空いていますから」

「いや、それはさすがに……」

「気にしないでください。なんなら、気の済むまで滞在してもらっても構いませんよ。まだ調査には時間がかかるんでしょう？」

　そう指摘され、和樹は未開封の段ボール箱を見回した。一つ一つ丁寧に目を通していたせいで、調査はまだ一割も進んでいなかった。今日中に東京に戻るつもりでいたが、見通しが甘すぎた。このペースだと、一週間や二週間では終わりそうにない。安い宿に泊まるにしても、すぐに手持ちの資金が尽きることは目に見えていた。

「……すみません。じゃあ……」

　お金はいらないと言われたが、食費だけは支払うことを納得してもらった上で、和樹は芳江の厚意に甘えることにした。

食卓に向かうと、すでに料理が机に並んでいた。野菜の炒《いた》め物、卵焼き、味噌汁《みそしる》……簡素ではあるが決して粗末ではない夕食をごちそうになり、和樹は再び綾日の遺した資料を読み始めた。

午後十時半。ぜひにと勧められた風呂に入り、一日の疲れを洗い流す。湯船に浸《つ》かるのはずいぶん久しぶりだった。昨日の今頃は、自宅の狭いユニットバスでシャワーを浴びていたと思うと、とても不思議な気がした。

髪を乾かして客間に入ると、すでに布団が敷いてあった。それを見ると、途端に眠気が込み上げてきた。思った以上に疲弊していたようだ。

紐《ひも》を引っ張って蛍光灯を消し、布団に入ろうとしたところで、和樹は畳にほのかな光が落ちていることに気づいた。

縁側に続く障子が少し開いている。光はその隙間から差し込んでいた。

何の光だろう。障子をそっと引き開け、縁側に出る。

足を踏み入れると、細長いスペースに敷かれた板が、きゅい、と微《かす》かに音を立てた。

裏庭に面したガラス戸に近づく。

何気なく空を見上げ、和樹は息を呑《の》んだ。

そこにあったのは、圧倒的な星空だった。無数の星が、電球よりも眩しく瞬いている。月は見当たらないのに、それでも充分な明るさを感じる。村の名前に「星」という言葉を入れたくなる気持ちがよく分かる夜空だ。

かつて、郁也はこの家を訪れたことがあるという。彼もこの夜空を見たのだろうか。この、果てしない光の粒の煌《きら》めきを。

在りし日の叔父のことを思い出しながら、和樹はしばらく星空を眺め続けた。

## 6　二〇二三年九月十六日（土曜日）

耳が痛くなるほどの静寂の中、和樹は黙々とノートをめくっていた。はらりはらりと紙がめくれる音さえ、ひどくうるさく聞こえるほどだ。

それにしても静かだ。星名村に来て初めて、和樹は本当の意味での静けさを知った。音のしない世界は、恐ろしいものだと勝手に思っていた。だが、こうしてそれに包まれてみると、不思議な楽しさを感じるのだ。ただ一人、自分だけが世界を独占しているような、そんな気分になる。

手を止め、窓の外に目をやる。そこにはのっぺりとした漆黒があるだけだ。もう夜になっているが、電灯を消さない限り、あの美しい星明かりは現れない。

星名村に滞在して、もうひと月以上経つ。和樹は毎晩のように星空を眺めているが、見飽きるということは決してなかった。

ぼんやり窓の向こうの闇を見ていると、廊下から足音が聞こえた。

「滝部さん」と芳江が遠慮がちに声を掛けてきた。「お風呂が沸きましたけど、どうしますか」

「え、ああ、すみません」

するすると引き戸が開き、芳江が顔を覗かせた。

「今日はまた、一段と熱心に作業していましたねえ」

「……読んでも読んでも終わりませんから」と和樹は頭を掻《か》いた。

和樹は毎日、朝から晩まで天文学の専門書や論文、綾日の使っていたノートなどを読み続けている。それにもかかわらず、未開封の段ボール箱はまだいくつか残っている。

「でも、始めの頃よりはずいぶん量が減りましたね。大変だったでしょう」

部屋を見回しながら芳江が感心したように言う。

「そうでもないですよ。天文学にさほど興味はなかったんですが、本を読んでみると面白いんです。星々と人類の関わりを知ることができて、綾日さんがどうして研究にのめり込んだのか分かった気がしました」

「そうなんですね。そう言ってもらえると、私も嬉しいです」

「すみません、ダラダラと居座ってしまって。あと二、三日で終わると思いますから」

「気にしないでください。誰かがいると、こちらも楽しい気持ちになれますから」と芳江が小さく笑う。「それで、調べ物の成果はありましたか？」

　芳江の問い掛けに、和樹はゆるゆると首を振った。

「……いえ、まだ答えは見つかっていません」

　膨大な数の資料に目を通したが、結果は芳しいものではなかった。天文学関連の書籍には何の書き込みもなかったし、ノートにも彼女のアイディアらしきものは一切記載されていなかった。最初から最後まで、単なる数字や記号だけだ。

　自分に知識が足りないせいだと思い、飯田市の図書館に足を運び、天文学関連の勉強もした。しかし、やはり綾日の書き残した数値の意味を解読できなかった。恒星の観測データだろうというところまでは分かったが、それがどういう研究で、何を確かめようとしていたのかは不明なままだ。

　綾日の死後、郁也は彼女の研究データの所有権を主張したという。綾日の研究を引き継ぐつもりで、重要なデータをすべて持ち去った可能性もある。もしそうだとすれば、ここにあるのは彼に「いらない」と判断されたものばかりということになる。調べても何も分からないのは、当然といえば当然なのかもしれなかった。

　もう少しだけ本を読んでから風呂に入ることを伝え、和樹は作業に戻った。

　いま読んでいるのは、『恒星概論――その成り立ちと終末について』という、二万円もする分厚い専門書だった。

綾日はこの手の恒星関連の書籍を三十冊以上所有していた。日本のものより海外のものが多い。英語だけではなくドイツ語の書籍もあった。彼女はそれほどに恒星に興味を持ち、人生を懸けてそれと向き合ってきたのだ。綾日という「日」を含む名前がそうさせたのか。それとも、星名村の美しすぎる星空が、宇宙に対する好奇心を掻き立てたのか。いずれにしても、彼女は間違いなく天文学を愛していたはずだ。

綾日の熱情を感じながらページをめくっていた時、白いものが本の間から滑り落ちた。二つ折りになった、プリンター用紙だった。

開いてみると、そこにはグラフが印刷されていた。縦と横の二つの軸を持つグラフで、何本かの折れ線が描かれている。横軸方向のずれはあるものの、線の形状はどれもまったく同一だった。まっすぐな線のところどころに棘《とげ》のような小さな盛り上がりがあり、右端の辺りでぐっと急激に跳ね上がっている。

こういったグラフは、今まで調べた資料の中にはなかった。綾日の研究に関わるものらしいが、グラフには何の注釈もない。縦軸と横軸がそれぞれ何を意味するのかが分からないと、グラフを読み解くことはできそうにない。

「——ごめんください」

その時、玄関の方から女性の声が聞こえた。

……今の声は……。

「はい、どちら様でしょうか」

芳江が居間を出る気配がした。和樹は引き戸を開けて廊下に顔を出した。

芳江が玄関の戸を開く。やっぱり、と和樹は思った。そこにいたのは桜子だった。水色の長袖シャツと、カーキ色のストレートパンツという格好だ。

和樹は部屋を出て、二人の元へと向かった。和樹に気づき、「ああ、元気そうですね」と桜子が小さく笑う。

「どうしたんですか、こんなところまで」

「私の実家は名古屋にあるんです。連休で帰省したついでに、君の様子を見に来ました。資料の調査は順調ですか？」

「ええ、まあ」

振り返ると、芳江が不安そうにこちらを見ていた。桜子との話を聞かれたくなかったので、「散歩でもしながら話しますよ」と和樹は言った。

「分かりました」

桜子も和樹の意図を感じ取ったらしく、すんなりと外に出て行った。

すぐに戻ると芳江に伝え、桜子に続く。

桜子は家の前の道端に立ち、夜空を見上げていた。

「すごくきれいな星空ですね……」桜子は上空に目を向けたまま、ゆっくりと視線を巡らせた。「これを見られただけでも、二時間かけて来た甲斐《かい》がありました」

「それは何よりです」

「このまま帰ってもいいんですが」そこで桜子は和樹の方に目を向けた。「せっかくですから、調査の成果を聞かせてもらいましょう」

和樹は小さく頷き、竹林へと続く砂利道を歩き出した。

午後九時ともなると、さすがに夜気は涼しさを帯びている。都心と違い、この辺りは舗装されている地面がほとんどない。昼間の熱はすっかり森や大地に吸収されてしまったようだ。

無言のまま二人で並んで歩き、神社へとやってきた。鳥居を抜けた先に、小さな木のベンチが置いてある。

「ここでいいですか」

ベンチを指差すと、「ええ、構いませんよ」と桜子は頷いた。

二人で並んでベンチに腰を下ろす。

「ずいぶんと長い逗留《とうりゅう》ですね」と桜子が切り出した。

「そうですね。星名綾日さんの遺した資料に目を通していたら、あっという間にひと月経ってしまいました」

「なるほど。『天に光が満ちる日』というのは、星名さんの研究に関わることだと考えたわけですね」

「はい。……ですが、今はまだ、ちゃんとした答えは得られていません」と和樹は正直に言った。「ただ、ヒントらしきものは摑みかけています。もう少し時間をもらえませんか」

「時間があれば、私との取り引きは成立すると？」

「……そう信じています」と和樹は息苦しさを感じながら言った。

「もっと早く、君に打ち明けるべきだったかもしれませんね」桜子は嘆息し、遠くの山並みの背後に広がる、絢爛《けんらん》たる星空に目を向けた。「私は警察を辞めるつもりです」

「え？」

突然の告白に二の句が継げなくなる。隣を窺うと、桜子の左頰の傷がはっきりと見えた。薄闇の中で見るそれは、不思議と神々《こうごう》しく思えた。

「私は、この四年半の間、ずっとマダラを取り締まる業務に力を注いできました。かつて、共にマダラを追った同僚のためにと思い、憎しみと共に仕事を続けていたんです。でも、病院で君と話した時に……思ったんです。あの人は、本当にこんなことを望んでいるんだろうか、って」

その言葉で、和樹は桜子の泣き顔を思い出した。あれはその同僚――おそらくはもう亡くなっているのだろう――を思って流した涙だったに違いない。

「それから、いろいろと考えました。そして、決めたんです。警察を辞めて、ＩＭＲＯに入ろうって。末端を叩くのではなく、もう一度マダラ本体と戦うんです。今度こそ、完全にあれを封じ込めるために」

だから、と言って彼女がこちらを向いた。

「あの取り引きはなかったことにしましょう」

「えっ、そ、それって……」

「見逃してあげます、という意味です」と桜子は微笑みながら囁いた。

「……いいんですか？」

「君は他の検挙者と違い、マダラを悪用するつもりはなかったようですから。職務規程に違反しますが、私なりの正義に照らし合わせた結果ですから気にしないでください」

「はあ……それはなんていうか、ありがとうございます」

お辞儀をしてみせたものの、突然の無罪放免に頭が追い付かない。ずっと両足に嵌めていたギプスがいきなり外され、自由に歩けるようになったような気分だった。

桜子はため息をつき、左頰を軽く撫でた。

「会いに来たのは、もう一つ伝えたいことがあったからなんです」

「というと……」

「滝部郁也が、マダラを開発した動機です」

「ええ？」思いがけない桜子の発言に、和樹は反射的に立ち上がっていた。「いや、だって、動機については、分からない部分があるって言ってたじゃないですか」

「確かに、『天に光が満ちる日』という言葉の意味は不明なままです。ただ、彼が狂気に駆られた理由については、ある程度の確からしさをもって説明が可能なのではと思います。警察の公式見解ではなく、あくまで私個人の意見ですが」

「……なぜ、今になってそれを話してくれるんですか」

「君が、私との約束を守ろうと頑張っているからです」と桜子は答えた。「君ならきっと、私の説を受け止めてくれると判断しました」

「……分かりました。じゃあ、聞かせてください」

そう言って、和樹はベンチに座り直した。

「滝部郁也は、とても優秀で理知的な研究者でした。それは客観的に認められる事実です。確かに、星名さんの死は彼にとって大きなショックだったでしょう。しかし、そのことがマダラの開発に直結するとは考えにくいんです。世間に対する復讐で恋人を失った傷が癒えるはずはないですから。それに、マダラはあまりに凶悪すぎます。あそこまでする必要があるとは思えないんです」

「それは、俺もそう思います」と和樹は同意した。

「だから、彼の自宅や大学に残されていたパソコンを徹底的に調べました。ほとんどのデータは消去されていましたが、ごく一部だけ復元に成功しました。マダラに使われている画像によく似たものが発見されたんです。その画像を解析した結果、二〇一五年に作られていたことが分かりました」

「え？　それって……星名綾日さんが亡くなる前ですよね？」

　こくり、と桜子が頷く。

「その日付に気づいたことで、私はある仮説を導き出しました。脳について研究する中で、滝部郁也は人の心理に強い影響を与える映像に興味を持ったのだと思います。個人的な興味からそういう映像を自作し、何度も何度も見返しながら改良を加えていくうちに、彼の脳に異変が起きたのではないでしょうか」

「異変というと……」

「殺人衝動の芽生えです」と桜子は神妙に言った。「映像の研究により、他者への敵意が彼の知らぬ間に蓄積していった。そして、それは星名さんの自殺によって解き放たれ、マダラという悪魔を生み出した……私はそう考えています」

「そんな……じゃあ、郁也さんには悪意はなかったってことですか」

「おそらくは。彼もまた、マダラに操られていた一人だったんです」

　和樹は膝の上で拳を握り締め、大きく息を吐き出した。

　郁也がマダラの製作者だと報道されてから、和樹の人生は一変した。友人を失い、教師や近所の住民からも冷たくあしらわれるようになった。近所を歩けば指を差され、時には罵声を浴びせられることもあった。

そんな日々の中で、和樹は郁也の真意を知ることを目的に生きてきた。その大きな目標が、思いがけなく叶ってしまった。

嬉しさや達成感はまるでなかった。あるのはどうしようもないほど深くて重い喪失感だけだった。

## 7　二〇二三年十月六日（金曜日）

長かった夏季休暇が終わり、大学の講義が再開しても、和樹はやる気を出せずにいた。相変わらず同級生から避けられながら講義を受け、誰とも話すことなく帰宅する。和樹はそんな単調な毎日を、機械のようにこなしていた。

その日も似たようなものだった。ふと気づくと、一日の最後の講義が終わっていた。手元のノートに目を落とすと、開いた両ページともが真っ白だった。虚《むな》しさと共にノートを閉じ、無造作にカバンに仕舞った。

周りの同級生たちは、これから遊びに行く話をしている。和樹はそこで初めて、今日が金曜日だと思い至った。本当だろうか、と不思議に思う。感覚的にはまだ火曜日くらいの感じがする。何日か時間が飛んでしまったような気分だった。

とにかく、ここにいても誰かに誘われることはないし、誘われたところで空気を読んで断るだけだ。はしゃいでいる同級生たちを尻目に、階段状の通路を上がって出入口に向かう。

講義室を出た時、「おい」と呼び止められた。

視線を向けると、岩美恭平が廊下に立っていた。和樹を待っていたらしい。

「……何か?」

そう尋ねた瞬間、岩美に襟首を摑まれた。

「夏休みに食堂で会った時に言ったよな、大学を辞めろって。なのになんでまだここにいるんだよ」

「……別に、いてもいいだろ」

投げやりに答えると同時に、左頬に衝撃が走った。

廊下に倒れ込み、和樹は首を振った。血の味がする。口の中を切ってしまったらしい。それでようやく、殴られたのだと気づいた。

講義室から出てきた同級生たちは手を差し伸べるどころか、醒めた視線をこちらに向けながら去っていく。殴られて当然だ、とその目が言っていた。

和樹は手の甲で口を拭うと、のろのろと立ち上がった。

「おい、なんとか言えよ」

岩美がまたこちらとの距離を詰めようとする。和樹は彼に背を向け、その場から逃げ出した。

廊下の途中で振り返るが、岩美はこちらを追おうとはしていなかった。その場に立ったまま、ひたすら和樹を睨んでいた。

「逃げるのかよ！　この卑怯者《ひきようもの》！」

岩美が叫ぶ。和樹はもう後ろを振り向きはしなかった。言い争うことも、殴り合うことも御免だと思った。とにかく、何もかもが億劫《おつくう》で仕方なかった。

駅前を一時間ほどうろついたものの、どうやっても食欲は湧いてこなかった。食事をとるのを諦め、和樹は午後七時前に自宅に戻ってきた。

ベッドに寝転び、いつものようにラジオのスイッチを入れると、ちょうど夜のニュースをやっていた。

『……本日、フランスが核弾頭の解体の完了を発表しました。イギリスに次いで二カ国目の解体完了となります。ロシアやアメリカでもこの作業が順調に進んでおり、二年以内にはすべての核弾頭が……』

男性キャスターが読み上げるニュースを、和樹はぼんやりと聞いていた。

マダラの影響で、世界は核を捨てる方向へと着実に進んでいる。もう、核戦争が起こる恐れはないだろう。だからといって、心が晴れるわけではなかった。そもそも、世の中の動きに興味が持てない。何を聞いてもどうでもいいと思ってしまう。

郁也の考えていたことがすべて解明されたわけではない。少なくとも、「天に光が満ちる日」という言葉の意味は分からずじまいだ。ただ、それを調べようという気力は、桜子と話したあの夜以来消えてしまった。

適当なところでラジオを消し、和樹は目を閉じた。そうやって仰向けになると、それきり体を動かしたくなくなる。心も体も疲弊していることがよく分かる。

この夏の異常な暑さは、十月に入ってもまだ続いていた。例年なら二〇℃台で落ち着くはずの最高気温は未だに三〇℃を超えているし、秋とは思えないほど夜でも蒸し暑い。冷房を多用できないこともあり、毎日寝苦しい夜を過ごしている。目標を無くしたという虚しさと、体を蝕《むしば》む熱。疲労が抜けずに蓄積していくのは必然だった。

頬に手を当てると、殴られたところは少し腫れていた。そこだけが別の生き物のように強い熱を帯びていた。

大きくため息をついた時、枕元で携帯電話が震え出した。

のろのろと手を伸ばし、二つ折りのそれを開く。画面に出ている名前を見て、和樹は顔をしかめた。発信者は〈先生〉と表示されていた。

無視しようかと思ったが、彼がなぜ今になって連絡を寄越《よこ》したのかが気になった。和樹は寝転がったまま携帯電話を耳に当てた。

「……よう」

「声に覇気がないな」と先生は小馬鹿にするように言った。「でも、電話に出られるってことは逮捕はされてないみたいだな」

「なんとかな」

和樹はそこで、自分が苛立《いらだ》っていないことに気づいた。確かに先生は和樹を裏切った。しかし、今ならその気持ちが分かる気もする。ずっと追い掛けてきた目標が、第三者によって叶えられてしまう。そのやるせなさは嫌というほど理解できる。

和樹はベッドから起き上がり、壁に背中を押し当てた。

「で、何の用だ？」

「会って話がしたいんだ」と先生は声を潜めた。「頼みがある」

「俺がそれを受けると思ってるのか？」

「受けないなら別に構わない。心当たりに片っ端から連絡してるだけだからさ。興味がないんだな？　じゃ、切るよ」

「そんなに焦るなよ」と和樹は待ったを掛けた。あっさり切られてしまっては、もやもやが残ったままになってしまう。「一応、聞くだけ聞くよ」

「悪いけど、電話じゃ話せない。盗聴されてないとも限らないからな」

「……ずいぶん用心深いな」

「そりゃそうさ。だって、アレの話だからさ」

「……アレってなんだよ」

「だから、電話じゃ言えないことだよ。大体分かるだろ」

持って回った言い方で和樹は先生の言わんとすることを察した。おそらく、マダラに関係する話なのだろう。

先生の頼みを断ることは簡単だったが、秘密をちらつかされると気になってしまう。

「いいよ」と和樹は言った。「会って話そう」


午後十時。和樹は先生との待ち合わせ場所である井の頭公園にやってきた。

じっとりと湿気の籠った公園は暗い。節電のために街灯の明かりが落とされているからだ。鬱蒼《うっそう》とした木々と黒い水を湛《たた》えた広大な池が醸し出す空気は不気味の一言で、得体の知れない獣が今にも飛び出してきそうな気がした。そのせいだろうか、公園を歩いている人影は皆無だった。

ただ、その暗さのおかげで相対的に夜空は明るく感じられる。もちろん、星名村で見た星空とは比べ物にならないほど光に乏しいが、それでもいくつかの星は精一杯輝いていた。

そんな風に空を見ながら池のほとりをぶらついていると、「足元、危ないぜ」と声を掛けられた。

そちらに目を向ける。ニット帽にマスク姿の男がベンチに座っている。顔を隠しているが、そのことが逆に個性となって表れていた。先生だ。

「元気そうだな」

近づくと、彼の体から放たれる異臭が鼻腔を突いた。汗や脂や垢《あか》の混じった臭いだ。

「やっぱり臭いか」と先生が言う。「公園のトイレで時々体は洗ってるんだけどな」

「……公園って、ここのか？」

「そうだよ。親父が死んで、家賃が払えなくなったからアパートを追い出されたんだ。頼れる親戚もいないし、ずっとこの辺りをウロウロしてるよ。異常気象のおかげで、夜でも寒くないから余裕で野宿できてる。このままずっと冬が来なければいいのに、って思ってるよ」

「苦労してるんだな」

「別にどうってことないさ。気楽な暮らしだよ」

和樹はポケットに手を突っ込み、先生の目の前に立った。

「話っていうのは、マダラのことなんだろ」

「ああ、そうさ」

先生は頷き、足元に置いてあったリュックサックからタブレット端末を取り出した。厚みのある、かなり古い型のものだ。

「アパートを追い出されてから、オイラはマダラの情報を売って生活してきた。それくらいしか金を稼ぐ方法がなかったからな。その中で、たまたまこのタブレット端末を入手したんだ。どこかの家電量販店の倉庫に眠ってたものらしい」

先生はタブレット端末の電源を入れながら、「この中にマダラが入ってる」と言った。

「入ってるって……本物か？」

「ああ、そうだ。ウェブに繋げたことがないから、アンチマダラは入ってない。自由にアプリを起動できる」

「……本物だってどうして分かるんだ」

「前の持ち主が殺人で逮捕されたからだよ」と先生はあっさりと答えた。「オイラと同じように、この辺りを根城にしてたオッサンなんだけどさ。マダラを見て、前の職場の上司を殺しちゃったんだ。そのオッサンとはいろいろ身の上話なんかもしてて、『俺がいなくなったら、持ち物は自由にしていい』って言われてた。だから、警察に押収されるまえに回収できたんだ」

ちらりと画面に目を向ける。ホーム画面には、黒地の正方形に赤い丸が描かれたアイコンが表示されていた。画像は見たことがあったが、本物を目にするのはそれが初めてだった。

和樹はそこから目を逸らしつつ、「それ、どうするつもりなんだ」と尋ねた。

「うん。頼みってのは、もちろんマダラのことなんだけど……。もしよかったら、これを誰かに見せてくれないか？」

「マダラをか？　そんなことしたら……」

「もちろん、そいつは殺人鬼になる」と先生が頷く。「それでいいんだ。そいつにオイラを殺させるんだよ」

「先生を……殺させる？」

「こうやって公園で生活はしてるけどさ、正直、楽しくてそうしてるわけじゃないんだ。死ねないから……死ぬ勇気が持てないから、仕方なく生きてるだけなんだよ。だから、誰かに殺してもらいたいって、そう思うんだ。で、どうせ殺されるなら、あんたの憎んでる相手を犯人にすればいいって考えたんだよ。あんたには迷惑を掛けたからな。言ってみれば最期《さいご》のサービスみたいなもんだ。そっちにはデメリットはないだろ」

先生は訴えかけるように早口で言い、「ほら」とタブレット端末を差し出した。

闇の中に浮かび上がるマダラのアイコンを目にした時、岩美の顔が脳裏に蘇《よみがえ》った。

岩美は同級生の中で最も攻撃的な態度を取り続けている。あの男がいなくなっても周囲からの評価が変わることはないだろうが、物理的な暴力を受ける恐れはなくなるだろう。大学を辞める必要もない。誰とも関わることのない、孤独で平穏な日々を手にすることができる。

そこまで考えたところで、和樹は首を振った。

「……いや、いいよ。遠慮する」

「なんでだよ。嫌いな人間の人生を壊せるんだぜ」

「そんなに憎んでる相手はいないし、先生を殺させたって負い目を抱えたくはないからな。こんなもの、ない方がいいんだ」

和樹はそう言うと、タブレット端末を摑んで素早く放り投げた。黒い板は闇の中を飛び、真っ暗な池に飲み込まれていった。

「おい！　何すんだよ！」

先生が立ち上がり、摑みかかってくる。「俺が断っても、別の人間が引き受けたら意味ないだろ！」と和樹は先生を押し返した。

先生が倒れるようにベンチに腰を下ろす。

彼は頭を抱え込み、「死なせてくれよ……」と懇願するように囁いた。

和樹は先生の隣に座り、重なり合う木々の枝の間から見える夜空を見上げた。

「死ぬな、なんて無責任なことを言うつもりはないよ。目標が叶うとむなしくなるよな。

俺もいつ死んでもいいって思ってるくらいだし」

「……Kもか？」

「ああ」と頷き、和樹はこの二カ月ほどの間に起きたことを説明した。

話を聞き終え、先生は「……そんなことがあったのか」と神妙に言った。

「マダラを開発した動機なんてものは存在しないって分かってから、何をしても張り合いがなくてさ。毎日、死んだみたいに生きてるんだ。生きてる意味なんてないって思う。でも、先生に自分の話をしてて、気づいたよ。生きる意味はないけど、急いで死ぬ理由もないなって。だったら、生きていようかなって思うよ。死ぬのも殺されるのも痛いし苦しいと思うしさ」

「……オイラに公園暮らしを続けろって言うのか？」

「未成年なんだろ？　申し出れば行政がサポートしてくれるんじゃないかな」

「役所なんて信用できないね」

「じゃあ、さっきの話に出てきた、長町さんに相談してみるよ。あの人ならなんとかしてくれる気がするし」

和樹が笑ってみせると、先生はニット帽の上から頭を掻いた。

「……まあ、あんたが世話を焼いてくれるなら、その刑事と話くらいはしてもいいぜ」

「決まりだな。じゃ、今日のうちに連絡を入れとくよ。あと、これ」

和樹は財布から一万円札を出し、先生に差し出した。

「……何の金だよ」

「タブレット端末の弁償のつもり。近いうちに長町さんと会うことになると思う。これで風呂に入って、服も新しくした方がいい」

「……あのタブレットを闇マーケットで捌《さば》けば、軽く百万円は稼げたと思うけどな。ま、受け取っておいてやるよ」

先生は一万円札を無造作に摑み、汚れたジーンズのポケットに突っ込んだ。

「じゃあ、今日はもう帰るから。面会の日程が決まったら連絡する」

ベンチから腰を上げ、立ち去ろうとしたところで、「なあ、K」と先生に呼ばれた。

「さっきの話で一つ気になったことがあったんだけど」

「なんだよ」

「マダラの開発中、滝部郁也は半ばプログラムに操られている状態にあったんだろ？　より多くの人間を殺意の渦に放り込むために、マダラの改良を続けていたんだよな」

「そうだと思う」

「とにかく人を殺したい。それがマダラの意志ってことだよな。その目的と、星名綾日って天文学者がどう絡むんだ？」

「……どういう意味だ？」

「滝部郁也は婚約者だった星名綾日の遺した資料を持ち去ったんだろ。その意図がよく分からないって言ってるんだよ。その女は恒星の研究をしていただけなんだろ？　資料を読みふけったところで、殺意を拡散する役に立つとは思えないんだ」

「……言われてみれば、確かに」

　桜子から告げられた事実があまりにショッキングだったため、和樹は郁也の行動に関して考えることを放棄していた。先生に指摘されて初めて、和樹は郁也の行動の不自然さに気づいた。確かに意味不明だ。宇宙と殺人に、何の関係があるというのだろう。

「天に光が満ちる日」。その言葉が鍵を握っているのだろうか。

　綾日は生前、「天に光が満ちたら、大変なことが起きる」と母親に言っていた。その予言が、綾日の研究の成果だったとしたら、研究室のボスだった和田山が拒絶反応を示したのも理解できる。万が一予想が外れた時のことを考えると、とても公表できないような内容だったのだろう。

　では、それはいったい……。

　地面を見つめながら思考に没頭していると、「な、なんだあれ」と先生が立ち上がった。

「ん？　急にどうしたんだ？」

「あれだよ、あれ」

先生が空を指差す。そちらに目を向け、和樹は息を呑んだ。

都会の夜空に、あり得ないものが出現していた。けなげに瞬く星たちを優しく包み込むように、緑色に光るカーテンが夜空で揺らめいている。

「オーロラだ……」

呆然と呟いた瞬間、和樹の頭の中にグラフが浮かんできた。天文学の本に挟まっていた、逆L字型の線が描かれたものだ。

恒星を研究していた綾日が作成した、複数本のグラフ。グラフはどれも同じ形をしていた。

それは、恒星が同じ振る舞いをすることを意味しているのではないか――？

閃《ひらめ》いた可能性が、いつか読んだ、綾日のインタビュー記事と繋がる。

――太陽は、人類の母のような存在です。

――太陽は、優しいばかりではありません。

――「彼女」が穏やかであるうちに、しっかりと対話をしていかねばならないのです。

綾日はそう語っていた。

「そうか……綾日さんは、この現象を予測していたんだ」

和樹は妖しく揺れるオーロラを見つめながら言った。

「予測……？」

ああ、と和樹は頷いた。

「やっと分かったよ。今日が、『天に光が満ちる日』なんだ」

# エピローグ　二〇二五年四月二十三日（水曜日）

「――あ、ほら、あれ」

助手席の桜子が声を上げる。

和樹はトラックの速度を緩めてちらりとそちらに目を向けた。谷川を挟んだ向かいの山の斜面に、ちらほらとピンクの木が見える。桜だ。午後の日差しを浴びて光る緑たちと、淡い桃色のコントラストが美しい。

「いい景色ですね。今はちょうど見ごろなんですかね」

「まだ満開じゃないと思いますよ。東京に比べると、この辺りは標高が高いですから」

「そっか。残念だな。もう少しあとに来た方がよかったですね」

「そういうわけにはまいりません」と桜子が真面目くさった口調で言う。「困ってる人がいるんですから、少しでも早く駆けつけないと。それが私たちの役目です」

「確かに。じゃあ、もっとスピードを上げましょうか」

「ええ。ただし、安全運転でよろしくお願いします」

急なカーブを曲がり、アクセルを踏み込もうとしたところで、道の脇の看板に気づいた。〈星名村まであと2ｋｍ〉とあった。

「……懐かしいですね」と和樹はしみじみと言った。

「そうですね。またここに足を運ぶことになるとは思ってもみませんでした」

「僕もです」と和樹は頷いた。

あの頃と何も変わらない山道を進みながら、和樹は自問自答した。あの逗留の間に自分が真相に気づいていたら、今のような事態を避けられただろうか、と。

たぶん難しかっただろうな、と和樹は思った。一介の大学生にすぎない自分の意見だけで、世界を動かすことはできなかっただろう。だから、おそらくこれは必然だったのではないか。「天に光が満ちる日」は訪れるべくして訪れたのだ。和樹はそんな風に自分の中で結論付けた。

一年半前のあの一夜を境に、世界は大きく姿を変えた。

太陽の表面では、フレアと呼ばれる巨大な爆発現象が頻繁に起きている。数百万、あるいは数千万個の水素爆弾と同等のエネルギーを持つ、太陽系で最大の爆発だ。フレアにより、太陽の外層大気であるコロナの温度は数千万度にまで熱せられるという。

二〇二三年十月六日、日本時間の午後六時過ぎ。観測史上類を見ないほどの規模のフレアが発生した。

フレアは、強力な電磁波や高いエネルギーを帯びた粒子の発生を伴う。地球に到達したそれらは、最初にオーロラと電波障害を、それから三日後に送電線、高圧変圧器の破壊を全世界規模で引き起こした。

フレアの影響そのものは一週間程度で鎮静化したものの、その被害は甚大だった。送電設備の故障により、大規模な停電が発生したのだ。設備の修復をしようにも、その材料を生産するための電気がない。復旧への道のりは長く険しいものにならざるを得なかった。

そんな状況で注目を集めたのが、自家発電だった。外からの電力供給を待つのではなく、自宅や会社で電気を作り、生活を安定させようという試みだ。中でも特に重宝されたのが太陽光発電だった。

二十一世紀になり、「再生可能エネルギーを増やす」というコンセプトに基づき、日本各地に大規模な太陽光発電システムが設けられていた。フレア発生後の調査により、太陽光発電パネルの多くは被害を免れていたことが分かった。そこで、大規模に展開されていた設備を分解し、各家庭に届けるという動きが生まれた。

和樹は大学を中退し、その活動を行っているＮＰＯに参加している。桜子に誘われたのだ。

山道をしばらく走り、トラックの幅ぎりぎりの細い道を通って和樹たちは星名村へとやってきた。先乗りしていたＮＰＯのメンバーたちは、すでに作業を始めていた。

「よし、じゃあ俺たちもやりますか」

和樹は作業着の袖をまくり、軍手を嵌めてから、桜子と共に車を降りた。

太陽光パネルを下ろそうとトラックの貨物室の扉を開けたところで、「あの」と声を掛けられた。そこにいたのは芳江だった。

「ああ、どうも。ご無沙汰してます」

懐かしそうに目を細める芳江に、和樹は深々と頭を下げた。彼女と顔を合わせるのは、二年前の九月以来だった。以前よりさらに白髪が増え、少し痩せただろうか。ただ、顔色は悪くない。元気そうだった。

「すみません、こんな田舎まで……」

「俺たちの活動エリアはこういうところばっかりですよ。地方の方が、送電設備の修理が追い付いていないのが実情ですから」と和樹は白い歯を見せた。「それに、長い間家に泊めてもらいましたから。そのお礼だと思ってください」

「何か手伝えることは……」

「いやいや、気にしないでください。こちらで全部やりますから。ねえ、桜子さん」

「そうです。体は大きくないですけど、こう見えても力持ちなんですよ」

真顔で桜子が力こぶを作ってみせる。芳江は「心強いですね」と少女のようにくすくすと笑った。「休憩の時に、ぜひうちに寄ってください。美味《おい》しいお茶を淹《い》れる準備をしてておきますから」

「ありがとうございます」

図らずも、和樹と桜子の声が重なった。芳江はまた小さく笑い、お辞儀をしながら去っていった。

遠ざかっていく芳江の背中を見つめながら、「……お母さんを見ていると、星名綾日さんに会いたくなってきますね」と桜子がぽつりと言った。

「そうですね。人柄もそうですけど、綾日さんは研究者としてもすごい人だったみたいですし」

綾日は恒星の観測データから、その活動パターンを精密に解析する手法を編み出していた。その手法を元に太陽と同サイズの恒星の活動を調べる中で、フレアの強度が一定のパターンを示すことに彼女は気づいた。それこそが、綾日の遺した資料の中から和樹が発見したグラフに他ならなかった。

恒星は小規模のフレアと中規模のフレアを一定回数繰り返したのちに、破滅的な大爆発を起こす。そしてそれは極めて高い精度で予測が可能である。そういう仮説だ。

彼女はその説を論文として発表するつもりだったのだろう。だが、その影響力の大きさに恐れをなした和田山教授は、予想の公表を差し控えるように綾日に命じた。

綾日は和田山を説得するために、具体的なデータを集め、フレア理論を補強しようと努力した。だが、その中で心を病み、自ら命を絶ってしまった——それが、綾日の死の真相だろうと和樹は考えていた。

「マダラに操られた滝部郁也が彼女の研究データを廃棄しなければ……こんなことにはならなかったかもしれません」と桜子が悔しそうに言う。

「でも、取り返しのつかない事態は起きなかったですよね。原発は停まってたし、核爆弾は大半が処分されてたし。もしそれらが生きてたら、どんな悲劇が起きたか分からないですよ」

「……それはそうですが」

「ひょっとして、マダラが人間を助けてくれたんですかね」

ぽつりとこぼした一言に、「はあ!?」と桜子が眉根を寄せる。「何を馬鹿なことを。それはあまりにマダラに都合のいい解釈です。人殺しのプログラムが、そんな目的のために作られたなんてひどい妄想です」

「しかし、事実としてですね……」

「議論の余地はありません」と桜子が冷たく言い放つ。「マダラが人類を救うために活動していたのなら、事前にフレアのことを公表していたはずです。大停電で大きな経済的損失が出ることは分かりきってたんですから。マダラはそれを許さなかった。あのプログラムは、やはり人間を滅ぼすために動いていたんです。間違いありません！」

「意見が合いませんね」

「ええ。持論を取り下げるつもりはありません」

苦笑し、和樹はトラックにもたれた。

「……マダラって、いったい何だったんでしょうね」

桜子と共に働くようになり、折に触れて彼女からマダラのことを聞かされてきた。

始まりは、ある私立大学の学生のスマートフォンだった。持ち主はアプリのモニターという形で自らマダラをインストールし、その毒牙に掛かって友人を殺《あや》めた。他にも、日本各地で似たような事件が起きた。

実験台となった彼らのデータを元にブラッシュアップされ、さらに凶悪性を増したマダラは、世界中を恐怖の底に突き落とした。誰もが加害者にも被害者にもなりうるという、殺伐とした緊張感を生み出したのだ。特に、東京ドームで起きた大量殺人は、おそらくは人類史に残るであろう惨劇となった。

マダラは拡大を続け、テレビやインターネットといったメディアを破壊し、それらが生まれる前の時空へと人々をタイムスリップさせた。

そしてマダラは、天に光が満ちる日——星名綾日が予言したその日の到来を隠蔽し、またもう一段階、世界を変化させた……。

こうして振り返ると、その振る舞いはコンピューターのプログラムというより、むしろウイルスに似ているような気がした。中世ヨーロッパで猛威を振るったペスト、あるいは、スペインかぜと呼ばれた、二十世紀初頭のインフルエンザ……そういった感染症を連想させる。

そういう意味では、マダラもまた、神が人類に与えた試練の一つなのかもしれない。

和樹は自分なりにそんな解釈をしていた。

桜子はしばらく黙り込んでいたが、やがて「もうやめておきましょう。マダラはもうどこにもいないんですから」と首を横に振った。

「まあ、そうですね……」

フレアの大爆発によって世界規模の停電が起きたのと並行して、奇妙な現象が発生した。IMROで管理していたコンピューターから、研究用に保存していたマダラのデータが消えてしまったのだ。また、警察が押収した、マダラのデータ入りのDVDやUSBメモリも、すべて読み取り不可能になっていた。メカニズムはよく分からないが、どうやらフレアはマダラを地球上から焼き払ったらしかった。

IMROは解体されたが、桜子はフレアの発生後に警察を辞め、停電の復旧作業に従事するNPOの一員となった。彼女なりに思うところがあるのだろう。

「――おーいっ」

と、その時、どたどたという足音と共に、頭に紺のバンダナを巻いた男が駆け寄ってきた。

「ああ、先生」と和樹は彼を迎えた。彼もまた、このNPOの一員だ。和樹と同じように桜子にスカウトされた口だ。

「ああ、じゃないよ」と先生が口を尖《とが》らせる。「何二人でお喋《しゃべ》りを楽しんでるんだよ。作業開始時刻はもう過ぎてるっつーの」

「すぐ始めるって。ちょうどいいや。先生も手伝ってくれよ」

「オイラは最初からそのつもりだよ。二人がトロトロしてるから、見てられなくって」

そう言って、先生が軍手を嵌めた手をぱんと叩《たた》く。彼はもう、ニット帽もマスクも身につけていない。火傷の痕を隠さずに働く先生は生き生きとしていて、十代の若者らしい活力に溢《あふ》れている。まかり間違っても、自殺したいなどとは言い出さないだろう。

「では、労働はお二人に任せます。私は村長さんと設置に関する打ち合わせがありますので」

「ちょっと」和樹は立ち去ろうとする桜子の腕を掴んだ。「さっき力こぶを見せつけてたじゃないですか。自慢の筋肉、存分に活躍させてやってくださいよ」

「そうっすよ。うまいこと言ってサボろうったって、そうはいかないっす」

「そういうつもりはないんですけどね」と桜子が肩をすくめる。「分かりました。さっさと片付けてしまいましょう。芳江さんが美味しいお茶を準備して待ってくれていますからね」

「了解です、長町殿！」と先生が半笑いで敬礼の真似《まね》をする。

「ふざけてたら怪我をしますよ。このパネルは重いんですから。私と和樹くんで下ろしますから、君は台車に載せていってください」

桜子が腕まくりをして、トラックの貨物室に上がる。

彼女に続き、和樹も縁に足を掛けて貨物室に飛び乗った。

立ち上がって振り返ると、遠くの山並みの上方に太陽があった。

途方もない距離を隔てた場所で燃え続ける星から届く、恵みと厳しさに満ちた光。

いつもと変わらないはずのその白い光が、今日はなぜかとても優しく感じられた。

# 解説

茶木則雄

作家の五年生存率五パーセント、という言葉をご存知だろうか。

これは、なんらかのかたちでデビューした小説家が、五年以内に生き残っている——つまり作品を発表し続けている、もしくは出版社から執筆依頼のある——確率は、五パーセントしかない、という事象を示唆したものだ。一般に七パーセント強と言われている胃がんのステージⅣをも超える、恐るべき生存率の低さである。もっとも、これは統計的に立証された数字ではない。誰が言い出したかも定かでない、いわば当て推量のいい加減な数字である。単なる風説、仮説の類に過ぎない。

しかし、体感的には、首肯でき得る風説だ。名のある出版社が主催する新人賞ですら、五年後もコンスタントに作品を上梓《じょうし》している作家は、三人にひとりくらいだろう。地方の新人賞や自費出版まで入れると、二十人にひとりという確率は、あながちオーバーな数字とは思えない。

三十年近くいろんな新人賞の予選委員や選考委員を務めてきたが、生き残る新人作家には共通点がある。ひとつは、言わずもがなの文章力。視点の確立、適切な比喩、正しい助詞（てにをは）等がこれに当たる。ふたつ目はキャラクタリゼイション、いわゆる人物造型だ。無機質な記号的存在ではなく、血肉の通った人間として登場人物を描けているかどうか。テーマの選択、ディテールの確かさ、など他にも留意すべき点はあるが、選考委員が——少なくとも私が、才能を判断する上で最も重視するのは、プロットの出来不出来である。作家志望者にとって、遺漏なきプロット創りは難関中の難関、攻略すべき最後の本丸——いまで言うところのラスボス、であろう。

では、プロットの要とはなにか。平たく言えば、説得力である。ある状況下における作中人物の心理、行動に違和感がないか。整合性はとれているか。自分がその人物だとしたら、同じように考え、似たような行動をとるか。自らを説得できる力がなければ、ディテールがどんなに確かだろうが、物語は嘘《うそ》っぱちに感じられてしまう。そこにリアリティは生じ得ない。リアリティ＝説得力＝プロット、それが持論だ。

第9回『このミステリーがすごい！』大賞の選考過程で、作者のデビュー作『ラブ・ケミストリー』を読んだとき、ああ、間違いなくこの人は書ける人だ、そう確信した。筆力、人物造型、説得力の、作家版「三種の神器」を持ち合わせていたからである。『ラブ・ケミストリー』はファンタジーの世界観に立脚していて、ラブ・コメの要素が強いことから、大賞には推さなかったが、読後感がすこぶる良く、リーダビリティも高い。本にすることには、何の異論もなかった。ちなみに、そのときの大賞受賞作は乾《いぬい》緑郎《ろくろう》『完全なる首長竜の日』で、著者と優秀賞を分け合ったのは佐藤青南《せいなん》『ある少女にまつわる殺人の告白』である。『このミス』大賞史上、稀《まれ》に見る、大豊作の年だった。なんなれば全員が、作家生存率五パーセントの壁を打ち破っているのだから。

二〇一一年の作家デビュー以来、著者はすでに二十作を超える小説を発表している。正直言って、全作品を読破しているわけではないが、少なくとも自分が監修の任を担っていた『このミス』大賞シリーズ関連の作品は、ショート・ショートも含めて、読んで損のない上質のエンターテイメント、と断言できる。著者はすでに多くの読者を獲得しているが、もっともっと、評価されて然るべき小説家だろう、当時からそう思っていた。

新作『マダラ　死を呼ぶ悪魔のアプリ』を読んで、その意は、ますます強まった。

物語は、三人の大学生が〈マダラ〉という制作過程の未公開アプリを、スマートフォンで起動するところから幕を開ける。ははん、視点人物の大学生が、重要人物として内容不明のアプリ〈マダラ〉の謎を解いていくのだな。と思いきや、視点はすぐさま警視庁刑事部捜査第一課の若手刑事に移る。所轄のベテラン刑事と組んで、不可解な多重殺人の鑑取り（被害者の人物像や交遊関係を調べる捜査）のため、三人が通っていた大学を訪れるのだ。実はなんと、この三人は血塗《ちまみ》れの死体となってアパートの一室で発見されていたのである。しかも鑑識捜査から、三人は三つ巴の殺し合いをした可能性が高い、との見立てがなされる。と、これがphase0――つまりは序章だ。ほんの数ページで、著者は実に魅力的な謎を提示してみせるのである。

辞書によるとphaseとは英語で、(変化、発達の)段階、時期を意味する。phase0はインストール、1はベータテスト、2はアップデート、3はリリース、4はクローズの章題がつけられているが、読後、改めて見直すと、実に練り込まれた見事な構成、と感嘆せざるを得ない。

本書のさわりを知った読者のなかには、なんだ、『リング』の焼き直しじゃん、呪いのビデオがアプリに変わっただけだろ、と早合点する向きもあるかもしれない。しかしこれは、とんでもない誤解だ。確かに、本書が『リング』にインスパイアされたことは事実だろう。ビデオテープをアプリに置き換えたら、との発想が根幹にあったであろうことは、想像に難くない。

しかし、繰り返しになるが、そして語気を強めて言うが、本書は『リング』の、単なる換骨奪胎ではない。とある閉ざされた空間での凄絶な殺し合いは、『ゾンビ』や『バトル・ロワイアル』を彷彿とさせるし、伝染病のパンデミックのごとき猛威は、『ホット・ゾーン』におけるエボラのそれを思わせる。が、それらの亜流とひと言でかたづけるのは、本質を見誤っている。

章ごとに変わる、いや変わらざるを得ない、視点。次々と覆される予想外の展開。優れたアクティビティ（今日性）。気宇壮大な着想。希望の曙光《しょこう》が仄見《ほのみ》えるハートウォーミングなラスト。私なんぞは、少し見ない間に立派になられて――と、まるで近所のおばさんが、大人になって成功した知己を見るような心境になった。

リアリティ＝説得力＝プロットの点において、喜多喜久の才気は、ますます研ぎ澄まされた観がある。この物語の成否は、偏《ひとえ》に〈マダラ〉のリアリティにかかっている。アプリの内容を詳述したphase 1のベータテストは、本書の白眉と言っていいだろう。視覚と聴覚――人間の心理と外的刺激の関連性を科学的知見に基づき、この忌まわしい仮想のアプリを、余すところなく活写している。

これはヤバイやつだ。この章を読み始めた読者のなかには、そう感じる人も少なくないと思う。私自身も、読みながら船酔いにも似た、得も言われぬ不快感、浮遊感に捉われた。微に入り細を穿《うが》つ作者の描写力が、まるで実際に〈マダラ〉を起動させたかのような、臨場感を醸し出しているからである。不快に感じるにもかかわらず、先が気になってページを繰る手が止まらない。いったい誰が、何の目的で、こんなものを作ったのか。全容を知るまで、本を閉じることは不可能だった。

このベータテストの章で注目すべきは、得体の知れないアプリをインストールし、それを起動させる人間の心理とモチベーションだろう。作者は、好奇心のひと言でかたづけず、キャラクタリゼイションや状況設定に工夫を凝らし、周到な動機付けを施している。こういうシチュエーションなら、自分も同じ行動をとるかもしれない。そう思わせるに充分な説得力が本書にはある。このアプリを通して、恋人関係が無残に崩壊し、砕け散る様は、これまで描かれてきた理系絶食男子の恋愛模様とは、明らかな一線を画す。著者の新機軸と言っても、過言ではない。私なんぞは、おいおいおい――ここまでやるのか、と思わず声を上げたほどである。

phaseには、実のところもうひとつ別の意味がある。興味のある方は辞書で確かめていただきたい。作者の企《たくら》みの深さに、舌を巻くことだろう。

本書は作家・喜多喜久の新たな飛躍を告げる野心的傑作である、と断言するに吝《やぶさ》かでない。さらなるブレークを遂げる日は、決して遠くないだろう。

読者は、喜多喜久の作家的成長を、その目でしかと見届けてほしい。いままでとは一味も二味も違う作風に、驚きの念を抱くこと請け合いだ。

とはいえ、先述したように、本書のラストにはハートウォーミングな結末が待ち受けている。phase2のアップデートに登場する、脳神経科学を研究する青年と生物遺伝学研究室に籍を置く女子学生の掛け合いは、喜多作品に通底するほのぼの感（ほのぼのだけで済まないのが、本書の怖いところではあるが）に満ちている。喜多喜久ファンは、どうか安心してページを開いていただきたい。

いやはやそれにしても、しばらく見ない間に、こんなに立派になられて——。

（ちゃき・のりお　書評家）

本書は、集英社文庫のために書き下ろされた作品です。

喜多喜久の本

# 真夏の異邦人

## 超常現象研究会のフィールドワーク

オカルト研究サークルに所属する星原は、フィールドワーク先の村で不思議な美少女と出会う。まるで宇宙人のような彼女の正体と村で起こった凄惨な事件の関係は？　ＳＦ青春ミステリー。

喜多喜久の本

## リケコイ。

恋愛経験ゼロ。冴えない理系大学院生の森は、ある日、黒髪メガネの年下リケジョ・羽生さんに一目惚れ。どこまでも不器用で、思わず応援したくなる、歯がゆさ満載の青春ストーリー。

## 集英社文庫　目録（日本文学）

川上健一　四月になれば彼女は
川上健一　渾身
川上弘美　風花
川上弘美　東京日記1＋2　卵一個ぶんのお祝い。／ほかに踊りを知らない。
川西政明　決定版評伝　渡辺淳一
川端康成　伊豆の踊子
川端裕人　銀河のワールドカップ
川端裕人　今ここにいるぼくらは
川端裕人　風のダンデライオン　銀河のワールドカップ　ガールズ
川端裕人　雲の王
川端裕人・三島和夫　8時間睡眠のウソ。日本人の眠り、8つの新常識
川端裕人　天空の約束
川村二郎　孤高　国語学者大野晋の生涯
川本三郎　小説を、映画を、鉄道が走る
姜尚中　在日
姜尚中・森達也　戦争の世紀を超えて　その場所で語られるべき戦争の記憶がある
姜尚中　母―オモニ―
姜尚中　心
神田茜　ぼくの守る星
木内昇　新選組　幕末の青嵐
木内昇　新選組裏表《うらおもて》録　地虫鳴く
木内昇　漂砂のうたう
木内昇　櫛《くし》挽《ひき》道《ち》守《もり》
木内昇　みちくさ道中
岸本裕紀子　定年女子　これからの仕事、生活、やりたいこと
喜多喜久　真夏の異邦人　超常現象研究会のフィールドワーク
喜多喜久　リケコイ。
喜多喜久　マダラ　死を呼ぶ悪魔のアプリ
北杜夫　船乗りクプクプの冒険
北大路公子　石の裏にも三年　キミコのダンゴ虫的日常
北大路公子　晴れても雪でも　キミコのダンゴ虫的日常
北方謙三　逃《の》がれの街
北方謙三　弔《ちょう》鐘《しょう》はるかなり
北方謙三　第二誕生日
北方謙三　眠りなき夜
北方謙三　逢うには、遠すぎる
北方謙三　檻《おり》
北方謙三　あれは幻の旗だったのか
北方謙三　渇きの街
北方謙三　牙
北方謙三　危険な夏―挑戦Ⅰ
北方謙三　冬の狼―挑戦Ⅱ
北方謙三　風の聖衣―挑戦Ⅲ
北方謙三　風群の荒野―挑戦Ⅳ
北方謙三　いつか友よ―挑戦Ⅴ
北方謙三　愛《いと》しき女たちへ
北方謙三　傷痕　老犬シリーズⅠ
北方謙三　風葬　老犬シリーズⅡ

# 集英社文庫　目録（日本文学）

北方謙三　望郷 老犬シリーズIII
北方謙三　破軍の星
北方謙三　群青 神尾シリーズI
北方謙三　灼光 神尾シリーズII
北方謙三　炎天 神尾シリーズIII
北方謙三　流塵 神尾シリーズIV
北方謙三　林蔵の貌《かお》(上)(下)
北方謙三　そして彼が死んだ
北方謙三　波《は》王《おう》の秋《とき》
北方謙三　明るい街へ
北方謙三　彼が狼だった日
北方謙三　罅《ひび》・街の詩《うた》
北方謙三　皸《ひび》・別れの稼業
北方謙三　草《そう》莽《もう》枯れ行く
北方謙三　風裂 神尾シリーズV
北方謙三　風待ちの港で

北方謙三　海嶺 神尾シリーズVI
北方謙三　雨は心だけ濡らす
北方謙三　風の中の女
北方謙三　水滸伝一〜十九
北方謙三・編著　替天行道 —北方水滸伝読本
北方謙三　魂の岸辺
北方謙三　棒の哀しみ
北方謙三　君に訣別の時を
北方謙三　楊令伝一 玄旗の章
北方謙三　楊令伝二 辺烽の章
北方謙三　楊令伝三 盤紆の章
北方謙三　楊令伝四 雷霆の章
北方謙三　楊令伝五 猩紅の章
北方謙三　楊令伝六 徂征の章
北方謙三　楊令伝七 驍騰の章
北方謙三　楊令伝八 箭激の章

北方謙三　楊令伝九 遥光の章
北方謙三　楊令伝十 坡陀の章
北方謙三　楊令伝十一 傾暉の章
北方謙三　楊令伝十二 九天の章
北方謙三　楊令伝十三 青冥の章
北方謙三　楊令伝十四 星歳の章
北方謙三　楊令伝十五 天穹の章
北方謙三・編著　吹毛剣 楊令伝読本
北方謙三　岳飛伝一 三霊の章
北方謙三　岳飛伝二 飛流の章
北方謙三　岳飛伝三 嘶鳴の章
北方謙三　岳飛伝四 日暈の章
北方謙三　岳飛伝五 紅星の章
北方謙三　岳飛伝六 転遠の章
北方謙三　岳飛伝七 懸軍の章
北方謙三　岳飛伝八 龍蟠の章

## 集英社文庫　目録（日本文学）

北方謙三　岳飛伝　九　曉角の章
北方謙三　岳飛伝　十　天雷の章
北方謙三　岳飛伝　十一　烽燧の章
北方謙三　コースアゲイン
北方謙三　岳飛伝　十二　飄風の章
北方謙三　岳飛伝　十三　蒼波の章
北方謙三　岳飛伝　十四　撃撞の章
北方謙三　岳飛伝　十五　照影の章
北方謙三　岳飛伝　十六　戎旌の章
北方謙三　岳飛伝　十七　星斗の章
北方謙三・編著　盡忠報国　岳飛伝・大水滸読本
北上次郎　勝手に！文庫解説
北川歩実　金のゆりかご
北川歩実　もう一人の私
北川歩実　硝子のドレス
北村　薫　元気でいてよ、R2-D2。

北森　鴻　メイン・ディッシュ
北森　鴻　孔雀狂想曲
城戸真亜子　ほんわか介護
木村元彦　誇り　ドラガン・ストイコビッチの軌跡
木村元彦　悪者見参
木村元彦　オシムの言葉
木村元彦　蹴る群れ
京極夏彦　どすこい。
京極夏彦　南極。
京極夏彦　文庫版　虚言少年
京極夏彦　文庫版　書楼《しょろう》弔《とむらい》堂《どう》　破《は》暁《ぎょう》
清川　妙　人生のお福分け
桐野夏生　リアルワールド
桐野夏生　I'm sorry, mama.
桐野夏生　I N
久坂部羊　嗤う名医

櫛木理宇　赤と白
久住昌之　野武士、西へ　二年間の散歩
工藤直子　象のブランコ　―とうちゃんと
久保寺健彦　ハロワ！
熊谷達也　ウエンカムイの爪
熊谷達也　漂泊の牙
熊谷達也　まほろばの疾風《かぜ》
熊谷達也　山背郷
熊谷達也　相剋の森
熊谷達也　荒《あら》蝦《え》夷《みし》
熊谷達也　モビィ・ドール
熊谷達也　氷結の森
熊谷達也　銀狼王
雲田康夫　豆腐バカ　世界に挑み続けた20年
倉本由布　ゆめ結び　むすめ髪結い夢暦
倉本由布　迷い子の櫛　むすめ髪結い夢暦

栗田有起　ハミザベス
栗田有起　お縫い子テルミー
栗田有起　オテルモル
栗田有起　マルコの夢
黒岩重吾　黒岩重吾のどかんたれ人生塾
黒川祥子　誕生日を知らない女の子　虐待——その後の子どもたち
黒木瞳　母の言い訳
桑田真澄　挑む力　桑田真澄の生き方
桑原水菜　箱根たんでむ　駕籠かきゼンワビ疾駆帖
源氏鶏太　英語屋さん
見城徹　編集者という病い
小池真理子　恋人と逢わない夜に
小池真理子　いとしき男《アダム》たちよ
小池真理子　あなたから逃れられない
小池真理子　悪女と呼ばれた女たち
小池真理子　双面の天使

小池真理子　無伴奏
小池真理子　妻の女友達
小池真理子　ナルキッソスの鏡
小池真理子　倒錯の庭
小池真理子　危険な食卓
小池真理子　怪しい隣人
小池真理子　律子慕情
小池真理子　会いたかった人　短篇セレクション　サイコ・サスペンス篇I
小池真理子　ひぐらし荘の女主人　短篇セレクション　官能篇
小池真理子　泣かない女　短篇セレクション　ミステリー篇
小池真理子　夢のかたみ　短篇セレクション　ノスタルジー篇
小池真理子　肉体のファンタジア
小池真理子　柩《ひつぎ》の中の猫
小池真理子　夜の寝覚め
小池真理子　瑠璃の海
小池真理子　虹の彼方

小池真理子　午後の音楽
小池真理子　熱い風
小池真理子　律子慕情
小池真理子　怪談
小池真理子　夜は満ちる
小池真理子　水無月の墓
小泉喜美子　弁護側の証人
河野美代子　新版　さらば、悲しみの性　高校生の性を考える
河野美代子
永田由紀子　初めてのSEX　あなたの愛を伝えるために
古沢良太　小説版スキャナー　記憶のカケラをよむ男
五條瑛　プラチナ・ビーズ
五條瑛　スリー・アゲーツ
小杉健治　絆
小杉健治　二重裁判
小杉健治　最終鑑定
小杉健治　検察者

集英社文庫

マダラ　死《し》を呼《よ》ぶ悪魔《あくま》のアプリ

2018年９月25日　第１刷　　定価はカバーに表示してあります。

著　者　喜多喜久《きたよしひさ》

発行者　村田登志江

発行所　株式会社　集英社

東京都千代田区一ツ橋2-5-10　〒101-8050

電話　【編集部】03-3230-6095

【読者係】03-3230-6080

【販売部】03-3230-6393（書店専用）

印　刷　株式会社 廣済堂

製　本　株式会社 廣済堂

フォーマットデザイン　アリヤマデザインストア　　マークデザイン　居山浩二



ISBN978-4-08-745790-2 C0193